溺れるものと救われるもの

プリーモ・レーヴィ
訳／竹山博英

朝日文庫

本書は2000年7月に単行本、2014年6月に選書版として小社より刊行されたものです。

溺れるものと救われるもの ● 目次

溺れるものと救われるもの

それからは予期せぬ時に、
その苦しみが戻ってくる。
そしてこのひどい話を語り終えるまで、
心は身内で焼かれ続ける。

S・T・コウルリッジ『古老の船乗り』

序文

ナチの抹殺収容所に関する初めての情報が広まり出したのは、要《かなめ》の年となった一九四二年のことだった。それらは漠とした情報だったが、内容は同じだった。つまりそれは途方もない規模の、恐ろしいほどに残虐で、動機が複雑に絡み合った大虐殺のことを大まかに語っていた。しかしあまりにも並はずれた話だったので、人々は信じようとはしなかった。だが考慮すべきなのは、その実行者たちもこうした拒絶を相当前から予想していたことだ。虐殺を逃れたものたちの多くは（その中にはジーモン・ヴィーゼンタールもいる。『我らの中の殺人者』(1)の最後の数ページを参照のこと）、SS（親衛隊）の兵士たちが囚人に、次のような冷笑的な警告をして喜んでいたことを記憶している。「この戦争がいかように終わろうとも、おまえたちとの戦いは我々の勝ちだ。生き延びて証言を持ち帰れるものはいないだろうし、万が一だれかが逃げ出しても、だれも言うことなど信じないだろう。おそらく疑惑が残り、論争が巻き起こり、歴史家の調査もなされるだろうが、証拠はないだろう。なぜなら我々はおまえたちとともに、証拠も抹消するからだ。そして何らかの証拠が残り、だれかが生き延びたとしても、おまえたちの言うことはあまりにも非道で信じられない、と人々は言うだろう。それは連合国側の大げさなプロパガンダだと言い、おまえたちのことは信じずに、すべてを否定する我々を信ずるだろう。ラーゲル（強制収容所）の歴史は我々の手で書かれるのだ」

奇妙にも、囚人たちもこれと同じ考えを持っていた（「もし語ったとしても信じてもらえない」）。それは絶望から生まれた、夜の夢の中に現れた。ほとんどの生き残りが、回顧録に書くか語るかして、収容所での夜に非常にひんぱんに見た夢について述べている。それは細部が異なっているにしても、実質的には同じものだ。家に帰って、ほっと安堵しながらも、味わった苦しみを親しいものに熱心に語りかけるのだが、信じてもらえず、耳さえ傾けてもらえない。最も典型的な例では（一番残酷な例だ）、相手が背を向けて、無言のまま出ていってしまう。この種の夢については後で検討することにしよう。今ここでは、犠牲者も、抑圧者も、ラーゲルで起きていたことの重大さを、つまりその信じがたいほどの極端さを十分に意識していた点を強調しておこう。これはラーゲルだけでなく、ゲットーでも、東部戦線の兵站部でも、警察署でも、精神障害者の施設でも同じだった。

幸いにも物事は犠牲者が恐れていたように、そしてナチが望んでいたようには進まなかった。完璧な組織にも欠陥はあるものだ。そしてヒトラーのドイツは、特にその崩壊の数カ月前は、完璧な機構とはほど遠い状態にあった。大量虐殺の多くの物理的証拠が隠匿された。あるいは多少なりとも巧妙に湮滅《いんめつ》が試みられた。一九四四年の秋にナチはアウシュヴィッツのガス室と焼却炉を爆破した。しかしその残骸はいまだに存在しており、追随者たちの歪曲にもかかわらず、現実にはあり得ないような理由でその用途を正当化しようとする試みは破綻しているのである。またワルシャワのゲットーは一九四三年春の有名な蜂起の後、地表に何も残らないほどに破壊された。しかし何人かの蜂起者＝歴史家（自ら歴史家になったものたち！）は、超人的な努力を払って、何メートルもの厚さの瓦礫の下に隠したり、壁の外にこっそり持ち出したりして、ゲットーが日々いかにして生き延び、死んだか、証言できるものを、後世の歴史家が見つけ出せるようにしたのだった。戦争の末期にすべてのラーゲルの文書が燃やされた。これは本当に取り返しのつかない喪失で、そのため今日でさえ、犠牲者が四百万か、六百万か、八百万か、といった論議が続いているのである。しかし常に百万単位の論議であるのは確かである。ナチが巨大な複合焼却炉を使い始める前は、意図的に殺害されたり、重労働や病気で衰弱死した犠牲者の、無数の死骸それ自体が大きな証拠をなしえたはずで、そのため何らかの方法で消滅させる必要があった。その初めの方法は、語るのもためらわれるほどおぞましいのだが、単純に死骸を積み重ねるものだった。それも何千という死骸を大きな共同溝に積み重ねるというもので、もっぱらトレブリンカで行われ、その他の小さなラーゲルや、ロシア戦線の後方でも見られた。これは仮の解決法であり、ドイツ軍がすべての戦線で勝利を収め、最終的勝利は確実と思われていた時期に、恐ろしい無頓着さで採用されたのだった。後でどう処理したらいいか検討されるだろう、いずれにせよ勝者が真実をも我がものにするのであり、真実は自分の思い通りに操作できる。共同溝は何らかの形で正当化されるか、消滅させられるか、あるいはソビエト軍のせいにされるだろう（ソビエト軍は結局カティンでナチに勝るとも劣らない残虐さを示した）。これがナチの考えだった。しかしスターリングラードの敗北以降、考えが変わった。すべてを即座に消滅させる方がいい、と思うようになった。そこで囚人たちがその哀れむべき遺骸を掘り出し、野外の火刑台で焼くよう強いられたのだった。まるでその大規模で、前代未聞の作業が、完全に見過ごされるとでもいうかのようにして。

SSの司令部と諜報部は、証人が一人も生き残らないように最大限の注意を払った。これが一見狂ったとしか思えない、ラーゲルからの殺人的退避行の理由である（他の理由を考えるのは難しい）。こうして一九四五年の初頭にナチの強制収容所の歴史が閉じられた。マイダネクの生き残りはアウシュヴィッツに移された。アウシュヴィッツの生き残りはブーヘンヴァルトとマウトハウゼンに、ブーヘンヴァルトの生き残りはベルゲン＝ベルゼンに移送された。ラーフェンスブリュックの女性囚たちはシュヴェリンに退避させられた。要するに全員から解放の機会を取り上げる必要があった。囚人たちは、東と西から侵攻を受けていたドイツの中心部に再移送された。途中で死んでもかまわなかった。大事なのは証言させないことだった。実際のところラーゲルは、初めは政治的恐怖をかきたてる施設として機能し、次いで死の工場として、そしてその後（あるいは同時に）常に更新される奴隷労働者の広大な貯蔵庫として機能したものの、破滅寸前の状態に陥ったドイツには、危険なものになっていた。それは人類史上最大の罪である、ラーゲルの秘密そのものを含んでいたからである。そこでかろうじて生きながらえていた亡霊の群れはもはや「秘密保持者《ゲハイムニストレーガー》」であり、始末する必要があった。それゆえナチは、それ自体が雄弁な証言者となりうる大量殺人装置を破壊した後、囚人を国内に移す道を選んだ。それは侵攻してくる戦線の脅威がより少ないラーゲルに再度囚人を閉じ込め、最後まで労働力を搾り取るという馬鹿げた希望と、その悲劇的な、苛酷な行進が人数を減らしてくれるという、さほど愚かではない希望のためだった。実際に人数は恐ろしいほどに減少した。しかし何人かは生き延びる力と幸運に恵まれ、証言をすることができたのである。

だがそれほど知られていなくて、研究もされていないのは、多くの秘密保持者がもう一方の側に、抑圧者の側にいたことである。もっともその多くはほとんど何も知らなかったのだが、わずかのものはすべてを知っていた。ナチの機構の中で、なされた恐るべき残虐行為を知らずにすませられなかったものがどれだけいたのか、だれもはっきりとは確定できないだろう。またどれだけのものが何かを知っていたのか（おそらく知らないふりができた）、あるいはすべてを知る可能性があったものがどれだけいたのかも（だが目と耳を、そして特に口をしっかりと閉じているという、より慎重な道を選んでいた）、だれもはっきりとは確定できない。だがいずれにせよ、大部分のドイツ人が少しの良心のとがめもなしに虐殺を受け入れていたとは思えないから、ラーゲルの真実がまったく広まらなかったことこそ、ドイツ人が犯した最も大きな集団的罪なのであり、ヒトラーの恐怖がもたらした最もはっきりした卑劣さの表れであるのは確かだ。その卑劣さは生活習慣にまで入り込み、非常に深く根付いていたため、夫が妻に、両親が子供たちに語ることを妨げていた。そしてこの卑劣さがなければ、恐ろしい行き過ぎがなされることはなかっただろうし、今日のヨーロッパや世界は別のものになっていただろう。

もちろん責任者であるがゆえに（あるいは責任者であったゆえに）、恐ろしい真実を知っていたものたちは、口をつぐむのに十分な動機があった。しかし秘密の保持者である限りは、口をつぐんでいても命がいつも安全なわけではなかった。そのことはシュタングル(2)やトレブリンカの他の虐殺者たちの例が示している。彼らはラーゲルの蜂起とその取り壊しの後に、最も危険な抵抗運動の地域に移送されたのだった。

意図的な無知と恐怖が、ラーゲルのおぞましい残虐さを証言したかもしれない多くの「市民」の口をつぐませることになった。特に戦争の末期には、ラーゲルは拡大した複雑なシステムを形成し、ドイツの日常生活に深く組み込まれていた。「強制収容所という宇宙」、といった言い方には正当な理由があるのだが、それは閉ざされた宇宙ではなかった。大小の企業、農場、兵器工場は強制収容所が供給するほぼ無料の労働力から利益を引き出していた。いくつかの企業はSSの非人間的な（そして愚かな）原則を受け入れ、囚人を情け容赦なく搾取していた。その原則によると、囚人はみな同じで、もし労役で死ねばすぐに取り替えることができたのだ。それ以外に、わずかであったが、苦痛を減らす配慮をする企業もあった。他の企業は、同じ企業だったかもしれないのだが、ラーゲルに物品を供給することで利益を得ていた。材木、建築資材、縞模様の囚人服用の布地、スープ用の乾燥野菜などである。複合焼却炉自体もドイツの会社によって設計され、製造され、取り付けられ、テストされていた。それはヴィースバーデンのトプ社で、一九七五年ごろまで一貫して活動を続けていた（民生用の焼却炉を製造していたが、社名を変えることが適切だとは思っていなかった）。これらの会社の従業員が、商品や設備に対するSS司令部の注文の量的質的増大について、その意味を理解しなかったとは考え難い。同じような論議は、アウシュヴィッツのガス室に用いられた毒ガスの供給に関してもなすことができるし、実際になされたのである。その製品とは実際にはシアン化水素酸であったが、長年船倉の消毒に用いられていた。しかし一九四二年から注文が急激に増大したことは見過ごされるはずがなかった。それに対して必ず疑念が湧いただろうし、実際に疑問を持ったはずなのだが、その疑問は、恐怖、利潤獲得の欲求、そして前に述べた自発的な盲目性や愚かさによって、窒息させられてしまった。またある場合には（おそらくわずかだっただろうが）、狂信的なナチへの忠誠心によって押し殺されたのだった。

もちろん自明なことだが、強制収容所の真実を再構成するための最も確固たる素材は、生き残ったものたちの記憶である。だがそれは哀れみや怒りといった感情を抑えて、批判的観点から読まれるべきである。ラーゲルを知る上で、ラーゲル自身が最良の観察点になるとは限らない。囚人たちは非常に非人間的な状態に置かれていたため、自分の世界についてほとんど統一的な見方ができなかった。それは特にドイツ語が理解できなかった囚人に起こったことである。彼らは密封された貨車の中で悲惨な状態に置かれ、回り道の多い、こみ入った旅の末にラーゲルに入れられたが、それがヨーロッパのどこに位置するのか分からなかったのである。彼らは他のラーゲルの存在を知らなかった。たとえそれが数キロ先にあっても。またたれのために働いているのか分からなかった。不意に条件が変わったり、大量に移動がなされても、その意味が分からなかった。流刑囚は死に取り囲まれていたため、自分の目の前で行われていた虐殺がどの程度のものか計ることができなかった。今日かたわらで働いていた仲間が、明日にはもう姿がなかった。隣のバラックに移ったのか、この世から抹殺されたのか、それを知ることはできなかった。要するに巨大な威嚇と暴力の機構に支配されていると感じていた。しかしその全体像を描き出すことはできなかった。なぜなら彼の目は、日々の必要に迫られて、地面にくぎ付けになっていたからだ。

「普通の」囚人の証言は、書かれたものにせよ口頭にせよ、こうした欠如がその背景にあった。彼らは特権を持たないものたち、つまり強制収容所の中核をなしていたものたちで、あり得ないような偶然の出来事の組み合わせで、かろうじて死を逃れたのだった。彼らはラーゲルでは大多数を占めていたが、生き残ったものの中では少数者だった。生き残ったものの中では、囚人生活中に何らかの形で特権を享受していたもののほうが多かった。年月がたち、今日になってみれば、ラーゲルの歴史は、私もそうであったように、その地獄の底まで降りなかったものたちによってのみ書かれたと言えるだろう。地獄の底まで降りたものはそこから戻って来なかった。あるいは苦痛と周囲の無理解のために、その観察力はまったく麻痺していた。

一方、「特権」を有していた証人は確かにより良い観察点を得ていた。それはより高い地位にいたという以外のなにものでもなかったのだが、それゆえより広い眺望を得ていた。しかしそれは多かれ少なかれ、その特権自体によってゆがめられていた。特権に関する論議は微妙であるから（それはラーゲルだけに言えることではない！）、後により納得のいくような客観的視点から論じようと思う。だからここでは単に次のような事実を指摘するだけにとどめよう。つまり特権の権化だったようなものたち、すなわち強制収容所当局に仕えることで特権を得たものたちは、自明の理由から、まったく証言をしなかったり、空白だらけの証言、あるいはゆがんだ証言、さもなければまったく偽の証言しかしなかったのである。従ってラーゲルの最良の歴史家は、妥協に走らずに特権的な観測台に到達する才能と幸運をあわせ持った少数者の中から現れた。彼らは良き年代記作者の謙虚さをもって、見たこと、苦しんだこと、体験したことを語る能力を持っていた。あるいはラーゲルという現象の複雑さ、そこで生きた人たちの運命の多様さを十分に理解していた。こうした歴史家たちのほとんどすべてが、政治犯だったということは物事の道理である。なぜならそれはラーゲルが政治的な現象であったからである。というのも政治犯は、ユダヤ人や刑事犯たちよりも教養水準が高く（周知のように、囚人は主にこの三つの範疇から成っていた）、自分たちが目の前にしている事実を解釈できたからである。そして以前は闘士であったために、あるいはそのままずっと反ファシズムの闘士であり続けたために、証言を持ち帰ることはファシズムに対する戦いであると理解していたのだった。また彼らはより簡単に統計資料に接することができた。そして最後に、ラーゲルの中で重要な役職についていた以外に、彼らはしばしば秘密防衛組織のメンバーであった。少なくとも最後のころは、彼らの生存条件は耐えうるようなものとなり、そのために例えばメモを書いて保存することができた。これはユダヤ人には考えられなかったし、刑事犯はそもそもそういうことをする気がなかった。

ここであげられたすべての理由から、ラーゲルの真実は長い道のりをへて、狭い扉をくぐって外に現れたのであり、それゆえ強制収容所という宇宙の多くの局面はまだ十分に掘り下げられていない。ナチのラーゲル解放からすでに四十年という月日がたっている。この尊重すべき年月は、問題の解明という目的を考えれば、いくつかの対立する効果をもたらしたのだが、それについて、以下に検討してみる。

まず第一に澱《おり》が沈殿する現象が見られた。これは普通に見られる好ましい過程で、これによって歴史的事実は、それが起きてから何十年後かに、その明暗と眺望を得るのである。第二次世界大戦直後には、ラーゲルやその他の場所で行われたナチの強制移住や虐殺に関する量的なデータはまだ得られておらず、その範囲と特殊性を理解することは簡単ではなかった。ここ数年になってやっとナチの大虐殺がひどく「典型的な」現象であったことが理解され始めており、もし近いうちにさらにひどいことが起きないならば、それは二十世紀の中核的な出来事として、大汚点として記憶されるだろう。

だが一方では時の経過は、歴史的に否定的な意味を持つ他の影響をもたらしている。

告発側も弁護側も含めて、大部分の証人はほとんど死んでしまっており、残っているものたちも、そして（その後悔の念、あるいは心の傷を克服して）現在も証言しようとするものたちも、その記憶はあいまいで、型にはまったものになっている。しばしば彼らは、自分でも知らないうちに、ずっと後になって本で読んだり、他人の話を聞いたりして理解した情報の影響を受けている。もちろんいくつかのケースでは、記憶の欠如は偽りのものなのだが、年月の経過はそれを公判でも通用するものにしている。今日多くのドイツ人が「それは知らない」、あるいは「それは知らなかった」と証言しても、もはや大騒ぎにはならない。かつてそれが最近の出来事であった時には大騒ぎになったし、あるいは大騒ぎになるべきであったにもかかわらず。

もう一つの形式化については、私たち自身に、つまり生き残りに責任がある。より正確に言うなら、批判精神を発揮することなく、無邪気に、生き残りという条件を受け入れた私たちの一部に責任がある。儀式や儀礼、記念碑や旗といったものは、いつどこででも非難されるべきである、などと言うつもりはない。おそらく記憶の持続のためにはある程度の修辞は必要だろう。墓所が、「強者の骨壺」が、卓越した事柄に魂を燃えたたせるということ、あるいは少なくとも、なされた偉業に関する記憶を保存するということは、フォスコロ(3)の時代には真実であったし、今日でもそうである。しかし過度の単純化には警戒が必要である。すべての犠牲者は悼むべきであり、すべての生き残りは同情され、援助されるべきであるとされているが、彼らのすべての行動が模範として提示できるわけではない。ラーゲルの内部は複雑に絡み合った階層化された小宇宙だった。後に述べる「灰色の領域」の問題、つまり何らかの形で、おそらく善意で、強制収容所当局に協力した囚人たちの問題は瑣末なものではなく、歴史家、心理学者、社会学者にとって根本的な重要性を持つ現象なのである。そのことを記憶していない囚人は存在しないし、当時の自分の驚きを覚えていない囚人はいない。初めておどしつけ、侮辱し、殴りつけてきたのはSSではなく、他の囚人たち、つまり「同僚たち」だった。彼らは新参者が新たに身につけた服と同じ縞模様の囚人服を身にまとった、正体不明の人々だったのである。

私はこの本で、今日でも不明瞭に見えるラーゲルという現象の、いくつかの側面を明らかにすることに寄与したいと思っている。そしてかなり野心的な目標を提示しようと思う。それは差し迫った疑問、私たちの話を読む機会を得たすべての人たちを不安にさせた疑問に答えることである。つまり強制収容所に関する事柄のうちで、どれだけのものが死に絶え、もう復活しないのか。かつての奴隷制や決闘の作法のように。そしてどれだけのものが復活したのか、あるいは復活しつつあるのか。この脅威に満ちた世界で、少なくともその脅威を無力化するために、私たちのおのおのは何ができるのか。

私は歴史家の作業を、つまり原典の徹底的な検証をしようとは思わなかったし、その能力もなかった。私はほとんどナチのラーゲルだけに記述を絞った。なぜなら私が直接経験したのはそれだけだからである。また私はそれに関して、本を読み、話を聞き、私の最初の二冊の本の読者と面会することによって、間接的に非常に多くの体験をすることになった。さらにこの本を書くまでに、広島や長崎に恐ろしい爆弾が落とされ、ソ連の強制収容所の恥ずべき実態が明らかになり、ベトナムでは無用の流血の戦いがなされ、カンボジアでは自国民の大虐殺が行われ、アルゼンチンでは多数の政治犯が行方不明になり、多くの愚かで残虐な戦争が行われたのだが、それにもかかわらずナチの抹殺収容所の体制は、その量と質において、今日でも唯一のものとして存在している。いかなる時代、場所を取っても、これほどに予期不可能で複雑な現象に直面することはない。たくさんの人間の命が、これほど短期間に、技術的才覚と狂信主義と残忍さの意識的な組み合わせによって、奪われたことはなかった。いかなるものも、十六世紀に、スペイン人の征服者たちがアメリカ大陸で行った虐殺の罪を許すことはしないだろう。彼らは少なくとも六千万人のインディオの死を引き起こしたと考えられている。しかし彼らは政府の命令なしに、あるいは命令に逆らって、自分たちの考えで行動していた。また彼らは実際には、ほとんど「計画性」なしに行動していたのだが、その大罪が百年間にまたがるということで罪が薄められている。そして自分たちが意識せずに持ち込んだ疫病にも助けられていた。だがそれでも私たちは、その大虐殺が「はるか昔の出来事である」というふうに判断を下して、そのことを考えないようにしているとは言えないだろうか。

1　虐待の記憶

人間の記憶は素晴らしい装置であるが、当てにならない面もある。これは言い古された事実で、心理学者に知られているだけではなく、自分の周りのものや、自分自身の行動に注意を払ったものなら、だれにでも分かっていることである。私たちの心の底に蓄積されている記憶は石の上に刻まれているわけではない。それは年月とともに薄れていく傾向を持つだけではなく、しばしば変形し、異なった外貌を取り入れながら自己増殖する。検察官はこのことをよく知っている。ある事件の目撃者が二人いても、それが最近の出来事であっても、二人が同じ言葉で同じように語ることはほとんどない。もし二人のどちらかが、証言をゆがめることに個人的な利害を感じていないのだとしたら、の話なのだが。この記憶の信頼性のなさは、それがいかなる文字を使って、どのような言葉で書かれるのか、いかなる素材の上に、どのような筆記用具を使って書かれるのか、知ることによって、初めて満足のいく形で説明できるのだが、それは今日ではまだ遠い目標になっている。特殊な状況下で、記憶をゆがめてしまうようないくつかのメカニズムが知られている。それは例えば精神的な外傷も含めた外傷、他の「競合的な」記憶による干渉、意識の異常な状態、抑圧、抑制などである。しかし普通の状態でも、緩慢な減損、輪郭のあいまい化、いかなる記憶も抵抗できないような、生理学的とも言える忘却は作用している。おそらくここに自然の偉大な力の一つを見て取ることは可能である。それは秩序を無秩序におとしめ、若さを老年に、生命を死に変えてしまう。もちろん訓練が記憶を鮮やかに生き生きと保つことは確かである（つまり、この場合は、しばしば思い出すことである）。それはひんぱんに鍛えられた筋肉が運動能力を維持するのと同じである。しかしひんぱんに呼び起こされる記憶は、そして物語の形で呼び起こされる記憶は、ある決まりきった型に固定しやすいのも事実である。それは経験によって検証され、結晶化し、完成され、装飾がつけられて、未加工の記憶の場に居を構え、自己増殖してしまう。

ここでは私は極限の体験、つまり被った虐待の記憶、あるいは相手に与えた虐待の記憶について検討しようと思う。この場合は、記録された記憶を消し去るか、ゆがめるような、ほとんどすべての要因が作用する。他人から与えられたにせよ、与えたにせよ、ある外傷の記憶はそれ自体が損傷を伴う。なぜならそれを思い起こすことは苦痛であるし、少なくとも心がかき乱されるからである。傷つけられたものは、その苦痛を新たにしないために、記憶を消そうとする。傷つけたものは、それから逃れ、罪の意識を軽くするために、記憶を心の底に押し込む。

ここで私たちは、他の現象と同様に、犠牲者と抑圧者の逆説的な類似という現象に直面する。これを解明することは重要である。両者は同じ罠にはまっている。しかしその罠を用意し、作動させたのは抑圧者であり、それに苦しんでいても、当然と言える。だが犠牲者も苦しむのは不公平なことで、実際に何十年、年月がたっても、それに責めさいなまれているのである。ここではいまさらのように、慨嘆を込めて、虐待は癒すすべがないと確認せざるを得ない。それはのちのちまで持ち越される。そして信を寄すべき復讐の女神は、虐待者を苦しめるだけではなく（たとえ人間の刑罰に助けられて、虐待者を苦しめるにしても）、虐待されたものに平安を許さないことで、虐待者の仕事を長引かせるのである。ジャン・アメリーの書き残した言葉を、恐怖なしに読むことはできない。彼はオーストリア出身の哲学者で、ベルギーでレジスタンス活動をしたためゲシュタポに拷問され、その後、ユダヤ人であったため、アウシュヴィッツに送られた。

拷問を受けたものはその後ずっと拷問され続ける。（……）拷問にさらされたものは、この世の中に適応できなくなる。自分を否定されたことへの憎悪は決して消え去らない。人間への信頼感は、初めて顔に平手打ちを受けたことでひびが入るのだが、その後拷問によって破壊され、もう決して取り戻せなくなる。

拷問は彼にとって果てることのない死であった。アメリーについては第6章「アウシュヴィッツの知識人」で語るが、彼は一九七八年に自殺した。

ここでは混乱、単純なフロイト主義、病的な固執、甘やかしといったものは必要ない。抑圧者は抑圧者であり、犠牲者はあくまでも犠牲者である。両者を交換することは不可能だし、抑圧者は罰されるべきで、憎まれるべきである（だがもし可能なら、理解すべきでもある）。犠牲者は同情されるべきだし、援助されるべきでもある。しかし両者とも、取り返しのつかないような形で犯された犯罪の破廉恥さを目の当たりにしているので、両者とも隠れ家と防御手段を必要としている。そしてそれを本能的に探し求めている。全員ではないが、大部分のものがそうである。そしてしばしば一生そうするのである。

私たちはすでに抑圧者の側の数多くの告白、証言、自白を手に入れている（ここではナチス・ドイツのことだけではなく、ある規律に従って、恐るべき、多重の犯罪を犯したものたちすべてのことを言っている）。そのあるものは法廷での証言だが、それ以外にもインタビューで語られたり、本や回顧録に残されたものもある。私の考えでは、これらは非常に重要な資料である。しかし一般的には、彼らが見たことや行ったこととの記述はさほど興味深いものではない。それは犠牲者たちが語ったこととかなり一致している。異議が申し立てられることはほとんどないし、それらは判決として確定していて、すでに歴史の一部をなしている。それはしばしば既定のものとして扱われる。それよりもはるかに大事なのは動機、正当化の理由である。あなたはなぜそれをしたのか。あなたは犯罪を犯していたことを知っていたのか。

この二つの質問への答え、あるいは同様の質問への答えは、非常によく似ている。それは尋問される個々の人物には関係がない。たとえそれがシュペーア[4]のように、野心的で、頭の良い専門家であっても、アイヒマン[5]のように冷酷な狂信主義者であっても、トレブリンカのシュタングル、アウシュヴィッツのヘス[6]のように近視眼的な官吏であっても、残忍な拷問を発明したボガーやカドゥクのような愚鈍な野獣であっても。言い回しは異なり、知的水準や教養程度の差で傲慢さに強弱はあるにせよ、彼らは実質的には同じことを言っていた。私は命令されたからそれをした。他のものは（私の上司たちは）私よりもずっとひどい行為をした。私の受けた教育、私の生きていた環境では、そうせざるを得なかった。もし私がそうしなかったら、私の地位に取って代わった別のものが、さらに残忍なことをしただろう。こうした自己正当化を読むものが、初めに感じるのは嫌悪の身震いである。彼らは嘘をついている、自分の言うことが信じてもらえるなどとはなから思っていない、自分たちが引き起こした大量の死や苦痛と、彼らの言い訳がまったくつり合わないのを見て取ることができない。彼らは嘘をついていることを知りつつ、嘘を述べている。彼らは悪意を持って行動している。

さて、人間のことについて豊富な経験を持っているものは、善意悪意といった区別が(言語学者だったら、対立と呼ぶことであろう)、楽観的で、啓蒙主義的であることを理解している。そしてもし今述べたようなものたちにその区別が適用されるのなら、それはとりわけそうなるし、それには正当な理由がある。頭脳の明晰さは少数のものである、そしてその少数も何らかの理由で、過去や現在の現実が不安や居心地の悪さを感じさせる時は、彼らもまた即座に頭脳の明晰さを失ってしまう、ということを前提にする必要がある。そうした状況下で、計算ずくで現実をゆがめ、意識的に嘘をつくものもいるが、錨をあげて、一時的にかあるいは永遠に本物の記憶から遠ざかり、都合のよい現実を作り上げるものの方が数が多い。彼らにとって過去は重荷である。彼らは自分が行ったこと、あるいは自分に対してなされたことに嫌悪感を抱いているので、それを別のものと取り替える傾向がある。その取り替えは、作り出された、偽りの、修復された筋書きに従って、初めは非常に意識的に行われる。もちろんその筋書きは現実よりもはるかに苦痛が少ない。そしてその話を繰り返すことで、他人よりもむしろ自分自身にそうすることで、現実と虚偽の区別は徐々にあいまいになり、ひんぱんに話し続ける自分の話を完全に信じるようになる。そして信じ難い、相互にちぐはぐな、既定の事実とは相反する細かな部分を削ったり、訂正したりする。こうして初めの悪意は善意に変わる。虚偽から自己欺瞞へのこの無言のうちの移行は有益である。善意で嘘をつくものはよりうまく嘘がつけるし、自分自身の役割をより上手に演じられる。そして検察官、歴史家、読者、妻、子供たちからより容易に信を得られるのである。

出来事が遠くなればなるほど、都合のよい事実の構築はますます増大し、完璧になる。例えばこうした心理的なメカニズムを通してのみ、一九七八年に『レクスプレス』誌に掲載された、ルイ・ダルキエ・ドゥ・ペルポワ(7)の言明を解釈できる、と私は信じている。彼は一九四二年ごろ、ヴィシー政権のユダヤ人問題の代表委員を務めており、まさにそれゆえに七万人のユダヤ人の強制移送の当の責任者であった。ダルキエはすべてを否定している。死体を積み重ねた写真は合成写真である。何百万人という統計数字はユダヤ人によって捏造されたものである。ユダヤ人は宣伝、同情、賠償金に常に貪欲さを示してきたからである。強制移送はおそらく存在した（それに異議を唱えるのは難しかっただろう。彼の署名が、子供も含めた、強制移送を命令する、あまりにも数多くの手紙の末尾になされていたからである）。しかし彼はその目的地も、その結果も知らなかった。アウシュヴィッツには確かにガス室は存在した。しかしそれはしらみを殺す消毒用であって、おまけにそれは戦後に宣伝用に建造されたものであった（この首尾一貫性に注目してほしい)。私はこの卑劣で愚かな男を弁護するつもりはない。彼が長年スペインで、だれにもわずらわされずに暮らしてきたことを考えると腹が立つ。しかし彼の中に、公的に嘘をつく癖がついていて、私生活でも、自分自身にさえも嘘をつくようになり、結局平穏な生活を可能にする、好都合な真実を作り出してしまった人物の典型が見て取れるように思える。善意と悪意を明確に区別するのは骨の折れる作業である。それは自分自身に心の底からの誠実さを求めるし、絶え間ない知的、道徳的努力を要請する。このような労苦をダルキエのような人物に、どのようにして要求できるだろうか。

もしアイヒマンがエルサレムでの裁判で行った証言を読むなら、そしてルドルフ・ヘスが(彼はアウシュヴィッツの最後から二番目の指揮官であり、シアン化ガスのガス室の発明者であった)その自叙伝に書いたものを読むなら、今まで述べたよりもずっと精巧な過去再構成の過程を見て取ることができる。要するにこの二人は、ナチの兵卒たちの、あるいはありとあらゆる兵卒たちの、古典的なやり方で自己弁護している。私たちは完全な服従と、位階制度と、ナショナリズムを教え込まれた。スローガンを頭にたたき込まれ、儀式とデモ行進に酔いしれた。唯一の正義とは我が民族に役立つそれであり、唯一の真実は総統の言葉であると教え込まれた。一体私たちに何を望むのか。今になって私たちに、私たちとは異なる行動を、要求できたと考えているのか。他のすべてのものたちも私たちとさほど変わらない行動をしていたのに。私たちは勤勉な実務者でしかなく、その勤勉さのゆえに称賛され、昇進した。決定は私たちがしたものではない。なぜなら私たちが育った専制体制下では、自主的な決定は許されていなかったからである。他のものが私たちに代わって決断を下した。それ以外のやり方はありえなかった。なぜなら私たちは決定する能力を奪われていたからである。また決定が禁じられていただけではなく、それを考えることさえできなくなっていた。従って私たちに責任はないし、私たちを罰することはできない。

こうした論議がビルケナウの煙突を背景になされたとしても、純粋な傲慢さの産物であると見なすことはできない。現代の全体主義国家が個人に加えることができる圧力には恐ろしいものがある。その武器は実質的には三つある。直接的な宣伝、あるいは教育、指導、民衆の文化に仮装した宣伝。情報の多様化を防ぐ情報遮断。そして恐怖である。しかしながら、こうした圧力には抵抗し難い、と認めるのは適当ではない。特に第三帝国が十二年間という短い年月しか続かなかったことを考えてみるならば。ヘスやアイヒマンといった重大な責任を持つものたちの言明や釈明には、明らかに誇張が認められるし、記憶の改変さえも見られるのである。二人とも、第三帝国が全体主義化するよりもかなり前に生まれ、教育を受けていた。そして二人の第三帝国への加担は、熱狂によるというよりも、ご都合主義に突き動かされたものであった。彼らの過去の改変は後になって行われたものであり、緩慢で、組織立ったものではなかった（と思える）。それが善意で行われたのか、悪意で行われたのか、問いかけるのはあまりにも無邪気すぎる。他人の苦しみには動じなかった彼らも、運命によって判事の前に引き出され、当然の報いである死に直面した時、都合のよい過去を作り出し、結局それを信じるに至ったのである。特にヘスがそうで、彼は決して繊細な男ではなかった。彼の書いたものから見ると、彼はむしろ自制心や内省というものには縁遠い人物で、反ユダヤ主義を否定し否認する時に、かえって自分自身の粗野な反ユダヤ主義を暴露してしまうし、良き官吏で、父親で、夫であるという、自分自身の自画像がいかに奇怪なものか理解していないのである。

こうしたナチの側の過去の改変を論評する際に（しかしそれはナチのものだけではなく、すべての記憶にあてはまる）、事実の歪曲はしばしば事実の客観性によって制限を受けることを頭に入れておく必要がある。なぜならそうした事実に関連するものとして、第三者の証言、書類、「犯罪の証拠」、歴史的に確定された状況などが存在するからである。一般的に言って、ある特定の行為の実行を否定するのは難しい。あるいは、ある行為が実行されたことを否定するのは難しい。しかしある行為を導き出した動機を偽ること、その行為をした時に感じた情熱を歪曲することはとてもやさしい。こうしたものは非常に変わりやすく、弱い圧力を受けただけでも簡単に姿を変えてしまう。「なぜそれをしたのか」、あるいは「それをしながら何を考えたのか」という質問には、信頼できる答えは存在しない。なぜなら精神状態というものは本来不安定なもので、その記憶はさらに不安定だからである。

犯した罪の記憶を歪曲する極端な例として、その抑圧があげられる。ここでも善意と悪意の境界はあいまいなものになってしまう。法廷で発せられる「私は知らない」、「私は覚えていない」という証言の背後に、しばしば虚偽を述べる明確な意図が存在する時があるが、そうでない場合は、それは化石化された嘘、ある形式に固定された嘘であることがある。記憶は無記憶になりたいと望み、それに成功する。それを何度も否定することによって、排泄物や寄生虫を体外に出すかのようにして、自分自身の中から有害な記憶を排出する。弁護士たちは、被告に記憶の空白や推定上の真実を教示する時、それが忘却や実質的な真実になりがちなことをよく知っている。私たちを当惑させるような証言をする人物の例を見つけるのに、精神病にまで越境する必要はない。それが虚偽であるのは確かだが、当人が嘘をついているのを知っているのか知らないのか、見分けることはできない。背理法によって、虚偽者がその瞬間真実を語っていると想定してみても、彼自身がジレンマに答えることはできないだろう。虚偽を言う行為の中で、俳優はその役柄と完全に一体化しており、もはや自分自身と区別することはできない。私がこの文章を書いている時に、その顕著な例が見られた。教皇ヨハネ・パウロ二世を狙撃したトルコ人、アリ・アジャの法廷での行動である。

重荷となる記憶の侵入を防ぐ最良の方法は、それの入場を阻止すること、国境沿いに防疫線を引くことである。記録された記憶から逃れるよりも、その入場を阻止することの方がずっとやさしい。ナチの司令部が考え出した方策の多くが実際にこの目的に用いられた。それは汚い作業に従事したものたちの良心を保護するためであり、最も残忍な殺し屋にも不愉快であったその仕事を続けさせるためであった。ロシア戦線の後方で、市民たちに共同溝を掘らせ、その縁で機銃掃射を浴びせた出撃分遣隊《アインザッツコマンドス》の隊員には、望み放題のアルコールが支給されていた。それは酩酊状態にして虐殺をぼかすためであった。よく知られている婉曲語法は(「最終的解決」、「特別待遇」、そして今述べた「出撃分遣隊《アインザッツコマンドス》」は、文字通りには「即刻使用される部隊」の意味だが、恐ろしい現実を偽装していた)、犠牲者を惑わせ、防御行動を予防するためだけではなかった。それはできる限りの範囲で、第三帝国の全占領地域で起きている出来事が、直接かかわりのない軍隊の諸部門や世論に知られないようにするのに役立ったのであった。

結局のところ、短命に終わった「千年帝国」の歴史全体は、記憶に対する戦いとして読み直すことができるだろう。それはオーウェル流の記憶の偽装、現実の偽装、現実の否定であり、現実からの決定的な逃走にまで至ったのである。ヒトラーに関する伝記は、この分類が非常に難しい人物の生涯について解釈がばらばらなのだが、彼の晩年の現実逃避に関しては、特にロシア戦線での初めての冬からのそれについては、すべての見解が一致している。彼は部下たちに真実に近づくことを禁止し、否定して、士気を低下させ、記憶を阻害した。しかしそれはより極端になって、地下壕にこもる妄執的狂気にまでなり、彼は真実への道を自分自身にもふさいでしまった。彼はすべての賭博者と同様に、自分自身の周りに、迷信的な虚偽で織り上げた筋書きを作り上げていた。そしてドイツ人全員に要求したのと同様の狂信的な信仰によって、彼自身もそれを信ずるようになってしまった。彼の破滅は人類にとっての救いだっただけではなく、真実を改変した時にいかなる代償を支払うかの、例証でもあった。

より広大な犠牲者の分野でも記憶の漂流が見られる。しかし明らかにここでは瞞着行為は存在しない。不正や虐待を受けたものは、犯していない罪を逃れるために嘘を練り上げる必要はない（後に述べるある逆説的なメカニズムから、それに恥辱感を抱くことが起こりえるにしても）。しかしだからといって、その記憶が変化しないということはない。例えば多くの戦争の生き残りや、それ以外の精神的損傷を伴う複雑な体験を生き延びたものたちは、その記憶を無意識のうちに、漉し器にかける傾向があることが知られている。当事者同士でそれを思い出す時、あるいは第三者に語る時、彼らは苦痛な逸話は飛ばしてしまい、休息の時や、息をついた時や、奇妙でおかしいくつろぎの時について、好んで語る。苦痛な逸話は記憶の貯蔵庫から好んで呼び出されるわけではない。

従って、時がたつにつれて、その輪郭があいまいになり、記憶が薄れていく傾向がある。ウゴリーノ伯爵[8]がダンテに自分の恐ろしい死について語るのを躊躇したという行為には、心理学的な信憑性がある。彼がそれを語る気になったのは、ダンテに譲歩したためではなく、もっぱら自分の永遠の敵に死後の復讐をするためだった。私たちの心を深く傷つけたが、私たちや私たちの周囲に物質的な傷跡、あるいは永遠の欠落を残さなかったような出来事について、「それを決して忘れない」という時、それは軽率な言い方だろう。「文明」生活の中でも、治癒することができた重い病気のことは喜んで忘れてしまうし、成功した外科手術についても同じだからだ。

自己防御のために、現実は記憶の中でゆがめられることがあるし、それは事件の最中にも起こり得る。アウシュヴィッツに閉じ込められた全期間中、私にはアルベルト・D[9]という親友がいた。彼は若くて、頑健で、勇気があり、普通の人よりもずっと先見の明があった。従って多くのものが慰めとなる幻想を作り出し、お互いに告げ合うことに関しては、かなり批判的であった(「戦争は二週間後に終わる」、「もう選別はなくなる」、「イギリス軍がギリシアに上陸した」、「ポーランドのパルチザン部隊が強制収容所を解放しつつある」、などのことである。それは毎日流される噂であったが、その都度現実によって否定されていた)。アルベルトは四十五歳の父親とともに強制移送されて来ていた。一九四四年十月の大選別の直前に、アルベルトと私はそのことを、恐怖、虚しい怒り、反抗心、あきらめを交えて話し合った。しかし慰めの作りごとに逃げ込もうとはしなかった。選別の時が来て、「老人の」アルベルトの父はガス室に選別された。するとアルベルトは数時間のうちに意見を変えた。彼は信ずるに足る噂を聞いた。ロシア軍が接近しているので、ドイツ人はもはや虐殺を続けないだろう、これは今までの選別とは違っていて、ガス室送りのものではなく、彼の父のように弱っているが回復可能な囚人を選別するために行われたものだ。ひどく疲れてはいるが、病気になっていないものを。そしてアルベルトは囚人がどこに送られるかも知っていた。さほど遠くないヤボルノ特別収容所で、軽労働にしか適さない囚人専用のものだった。

もちろんその後父親の姿は見られず、アルベルト自身も一九四五年一月の、強制収容所からの退避行の中で姿を消してしまった。奇妙なことに、逮捕を免れ、イタリアで身を隠していた彼の家族も、アルベルトの行動を知らないまま、彼と同じように振る舞っていた。彼らは別の真実を作り上げて、耐え難い真実を拒否していた。私は帰国するや否や、即座にアルベルトの町に行き、彼の母と兄弟に、自分の知っていることを告げるのが義務であると思った。私は礼儀正しく、暖かく迎えられたのだが、私が話を始めるや否や、母親はやめるように頼んできた。彼女はもうすべてを知っていた、少なくともアルベルトに関しては。私がいつもの恐ろしい話を繰り返すのは無駄であった。彼女は息子が、彼だけが、SSに撃たれることなく列を離れることに成功し、森に身を隠して、今はロシア人に保護されていることを知っていた。彼はまだ消息を知らせることができないが、もうすぐそうするはずである。彼女はそれを確信していた。だから、お願いだから、話題を変えて、私がどのように生き延びたか話してほしい、と言った。一年後に私はたまたまその町を通りかかり、また彼の家族を訪ねた。事実は少し変わっていた。アルベルトはソビエトの病院にいて、元気だが、記憶をなくしていて、自分の名前も思い出せない。しかしよくなりつつあり、すぐに帰って来ることだろう。彼女はそれを確実な情報源から知ったのだった。

アルベルトは帰って来なかった。あれからもう四十年以上の月日が流れた。だが私はもう一度彼の家族を訪ねて、彼らがお互いに助け合いながら作り上げた慰めの「真実」に、私の苦痛な真実を対置する勇気はない。

ここで弁明が必要だ。この本もまた記憶に満ちあふれている。それも遠い昔の記憶だ。従って疑わしい源泉から情報を引き出しているのであり、まず自分自身に対して用心しなければならない。つまり思い出よりも考察をより多く含んでおり、過去の記録よりも今日の物事の状態により進んで考察を向けているのである。この本に含まれているデータは、溺れるものに関して（あるいは「救われるもの」に関して）形成されつつある壮大な文学に広く依拠している。それには、自発的かそうでないかの違いはあるが、当時の罪人たちの協力も寄与している。そしてその集成では、一致点は数多く、不一致点は無視できる。私個人の思い出と、今まで引用し、これからも引用するまだ未発表のわずかな逸話に関しては、私はそれを丹念にふるいにかけた。時はそれをやや色あせさせたが、まだ背景とよく調和しており、前に述べた記憶の漂流には損なわれていない、と私は思っている。

2 灰色の領域

私たち生き残りは自分の経験を理解し、他人に理解させることができたのだろうか。私たちが普通「理解する」という言葉で了解していることは、「単純化する」という言葉と一致している。根本的な単純化がなされないなら、私たちの世界は際限のない、不明確なもつれあいとなり私たちの方向感覚や、行動を決める能力はおびやかされるだろう。要するに私たちは認知可能なことを図式化するよう強いられている。私たちが進化の過程で作り上げた、人間に特有の素晴らしい道具、つまり言葉と概念的思考はこの図式化を目標にしている。

私たちは歴史も単純化しようとする。しかし事実を整理する図式は常に一つの意味しか持たない形で取り出せるわけではない。従って様々な歴史家たちが、互いに矛盾するような形で、歴史を理解し、再構成することも起こり得るのである。しかしながら、おそらくさかのぼれば、私たちの起源が社会的な動物であることに理由があると思えるのだが、私たちの中には、「我々」と「彼ら」という形で領域を分ける必要性が強固に存在している。であるから、この図式、つまり敵と味方という二分法はすべてのものに優先している。人々の間で語られる歴史、そして学校で伝統的に教えられる歴史は、この二分法的な傾向を非常に強く見せていて、あいまいな分け方や複雑な混成を忌み嫌っている。それは人間の様々な出来事を抗争に、抗争を対決に帰する傾向を持っている。つまり我らと彼ら、アテネ人とスパルタ人、ローマ人とカルタゴ人といった具合である。サッカー、野球、ボクシングといった見世物的なスポーツが非常な人気を集めているのは、確かにここに理由がある。そこで競い合うのは非常にはっきりとした、見分けやすい二つのチーム、あるいは二人の人物で、試合の最後には勝者と敗者が決まる。もし結果が引き分けなら、観客は期待を裏切られ、がっかりする。観客は多少なりとも無意識的に、勝者と敗者を望んでいて、それを善人、悪人と同一視してしまう。なぜなら善人が最良のものを得るべきで、そうでなければ世界は立ちゆかなくなるからだ。

この単純化を望む「希望」は正当なものであるが、単純化自体は常にそうであるわけではない。それは作業仮説であって、そうとして認められる限りは有益であるが、現実と混同されてはならない。大部分の自然現象、歴史的現象は単純ではない。あるいは私たちに好ましい単純さを備えたようなものではない。ところで、ラーゲル内部の人間関係の網の目は単純なものではなかった。それを犠牲者と迫害者という二つのブロックに還元することはできなかった。今日ラーゲルの歴史を読むもの（あるいは書くもの）には、次のような傾向が見られるし、そうした必要が感じられる。つまり善と悪を区別し、一方に味方し、善人をこちらに、悪人をあちらにと振り分ける、最後の審判の時のキリストの行為を繰り返すことである。特に若者がそうで、明晰さを、はっきりとした切り口を求める。若者は人生経験が少ないので、あいまいさを好まないのである。だが彼らのこうした期待はまさに、若いか否かにかかわらず、ラーゲルに到着したばかりの囚人たちの期待でもあった。以前に似たような経験をしたものは違っていたが、それ以外のすべてのものは、恐ろしくても、意味が分かる世界があることを期待していた。つまり私たちが先祖代々受け継いできた、単純なモデルに一致する世界、はっきりとした地理的な境界線で、「私たち」は中に、敵は外に分かれている世界があることを期待していたのだ。

しかしながらラーゲルへの入場は、それに伴う驚きのためにある衝撃となった。私たちが落ちたと感じた世界は確かに恐ろしかったが、また理解不可能でもあった。それはいかなるモデルとも一致せず、敵は周りにいたが、内部にもいた。「私たち」は自分自身の境界を失い、敵対する側は二つではなく、境界線は見分けられず、数多くあり、混乱していて、おそらく無数にあり、個人と個人の間に引かれていたのだ。そこには少なくとも、同じ不幸な境遇にいる仲間たちの連帯感を期待して入るのだが、期待した同盟者は、特別な場合でない限り、存在しなかった。そうではなくて無数の密封された単子《モナド》がいて、その単子の間で隠された、絶え間ない、絶望的な戦いが行われていた。収容所に入れられた直後になされるこの不意の啓示は、しばしば同心円的な攻撃という直接的な形で、将来同盟者になってほしいと期待する側からなされた。この啓示はあまりにも厳しいもので、すぐに抵抗する能力を崩壊させた。多くのものにとってそれは直接的であれ、間接的であれ、致命的なものだった。予期していない打撃から身を守るのはとても難しいのである。

この攻撃には様々な局面を見て取ることができる。ここで思い出す必要があるのだが、強制収容所システムは、その始まりから（それはドイツにおけるナチズムの権力奪取に一致している）、敵たちの抵抗能力を挫くという第一の目的を持っていた。強制収容所本部にとって新たに到着した囚人は、いかなるレッテルが貼られていようとも、本来の意味での敵であり、それが組織的抵抗の模範あるいは芽にならないように、すぐさま打ち砕かれるべきであった。ＳＳはこの点に関して非常に明快な考えを持っており、ラーゲルの入場に伴う不吉な儀礼は（ラーゲルごとに違っていたが、実質的には同じだった）、すべてこの側面から解釈されるべきである。即座に、しばしば、顔を狙ってなされる殴打や足蹴。本当の怒りか、あるいは怒りを偽って怒鳴られる大音声の命令。完全な裸体。髪の毛を剃り上げること。ぼろ服をまとう儀式。こうした細かな点がすべてある専門家によってまとめられたのか、あるいは経験に基づいて組織的に完成されたのか、断言するのは難しい。しかしそれは偶然ではなく、明確な意志があった。それを監督するものが存在し、そのことがはっきりと見えていた。

しかしこうした入場の儀礼と、それによって引きおこされる道徳的な崩壊は、多少なりとも自覚されていたのだが、強制収容所世界の他の要素により増幅されていた。その要素とはまず第一に普通の囚人であり、その次には特権的な地位の囚人であった。強制収容所では、新入りは、友人とは言わないまでも、少なくとも不幸な仲間として受け入れられることはめったになかった。ほとんどの場合、古参者たちは（三、四カ月で古参者になった、入れ替えは早かった！）不快感か、あるいは敵意を見せた。「新入り《ツーガング》」は（これはドイツ語では抽象的な行政用語である点に注意してほしい。「入り口」、「入場」などの意味である）まだ家の香りを残していると考えられていたので、ねたみの対象になった。しかしそれは不条理なねたみであった。なぜなら実際には収容所に入れられた初めの日々の方が、後よりもずっと苦しいからである。時間がたてば、一方では慣れが、もう一方では経験が、避難所を作ることを可能にするからである。新入りはあざけられ、残酷な冗談にさらされる。こうしたことはすべての共同体で「新兵」や「新顔」に行われるが、未開の人々の間でも通過儀礼としてなされている。疑いもなくラーゲルの生活はある退化を伴っており、それはまさに未開の行動を導き出したのである。

おそらく「新入り《ツーガング》」への敵意は、実質的には他のすべての不寛容と同じ動機に由来していたと思われる。つまりそれは「他人」を犠牲にして「我々」を強固にしようとする無意識的な試み、要するに抑圧されたものの間に連帯感を作り出そうとする試みであった。だがその連帯感がないことこそ、はっきりとは感じとられていなかったが、追加された苦しみの原因であったのだ。また威信を求めることも関係していたが、それは私たちの文化に、取り去り難い必要として組み込まれていると思える。侮蔑を受けた古参囚人たちの群れは、新入りたちに、受けた恥辱を晴らす標的を見つける傾向があった。そして新入りたちを踏み台にして代償を得、新入りたちを犠牲にしてより低い階級を作り出し、そのものに上から受けた虐待の重荷をかぶせがちであった。

特権を持つ囚人に関しては、話はより複雑になるが、さらに重要性は増す。これはむしろ、私の考えでは、根本的な問題である。国家社会主義のような、極悪非道なシステムは、その犠牲者を聖人のように高めるとの主張は、無邪気で、不条理で、歴史的に間違っている。逆にそれは犠牲者たちを卑しめ、自分と同じものにしてしまう。特に犠牲者たちが協力的で、心が白紙で、政治的道徳的骨組みがないなら、なおさらそうなってしまう。多くの兆候から、ようやく、犠牲者と虐待者を分ける空間を探る時が来たように思える（それはナチのラーゲルだけに限らない！）。例えばそれを、いくつかの映画で見られたよりも、より軽やかな手つきで、より汚れのない心で、なすべき時がきたと思える。その空間が空虚であると主張できるのは、図式的な修辞学だけだろう。それどころか、その空間は卑劣漢や哀れなものたちに満ちあふれている（時には同時に二つの素質をあわせ持っていることがある）。これはもし人類を知ろうと望むなら、知ることが不可欠なものである。また同じような試練が再び課される時に、私たちが自分の魂を守る方法を知ろうとするなら、あるいは単に大企業の巨大工場で起きることを知りたいと望むだけでも、それを知る必要がある。

特権を得た囚人たちはラーゲルの住民の中では少数者であったが、生き残りの中では大多数を占めていた。事実、労苦、殴打、寒さ、病気を考慮に入れないにしても、食料の配給は、それまで非常に質素な生活をしてきた囚人にも絶対的に足りなかったことは記憶されるべきである。身体組織の生理学的蓄えは二、三カ月のうちに消費し尽くされ、飢えによる死、あるいは飢えに誘発された病気による死が囚人の普通の運命になった。それは食物を余分に得ることでしか避けられず、その余分の食物を得るためには多少なりとも特権が必要であった。別の言葉で言えば、規定を越えて、さらにその上によじ登る方法が求められていた。それは与えられたか、自分で得たか、狡猾なものか、暴力的なものか、合法的なものか、非合法的なものか、いずれにせよ様々であった。

さて、忘れることができないのは、生き残ったものたちが語ったり書き残した記録の大部分が、初めに次のようなことを書いていることである。強制収容所の現実との衝突は、予期できず、理解もできなかった攻撃にさらされることで始まる。それは新しい奇妙な敵、つまり囚人＝職員からの攻撃で、そのものは手を取って安心させ、道を示す代わりに、わけの分からない言葉を叫びながら襲いかかってきて、顔を殴りつけるのであった。そのものは服従させようとする。自分はもう失ってしまったが、囚人にはまだ残っている人間の尊厳のかけらを消し去ろうとする。だがまだ残っている尊厳をもとに、反撃しようとすると、ひどい目にあう。これは書かれてはいないが、鉄の規則である。殴り返す《ツリュックシュラーゲン》ことは許しがたい違反であって、それは「新入り」の頭にだけ浮かぶのである。それを犯したものは見せしめにされなければならない。他の職員たちが脅かされた秩序を守るために駆けつけ、その違反者は組織的に、荒々しく殴打される。服従するか、死ぬまで。特権は本質的に、特権それ自体を守り保護するものである。当地の言葉で、つまりイディッシュ語とポーランド語で、特権を表すのはprotekcja《プロテクツィア》という言葉だった。私はこの言葉をよく記憶していたが、それは明らかにイタリア語からラテン語を語源にしていた。私はパルチザンであった「新入り」のイタリア人の話を聞いたことがある。彼はまだ精力が充実していた時に、政治犯という範疇で労働ラーゲルに放り込まれた。彼はスープの配給の最中に手荒に扱われたので、その配給者＝職員を突き飛ばした。するとその仲間たちが駆けつけ、彼は見せしめとして、スープの桶に、溺れるまで頭を突っ込まれたのだった。

ラーゲルだけではなく、すべての人間社会で、特権者がさらに特権を得ることには、不安をおぼえざるを得ないが、それは避け難くもある。そうしたことがないのはユートピアだけだ。ふさわしくない特権に戦いを挑むのは、正しい人間の任務だが、それが終わりのない戦いであることを忘れてはならない。多くの人間に対して少数者が、あるいはただ一人が、権力を行使するところでは、特権が生まれ、増殖する。たとえその権力がそう望まないにしても。しかし普通権力は特権を容認したり、奨励する。話をラーゲルに限ってみよう。それは「実験室」として十分に通用する（それはソビエトのものでも同じである）。そこでは囚人＝職員の雑種階級が特権の骨組みを作っており、不安をかきたてるような外貌を見せている。それは輪郭のはっきりしない灰色の領域で、主人と奴隷という二つの領域を分けるのと同時に結び付けている。その内部構造は信じられないほど複雑で、私たちが判断を下そうとしても、それを混乱させるのに十分なものを自らの中に宿している。

「特権《プロテクツィア》」と協力という灰色の領域は、多岐にわたる原因から生ずる。まず第一に、権力の領域は、狭くなればなるほど、外部の協力者を必要とする。末期のナチズムは、従属させたヨーロッパの内部秩序を維持し、敵方の増大する軍事的抵抗で疲弊した戦線を補給することに全力を費やしていたので、協力者なしにはやっていけなかった。占領した国々から、労働力だけでなく、治安部隊も引き出さざるを得なかった。ドイツの権力は別の場所で、枯渇するまで使われていたから、その代理人、管理者が必要だった。まさにこの領域に、質と重要性で濃淡の差はあるのだが、ノルウェーのクヴィスリング政権、フランスのヴィシー政権、ワルシャワのユダヤ人評議会《ユーデンラート》、イタリアのサロ共和国などが入れられる。またいたるところで、最も汚い仕事に使われた、ウクライナ人やバルト諸国人の傭兵たち（戦闘には使われなかった）、そして後に述べる「特別部隊《ゾンダーコマンドス》」もその領域に入る。しかし敵方の陣営から来た協力者たち、かつての敵たちは、本質的には信頼できない。彼らは一度裏切っていて、また裏切る可能性がある。彼らを二次的な仕事に送るだけでは十分ではない。彼らを縛りつける最良の方法は罪を負わせ、手を血で汚し、できる限り深くかかわらせることである。そうすれば首謀者と共犯関係を結ぶことになり、もう後戻りはできなくなる。こうしたやり方は、ありとあらゆる時代や場所の犯罪組織に知られており、常にマフィアにも用いられていた。そして特に一九七〇年代のイタリアのテロリズムの過激な行動は、これによってしか説明できないし、他にそれを読み解くすべは存在しない。

第二点としては、ある種の聖人賛美風の修辞学的な定式化とは対立するのだが、抑圧が厳しければ厳しいほど、被抑圧者たちの間では権力に協力する姿勢が強まる。この姿勢も様々な動機や、陰影の濃淡差によって特徴づけられている。例えば恐怖、イデオロギー的な誘惑、勝者との盲目的な一体化。そしてばかげたほど時間的空間的に限定されていても、ともかく権力なら何でも得たいという近視眼的な欲望。また命令全般や押し付けられた命令を回避したいという、冷徹な計算に至るような卑劣さ。こうした動機はすべて、単独であれ、いくつか結び付いたものであれ、この灰色の帯を生み出すのに作用した。それに属するものは、特権を持たないものと比較すると、共通して、自らの特権を保持し、固める意志を持っていた。

囚人たちの一部が、程度の差こそあれ、ラーゲル当局に協力するようになった動機は、後で逐一論議することにする。その前に、力を込めて言いたいことがある。こうした協力者の行動に、性急に道徳的判断を下すのは軽率である。明らかに、最大の罪は体制に、全体主義国家の構造自体にある。個々の大小の協力者が(彼らは感じは良くなかったし、動機も不明確だった!)競って罪を犯したことについては、評価が難しい。それに関する判断は、同じような状況にいて、強制下での行動がいかなる意味を持つのか、自分自身で体験したものだけに委ねたいと思う。マンゾーニ[10]はそのことをよく知っていた。「挑発者、迫害者、何らかの形で他人に悪をなしたものたちすべては罪人であるが、犯した悪によるだけではなく、虐待されたものの心にまだもたらし続けている荒廃によっても罪人なのである」。虐待されていたという条件は罪を免除するものではない。そしてしばしばその罪は客観的に見て重いことがある。しかしその罪の計量を委託すべき、人間の法廷を私は知らない。

　もし私にそれが委ねられるなら、もし私がそれを判断するよう強いられるなら、私は良心の呵責など感ぜずに、最大限に強制され、最小限、罪に加担したものたちすべてを許すだろう。私たち階級のない囚人の周りには、低い階級の職員たちがうごめいていた。彼らはある多彩な動物相を形成していた。清掃人、飯盒洗浄人、夜警、ベッドの整頓人（彼らは自らのわずかな利益のために、寝台のシーツが平坦に四角く整えられているべき、というドイツ的な思い込みを利用していた）、シラミや疥癬《かいせん》の検査人、命令伝達人、通訳、助手のまた助手。彼らは普通私たちと同じ哀れな人間で、他の全員と同様に、決められた時間通りに働いていたが、半リットル余分のスープを得るために、こうした「サービス業的」仕事をこなすようにしていたのである。そうした仕事は無害で、時には役に立ち、しばしば無から作り出されていた。彼らが暴力的であることはほとんどなかったが、ある典型的な同業組合的考え方を発達させており、下から、あるいは上からそれを脅かすものに対して、自分たちの仕事を精力的に守ろうとしていた。彼らの特権は、結局のところ余分の不自由や労苦を伴うもので、わずかの利益しかもたらさず、他の囚人と同様に、規則や苦痛から逃れることもできなかった。彼らの生き残りの希望は、実質的には特権を持たない囚人と同じであった。彼らは粗野で傲岸であったが、敵とは感じられなかった。

命令を下していたものたちには、より微妙な、より多様な判断をせざるを得ない。それは労働部隊の頭領（カポーのことで、イタリア語のカーポを直接語源とするドイツ語である。語末にアクセントを置いた発音はフランスの囚人[11]たちによって導入されたのだが、ずっと後になって、ポンテコルヴォ監督の同名の映画で広められ、その違った発音のためにイタリアでも好意的に受け入れられたのであった）、バラック長、書記などで、それ以外にも政治部（実際にはゲシュタポの一部門であった）、労働事業部、懲罰房などの強制収容所の管理部門で、多種多様な、時には非常に微妙な仕事を果たしていた囚人の集団がいた（当時私はその存在を疑ってもみなかった）。彼らのうちの何人かは、能力や幸運に恵まれ、それぞれのラーゲルの最も機密とされた情報に接することができた。例えばアウシュヴィッツのヘルマン・ラングバイン[12]、ブーヘンヴァルトのオイゲン・コーゴン[13]、マウトハウゼンのハンス・マルサレク[14]などで、彼らは後にそうしたラーゲルの歴史家になった。彼らの個人的勇気やその狡知を、これ以上称賛すべきなのか分からない。それは様々な方法で、彼らの仲間を具体的に助けるのに役立ったのだった。彼らは接触のあるSSの将校たち一人ひとりを注意深く観察して、そのうちのだれを買収できるか、残酷な決定をひるがえすようにだれを説得できるか、だれを脅迫できるか、あるいはだませるか、戦後になされるはずの「最後の審判《レッデ・ラティオネム》」でだれをおびえさせられるか、検討したのだった。彼らの何人かは、例えば名をあげた三人は、秘密防衛組織のメンバーでもあった。つまり彼らがその仕事で得た権力は、冒している究極の危険によって釣り合いがとれていた。「抵抗」組織に入っているという点で、そして秘密の保持者であるという点で。

今述べた職員たちは、協力者ではなかったか、あるいは外見上そうであっただけで、実際にはむしろ偽装したナチへの敵対者であった。しかし支配的地位を得ていた他のものたちの大部分はそうではなかった。彼らは中位の下から最低線までの、人間の見本であった。権力は人を消耗させるよりも、堕落させる。そして彼らの権力は独特の性質のものであったから、よりひどく堕落することになった。

権力は人間の様々な社会組織のすべてに、多少なりとも制御されたり簒奪されたものとして存在する。それは上から授けられたり、下から承認されたり、功績、同業組合的連帯感、血統、財産などのために委譲されたりする。人間が人間を支配することは、社会的動物という私たちの遺伝子的遺産の中に、ある程度組み込まれていることはあり得る。権力が本質的に集団に対して有害なものか、まだ証明されていない。しかし今述べた職員たちが持っていた権力は、労働部隊のカポーのように、低い階級のものであっても、実質的には際限のないものであった。言い換えれば、彼らの暴力には最低限の限界は設けられていたが（それは彼らがかなり厳格なところを見せなければ、罰せられたり、交代させせられたからである）、上限は設けられていなかった。別の言い方をすれば、彼らは下の者に対し、いかなる種類の違反にも罰を与えるという名目で、あるいはさしたる理由もなしに、最悪の残虐行為を加えることができた。一九四三年の末まで、カポーは、いかなる形の罰も恐れる必要がなかった。囚人を打ちすえて殺してしまうこともまれではなかった。それ以降、労働力の不足が強く感じられるようになって、いくらか制限が設けられた。カポーが囚人に行う虐待が、その囚人の労働能力を永久に減衰させてはならなかった。しかしもはや悪しき習慣は根付いていたので、常にその規則が守られたわけではなかった。

こうしてラーゲルの内部に、全体主義国家の階級構造が、スケールは小さいながらも、特徴が増幅されて再生産されることになった。そこではすべての権力は上から授けられ、下からの制御はほとんど不可能だった。しかしこの「ほとんど」という言葉は重要である。言葉の本来の意味で、実際に「全体主義的」であった国家はいまだかつて存在しなかった。何らかの形でのフィードバック、完全な自由裁量に対する矯正は、ないことがなかった。それはナチの第三帝国でも、スターリンのソビエト連邦でも同じだった。どちらの国でも、大小の程度差はあるが、世論、司法当局、外国のマスメディア、教会、そして十年、二十年の専制体制も根こそぎにできなかった人間的感情や正義感が、歯止めの役割を果たしていた。ただラーゲルの内部でだけ、下からの制御は皆無で、小さな地方総督の権力は絶対だった。これほどの強大な権力が、権力に貪欲なタイプの人間をどれだけ強く引きつけたか、よく分かる。そしていかにして、さほど権力志向の強くない人間も、その役割がもたらす物質的利益に引きつけられてそれを渇望し、結局自分が得た権力に宿命的に毒されていったか、理解できるのである。

カポーになったのはどういう人間だろうか。ここでまた区別が必要である。まず第一にそれは、その可能性が示された人間である。つまりラーゲルの指揮官やその代理人たちが（しばしば優秀な心理学者であった）、協力者としての潜在的素質を見抜いたものたちである。刑務所から引き出された刑事犯罪人。彼らにとって警吏の役割は拘留生活に代わる素晴らしい選択肢であった。五年、十年の苦痛な監獄生活で衰弱した政治犯、あるいはいずれにせよ精神的に気力を奪われた政治犯。そして後にはユダヤ人自身。彼らは与えられた権威のかけらの中に、「最終的解決」を逃れる唯一の方策を見出していた。しかし前にも述べたように、多くのものが本能的に権力を渇望していた。例えばサディストがそうだった。その数は確かに多くはなかったが、非常に恐れられていた。なぜなら彼らにとって、特権的な地位は、下のものに苦しみや屈辱を味わわせる可能性を意味していたからである。また挫折者もそうであった。これもまたラーゲルという小宇宙に、全体主義社会という大宇宙を再現するものであった。この小宇宙でも大宇宙でも、その能力や功績は問わずに、位階制的権威に敬意をささげる気があるものには、寛大に権力が与えられていた。こうしてほかでは達成できないような昇進が成しとげられたのである。そして最後に抑圧されたものの多くも権力を求めた。彼らは抑圧者に感化され、無意識のうちに彼らと自分を同一視するようになっていった。

この模倣について、この同一視、あるいは物まね、あるいは抑圧者と犠牲者の役割交換については、多くの論議がなされてきた。真実や作りごと、心をかき乱す判断や陳腐な意見、鋭い見解や愚かな考えが示されてきた。これは処女地ではなく、不器用に耕され、足跡が残り、混乱している畑地である。女流映画監督のリリアーナ・カヴァーニは、彼女の素晴らしいが虚偽の映画『愛の嵐』について、簡潔にその意図を述べるように求められて、次のように言った。「私たちはみんな殺人者か犠牲者で、その役割を自ら進んで受け入れるのです。ただサドとドストエフスキーだけがこのことをよく理解していました」。また「どんな環境、どんな人間関係においても、多少なりとも明快に表現され、一般的には無意識のレベルで体験される犠牲者‐処刑人の力学が存在します」とも述べている。

私は無意識や深層心理のことは分からない。しかしそれを理解するものはわずかで、そのわずかなものはずっと慎重であることを知っている。私の心の底に殺人者が巣くっているのかどうか、私は知らないし、それを知ることに興味はない。しかし自分が無実の犠牲者で、殺人者ではなかったことを知っている。殺人者が存在したこと、それもドイツだけではなかったことを知っている。また休暇中であるにせよ、活動中であるにせよ、現在も存在することを知っている。そして殺人者とその犠牲者を混同することは、道徳的な病であるか、あるいは審美的な悪癖であるか、あるいは不吉な共犯の印であることも知っている。それは特に真実を否定するものへの貴重な奉仕である（意図的か、そうでないかにかかわらず）。ラーゲルでは、そしてもっと一般的に人生という劇場では、すべてが起こり得る。従って個別の例はほとんど何も示さないことは分かっている。従ってこうしたことを自明のこととしつつも、二つの役割を混同することは、私たちの正義の必要を根底から欺くということを再確認しておこう。そうした上でもまだ考察すべきことはいくつか残っている。

ラーゲルでも、外の世界でも、すぐに妥協に走る、あいまいな灰色の人々が存在することは事実である。そしてラーゲルの極限的な緊張状態はそうした人々の数を増大させる。彼らは自ら罪に加担しており（彼らの選択の自由が増せば増すほど、それは顕著になる）、それ以外にも彼らは体制の罪の道具であり、運搬者である。抑圧者の大部分は、彼らの行為の最中、あるいはその後に（より頻繁であるが）、自分たちのしていたこと、あるいはしたことが非道であったと理解する。そしておそらく疑問を持ったり、不自由な気持ちを抱いたり、あるいは罰せられたりする。しかしこうして苦しんだからといって、彼らを犠牲者の中に入れるわけにはいかない。同様に、囚人が誤りを犯したり、譲歩したからといって、彼らを看守と同列にするわけにはいかない。ラーゲルの囚人たちは、ヨーロッパのほとんどの国々の、ありとあらゆる階級に属する、何十万という人々であって、人類の選別されていない平均的な見本であった。もし彼らが不意に投げ込まれた地獄のような環境を考慮に入れないにしても、彼らに対して常に、その後もずっと、聖人やストア派の哲学者に期待されるような行動を要求するのは道理に合わないし、詭弁的だし、欺瞞的でもある。実際のところ、ほとんどの場合、彼らの行動は厳しく強制されたものだった。彼らはすべてを剝奪され、日々、飢え、寒さ、疲労、殴打と戦うことで、数週間、あるいは数カ月の間に、単に生きているだけという状態に落とされてしまう。そうした中では、選択の余地はほとんどなくなる（特に道徳的選択に関しては）。彼らの中でほんのわずかのものが、多くのあり得ない出来事が積み重なったおかげで、その試練を生き延びることができた。要するに彼らは幸運によって救われたのだ。おそらく初めの良好な健康状態を除けば、彼らの運命の中に何か共通点を探すのはあまり意味がないだろう。

協力の極端な例は、アウシュヴィッツや他の抹殺収容所に存在した「特別部隊《ゾンダーコマンドス》」である。ここでは特権について語るのははばかられる。それに属していたものは、何カ月か腹いっぱい食べられるというだけの特典しか持たなかったが（しかし何という代償を払ったものだろうか！）、もちろんそれはうらやみを起こさせないためだった。このしかるべくあいまいな名称を持った部隊、「特別部隊」は、ＳＳが焼却炉の管理を任せた囚人の一団を指して呼んだ名前であった。彼らはガス室に送られる運命の新参者たちに、混乱や動揺を起こさせないことを任務としていた（新参者たちはしばしば自分たちの運命をまったく知らなかった）。そしてガス室から死体を運び出し、歯から金歯を抜き取り、女性の髪を切り、服や靴やスーツケースの中身をより分け、分類する任務も請け負っていた。さらに死体を焼却炉に運び、焼却炉の運転の管理をし、灰を始末する仕事もしていた。アウシュヴィッツの特別部隊は、時期によって異なるのだが、七百人から千人の人員を抱えていた。

この特別部隊も、囚人すべての運命を逃れることはできなかった。むしろＳＳはありとあらゆる配慮をして、それに属していたものが一人も生き残れず、語れないようにしていた。アウシュヴィッツでは相次いで十二の特別部隊が編成された。そのおのおのは、数カ月間働いただけで始末された。その時は、その都度、反抗を防ぐために、違った方策がとられた。そしてそれを引き継ぐ特別部隊が、通過儀礼のようにして、前任者の死体を焼いたのであった。最後の特別部隊は、一九四四年の十月にＳＳに反乱を起こし、焼却炉の一基を爆破したが、後に述べる圧倒的に不利な戦いの中で皆殺しにされたのだった。従って特別部隊の生き残りはほんのわずかで、それも予想もつかない運命のいたずらで死をまぬがれたのだった。解放後、彼らの中で進んで口を開いたものはなく、だれもその恐ろしい状況について自発的に語っていない。私たちがこの部隊について持っている情報は、生き残ったものたちのわずかな証言、様々な法廷で裁かれた彼らの「依頼者たち」の自白、この部隊と偶然に接触する機会を持ったドイツ人やポーランド人「市民」の証言に含まれている指摘、そして最後に未来の証言になるように、必死の思いで書かれた日記のページなどから来ている。その日記は、その部隊の何人かのメンバーによって、アウシュヴィッツの焼却炉の周辺に非常に巧妙に隠されていたのだった。こうした資料の内容は一致しているのだが、しかしながらこうしたものたちが日々をどのように生きていたか、自分をどのように見ていたか、自分自身の状況をどのように受け止めていたか、叙述することは難しいし、ほとんど不可能である。

初めのころ、メンバーはすでにラーゲルに登録されていた囚人の中からSSによって選ばれていた。その選抜は身体的な頑丈さだけに基づいたものではなく、外観をじっくり観察して行われた、という証言がなされている。まれには刑罰として特別部隊に入れられたこともあった。後になると、輸送列車の到着直後に、鉄道のプラットホームで、直接候補者を選ぶ方法が好まれるようになった。SSの「心理学者たち」は、方向を失った、絶望したものたちから徴募を行う方が、より簡単であることに気がついたのだった。彼らは汽車から降ろされるその決定的な瞬間、旅で疲労困憊し、抵抗力をなくしていた。新たに到着したものはすべて、地上には存在しない土地の、暗闇と恐怖に接しているような気がしていた。

特別部隊はほとんどすべてがユダヤ人で構成されていた。ある意味ではこれは驚くに当たらない。なぜならラーゲルの主目的はユダヤ人の抹殺であり、一九四三年以来、アウシュヴィッツの人口は九十パーセントから九十五パーセントがユダヤ人で占められていたからである。しかし一方では、この悪意と憎悪の噴出を目のあたりにすると、呆然としてしまう。ユダヤ人を焼却炉に入れるのはユダヤ人でなければならなかった。ユダヤ人は劣等人種で、人間以下であり、いかなる屈辱にも屈し、自分自身さえも破壊してしまうことを示さなければならなかった。またすべてのSSが、日々の任務としての虐殺を、喜んで受け入れてはいなかったことが確認されている。犠牲者自身に仕事の一部を、それも一番汚い部分を負わせるのは、良心の呵責をいくらか軽くするのに役立ったと思える（おそらく役立ったのだ）。

もちろんこの盲従を、何か特別なユダヤ的特徴に帰するのは公正ではない。特別部隊には非ユダヤ人の囚人も、ドイツ人やポーランド人の囚人も属していた。だが彼らはカポーという、より「品位のある」職務を果たしていた。またロシア人の戦争捕虜もいたが、ナチは彼らをユダヤ人よりもややましの存在としか見なしていなかった。彼らの数は少なかった。なぜならアウシュヴィッツにはロシア人はわずかしかいなかったからだ（彼らはそれ以前に大部分が虐殺されていた。彼らの逮捕の直後、巨大な共同溝の縁で射殺されていた)。しかしロシア人の戦争捕虜もユダヤ人と違った行動をとったわけではなかった。

特別部隊はおぞましい秘密の保持者であったがゆえに、外世界から、そして他の囚人たちから厳重に隔離されていた。しかしながら、この種の経験をへたものなら分かることなのだが、いかなる防壁にもひびがないことはない。情報は、不完全でゆがんだものであっても、恐ろしいほどの浸透力を持っており、何かが常に外に洩れ出す。この部隊に関しては、幽閉中にすでに私たちの間で、漠然とした不完全な噂が流れており、その噂は後には前述の資料によって確認されたのだが、こうした状態への本質的な恐怖がすべての証言にある種の抑制をかけていた。従って今日でも、何カ月もこうした仕事をさせられることが「何を意味するのか」、明確なイメージを作るのが難しい。何人かの証言によると、この不幸なものたちは大量のアルコールをふんだんに与えられ、常に完全な野獣化と従属の状態に置かれていたのである。そのうちの一人はこう明言している。「この仕事をするには、初めの日に気が狂うか、それともそれに慣れるかだ」。一方もう一人のものはこう言っている。「もちろん私は自殺するか、殺されることもできた。しかし私は復讐し、証言を持ち帰るために生き残りたかった。私たちが怪物などと信じるべきではない。私たちはあなた方と同じだ、ただずっと不幸なだけである」

明らかに、これらの語られたことを、そして今後彼らにより、彼らの間で語られるであろう他の証言を（まだ私たちのもとには届いていない）、文字通りに受け取ることはできない。この究極の剝奪状態を経験した人間からは、法律用語的な意味での証言は期待できない。それは嘆き、悪態、贖罪の言葉がまざり合ったようなものか、自らを正当化し、自らを回復する努力のようなものでしかない。メドゥーサの顔を見たものからは、真実よりも、自らを解放する感情の吐露しか予期できないのである。

特別部隊を考え出し、組織したことは、国家社会主義の最も悪魔的な犯罪であった。その実用的な側面の背後には（壮健な男たちをとっておく、他人により残忍な任務を押し付ける）、より微妙な側面が垣間見える。それを作り出すことで、他人に、より正確には犠牲者に、罪の重荷を移すことを試みたのだった。そうすれば犠牲者は自分が無実だという自覚さえ持てなくなって、ナチも安心できるからだった。この悪意の深淵の深さを探ることは簡単ではないし、愉快でもない。しかしそれはなされるべきだと思う。なぜなら過去に犯されることが可能であった犯罪は、未来にもまた試みられ、私たちや私たちの子孫を巻き込むかもしれないからである。それから顔をそむけ、注意をそらしたい誘惑にかられてしまう。しかしそうした誘惑には抵抗すべきなのだ。事実、特別部隊の存在はある意味を持ち、あるメッセージを含んでいた。「我々主人の民族はおまえたちの破壊者である。しかしおまえたちは我々よりも上等ではない。もし我々がそう望むなら、そして実際にそう望んでいるのだが、我々はおまえたちの肉体だけではなく、魂も破壊することができる、我々がもう自分の魂を破壊したように」
ハンガリー人の医師、ミクロシュ・ニスリ[15]は、アウシュヴィッツの最後の特別部隊の、わずかな生き残りの一人だった。彼は有名な解剖－病理学者で、検屍の権威であった。ビルケナウのSSの医師長で司法の手を逃れたまま数年前に死んだメンゲレは、彼に仕事を保証していた。そして彼に好意的な待遇を与え、ほとんど同僚のように見なしていた。ニスリは特に双子の研究を割り当てられていた。事実ビルケナウは、同時に殺された双子の死体の検屍が可能な、世界で唯一の場所だった。この特殊な任務のほかに（ちなみに彼が断固たる態度でそれに反対した形跡はない）、ニスリは特別部隊の主治医で、それと緊密に接して生活していた。そうした彼がとても意味深長なある事実を語っている。

前にも述べたように、SSは、ラーゲルや、到着したばかりの輸送隊の中から、特別部隊の候補者を非常に慎重に選んでいた。そして拒絶したり、任務に不適格なところを見せたものは、即座に殺すことをためらわなかった。採用したばかりのメンバーには、SSは、ありとあらゆる囚人に、そして特にユダヤ人に見せていた、侮辱的な、冷然とした態度を取っていた。彼らは軽蔑すべき存在で、ドイツの敵、従って生きる価値のない存在である、という考えが心の中に刻まれていた。最も好意的に見ても、彼らは衰弱して死ぬまで働かせるべき存在であった。だがSSは特別部隊の古参の囚人にはこのように振る舞わなかった。彼らにはある程度仲間のような意識を持っていた。もはや自分たちと同様に非人間的で、同じ馬車に縛りつけられており、押し付けの共犯関係の汚れた絆で結ばれていると感じていた。ニスリは「仕事」の休止時間に、SSとSK（特別部隊）の間でサッカーの試合が行われたのを見た、と語っている。それはSSの焼却炉警備隊の代表者と、特別部隊の代表者との試合であった。その試合にはSSの他の兵士たちと、特別部隊の残りのものたちが立ち会っていた。彼らはどちらかに味方し、賭けをし、拍手喝采し、選手たちを応援した。まるで試合が地獄の入り口ではなく、村の野原で行われているかのように。

こうしたことは他の範疇の囚人とは起こらなかったし、考えられもしなかった。しかし彼らとは、「焼却炉の烏たち」とは、SSは対等か、ほとんど対等のような関係で、競技場で戦えた。この停戦の背後に、ある悪魔的笑いを読み取ることができる。事は成った、我々は成功した、おまえたちはもはや別の人種ではない、反‐人種、千年帝国の第一の敵ではない。おまえたちはもはや偶像を拒否する民ではない。我々はおまえたちを抱擁し、腐敗させ、我々とともに底まで引きずっていった。おまえたちは我々と同じだ、誇り高きおまえたちよ。我々と同じように、おまえたち自身の血で汚れている。おまえたちもまた、我々と同じように、カインと同じように、兄弟を殺した。さあ、来るがいい、一緒に試合をしよう。

ニスリはもう一つの熟考すべき逸話を語っている。輸送列車で到着したばかりのものたちがガス室に詰め込まれ、殺された。特別部隊が日々のおぞましい仕事をしている時、つまり死体のもつれあいをほどき、消火ホースで死体を洗い、焼却炉に運んでいた時、床にまだ生きている娘を発見した。これは唯一の、例外的な出来事であった。おそらく人の体が娘の周囲で防壁となり、呼吸できる空気をひと固まり閉じ込めたのだろう。彼らは当惑した。死こそ彼らの日々の仕事であり、死は習慣になっていた。なぜならまさに「初めの日に気が狂うか、それともそれに慣れるか」であったからである。しかしその娘は生きていた。彼女を隠し、体を温め、肉のスープを運び、問いかけた。娘は十六歳で、時間や空間の感覚を失っていた。自分がどこにいるか知らなかった。何も分からずに、封印された汽車の試練を乗り越え、野蛮な予備選抜と、脱衣と、生きて出たものがいない部屋への入場の試練を克服した。彼女は何も分かっていなかったが、その目で目撃していた。であるから死すべきだった。特別部隊の男たちはそれを知っていた。彼ら自身も、同じ理由で死ななければならないことが分かっていた。しかしアルコールと日々の虐殺で野獣化していたその奴隷たちは変身した。彼らの前にいるのは貨車から降りてくる群衆ではなく、また恐怖に呆然とした人々の流れでもなく、ある一人の人間であった。

ここで、ある個別の例を目の前にして、「卑劣な埋葬人」がためらいと「異例の敬意」

を見せたことが思い出される。それはマンゾーニの『婚約者』の一場面で、ペストで死んだ子供のチェチーリアが馬車に投げ上げられ、他の死体と混ぜ合わされるのを母親が拒絶した箇所である。こうした事実は驚きを呼ぶ。なぜなら私たちが抱いている人間のイメージと対立するからだ。つまり自分自身に忠実で、首尾一貫していて、一枚岩的な人間のイメージである。だが驚くにはあたらない。なぜならそうした人間は存在しないからだ。ありとあらゆる論理に反して、慈悲と獣性は同じ人間の中で、同時に共存し得る。そして慈悲自体も論理を越えたものである。私たちが感じる慈悲と、慈悲の対象となる苦悩の範囲は釣り合っていない。同じように苦しんでも、そのイメージが陰に隠れている無数のものよりは、アンネ・フランクという一人の少女の方がより大きな感動を呼ぶ。おそらく、かくあるべき必然性があるのだ。もし私たちがすべての人の苦痛を感じることができ、そうすべきなら、私たちは生き続けることができない。おそらく多くのものへの慈悲という恐るべき素質は、ただ聖人だけに与えられているのである。埋葬人には、特別部隊のものたちには、そして私たちすべてには、最上の場合でも、ある個人に、同胞《ミットメンシュ》に、隣人に向けられた、時たまの慈悲しか許されていない。神の摂理により、近視眼的になっている、私たちの感覚の届く範囲にいる、目の前の血肉を備えた人間にしか許されていないのだ。

医師が呼ばれた。医師は娘を注射で蘇生させた。毒ガスは確かにその効力を発揮せず、娘は生き続けられた。だがどこで、いかにして。その時ムースフェルトという、死の設備担当の、SSの兵士が不意にやって来た。医師は彼を脇に呼んで、事件を説明した。ムースフェルトはためらったが、決断した。いや、娘は死ぬべきだ。もしもっと歳が行っていれば、事態は違っていただろう。さらに分別があるだろうから、起きた出来事に口をつぐんでいるよう説得できただろう。しかし十六歳でしかない。娘は信用できない。だが彼は自分の手では殺さずに、部下を呼び、その部下がうなじに銃弾を撃ち込んで娘を殺したのだった。このムースフェルトは慈悲深くはなかった。彼が日々食べていた殺戮という糧食は、恣意的で、気まぐれな逸話に満ちており、洗練された残忍さを感じさせる発明で印がつけられていた。彼は一九四七年に裁判にかけられ、死刑を宣告され、クラクフで絞首刑になった。これは正当な裁きだった。しかし彼もまた一枚岩ではなかった。もし別の時代に、別の環境で生きていたなら、彼も他の普通の人のように振る舞っただろう。

『カラマーゾフの兄弟』の中で、グルーシェンカはタマネギの寓話を語っている。ある意地悪な老女が死んで地獄に行った。だが彼女の守護天使が記憶を呼び覚まして、ある時ただ一度だけ、菜園から掘り出したタマネギを一つ乞食にあげたことを思い出した。天使はタマネギを差し出した。老女はそれにしがみつき、地獄の火から引き上げられた。私はいつもこの寓話を不快に思った。いかなる怪物的人間でも、その生涯で、他人ではないにしても、子供や、妻や、犬に、タマネギを与えなかったものがいるだろうか。すぐに消えてしまうこの一瞬の慈悲心は、もちろんムースフェルトを許すには十分でない。しかし一番の端っこであるにせよ、彼を灰色の帯の中に入れるのには十分である。恐怖と恭順の上に築かれた、専制体制によって輝いている、あいまいな領域の中に。

ムースフェルトを裁くのは難しくはないし、彼を断罪した法廷が疑問を持ったとは思えない。しかし一方、私たちが裁きを必要とし、それを行う能力は、特別部隊の前ではつまずいてしまう。すぐに疑問が、沸き立つような疑問が湧いてくるのだが、それに対して、人間の本性についての、心を静めるような答えを出すのは困難な企てである。なぜ彼らはその任務を受け入れたのだろうか。なぜ反乱を起こさなかったのか、なぜ死を選ばなかったのだろうか。

ある程度、私たちが知っている事実が、ある答えを試みることを可能にしてくれる。彼らの全員が受け入れたわけではなかった。死ぬことを知りながら、反抗したものたちもいた。少なくともある事件に関して、私たちは正確な情報を持っている。コルフ島出身の四百人のユダヤ人の一団が、一九四四年七月に特別部隊に入れられたのだが、一致団結してその仕事を拒否し、すぐに毒ガスで殺されたのだった。またその他の様々な命令拒否の記憶が残っているが、それらはすぐに残虐な死で罰せられたのであった（特別部隊のほんのわずかの生き残りの一人であったフィリップ・ミュラーは、彼の仲間がS

Sによって、生きたまま焼却炉に入れられたことを語っている)。また部隊に組み入れられた時、あるいはその直後の、多くの自殺事件が記憶に残っている。そして最後に、前にも述べたが、記憶すべきなのは、まさに特別部隊によって、一九四四年十月に、アウシュヴィッツのラーゲルの歴史上、唯一の絶望的な反乱が試みられたことである。

この反乱の情報は私たちのもとまで届いてきたが、それは不完全で、内容は一致していなかった。反乱を起こしたものたちは(アウシュヴィッツ゠ビルケナウにあった五つの焼却炉のうちの、二つに従事していた)、武器が貧弱で、ラーゲルの外のポーランドのパルチザンとは連絡がなく、ラーゲル内部の秘密防衛組織とも接触がなかったが、第三焼却炉を爆破し、SSと戦った。戦いはすぐに終わった。反乱者の何人かは鉄条網を切って、外に逃げ出すことに成功したが、その直後に逮捕された。彼らのだれ一人として、生き延びたものはなかった。約四百五十人が即座にSSによって殺された。SSの側の死者は三人、負傷者は十二人だった。

従ってこの実態が明らかになった人たち、この虐殺の惨めな人足は普通の囚人とは違ったものたちだった。彼らは状況に応じて、即座の死よりも、あと何週間かの生を選んだ(何という生であったろうか!)。しかしいかなる場合でも、自分の手で人を殺すことなど考えていなかったし、そう誘導されることもなかった。ここで繰り返しておこう。ラーゲルの体験を知っているものも、ましてそれを知らないものも、だれも彼らを裁く権利はない、と私は確信している。あえて判断を下すという方には、自分自身に、誠心誠意、ある知的実験をしてほしいと思う。もし可能なら、次のようなことを想像してほしい。何カ月も、何年もゲットーで過ごし、恒常的な飢えと、労苦と、雑居状態と、屈辱に責めさいなまれる。自分の周りで一人また一人と、親しいものが死んでいくのを見る。外世界から切り離され、情報を受け取ったり伝えたりできなくなる。そしてようやく汽車に乗せられ、貨車に八十人、百人と詰め込まれる。未知の目的地に向かって、ただやみくもに、何日も眠れないまま旅をする。そして最後に、わけの分からない地獄の壁の間に投げ出されている自分を発見する。ここでそのものに生き延びる道が示される。彼に残忍だが、よく分からない任務が提案される。いや、むしろ押し付けられる。これが本当の「命令による強制の状態《ベフェールノートシュタント》」であると私には思われる。法廷に引き出されたナチたちが厚かましくも、組織的に唱えた状況は決してそうではないし、後になって他の多くの国々の戦争犯罪人たちが主張したものもそうではない（ナチの先例を踏襲してだが）。前者は厳密な二者択一であり、即座に従うか、あるいは死を選ぶしかなかった。後者は権力中枢内部の問題で、何らかの操作で解決が可能であった（実際しばしばそのように解決された）。例えば出世の遅れ、控えめな処罰、あるいは最悪の場合は徴兵忌避者を戦線に移動させることなどであった。

私が提案した実験は愉快なものではない。ヴェルコールが彼の短編「夜の武器」でそれを表現しようと試みた。彼は「魂の死」について語っているのだが、今日読み返してみると、耐え難いほど、審美主義と文学的野心に侵されているように思えてしまう。しかしながら魂の死が問題なのは疑いもない。さて、自分の魂が屈したり、砕けてしまうまでに、どれだけ長く抵抗できるか、いかなる試練に耐えられるか、知っているものはだれもいない。いかなる人も自分なりに力を蓄えているが、その大きさは分からない。大きいかもしれないし、小さいかもしれないし、無かもしれない。ただ究極の逆境だけがそれを計る方法を教えてくれる。特別部隊という極限の場合を例にあげなくても、私たち生き残りが自分の経験を話すと、しばしば相手がこう言うことがある。「私があなたの立場だったら、一日たりとももちこたえられなかっただろう」。こうした言い方は明確な意味を持たない。他人の立場に立つことなどできないからだ。個人とは非常に複雑なもので、その行動を予見するよう求めても無駄だし、もし極限状況にあるなら、とりわけそうである。また自分自身の行動を予知することも不可能である。従って「焼却炉の鳥たち」に関しては、こう求めたい。彼らの歴史は、慈悲と厳密さをもって考察されるべきだが、彼らへの判断は停止されるべきである、と。

ルムコフスキの一件を目(16)の前にすると、同じ「判断の不可能性《インポテンティア・ユディカンディ》」が私たちを麻痺させる。ハイム・ルムコフスキの話はラーゲルで完結したのだが、それは純粋にラーゲルだけに限定されるものではない。それはゲットーの話だが、抑圧によって宿命的に引き出されてしまった人間のあいまい性、という根本的な主題を非常に雄弁に語っているので、私たちの論議にぴったり適合すると思える。他の場所でも書いたのだが、それをここでもう一度繰り返すことにする。

私がアウシュヴィッツから帰ってきた時、軽い合金性の奇妙な硬貨がポケットに入っていた。それは今でも持っているのだが、すり傷だらけで腐食している。その表にはユダヤの星が描かれており（「ダヴィデの盾」）、一九四三年という年号と、ゲットーという言葉が書かれている。裏には「十マルク受領書」と、「リツマンシュタットのユダヤ人長老」という言葉が刻まれている。これは要するにゲットーの中で流通した貨幣であった。私は長い間そのことを忘れていたのだが、一九七四年ごろ、その歴史を知ることができた。それは魅惑的であると同時に、不吉なものであった。

リツマンシュタットとはポーランドの都市、ウーチのことで、ナチが第一次世界大戦でロシア軍に勝利したリツマン将軍に敬意を表して、その名をつけたのだった。一九四四年の末に、ウーチのゲットーの最後の生き残りがアウシュヴィッツに移送された。私はもはや無用となったその貨幣を、ラーゲルの土の上で発見したようだ。

一九三九年にはウーチに七十五万人の住民がいた。ポーランドの町では最も工業化が進んでいて、最も「近代的」で、最も醜い町であった。マンチェスターやビエッラと同じように繊維産業が主産業で、大小無数の工場が点在していた。それらは当時すでに大部分が老朽化していた。ナチは、占領した東欧の重要な町のすべてにそうしたように、ウーチにも急いでゲットーを建設した。それは中世や反宗教改革時代のゲットー制度の復活であったが、ナチ特有の近代的な残虐性が状況をより悪化させていた。ウーチのゲットーは早くも一九四〇年二月に建設された。それは時系列的には初めてのゲットーで、人員的にはワルシャワに次いで二番目であった。それは十六万人のユダヤ人を収容するまでになり、一九四四年の秋になってようやく清算された。従ってナチのゲットーの中では最も長命だったのだが、それには二つの理由があげられている。経済的な重要性と、その議長の混乱をもたらす性格のためである。

その名はハイム・ルムコフスキといった。彼は小企業主であったが、事業に失敗し、様々な土地を旅して、種々雑多な経験をした後、一九一七年にウーチに定住した。一九四〇年当時は、六十歳ぐらいで、妻を亡くしており、子供はいなかった。彼はある種の尊敬を勝ち得ていて、ユダヤ人の慈善事業の指導者として有名であり、教養はないが、活力にあふれた、権威的な人物として知られていた。ゲットーの議長の（あるいは長老の）職は、本来なら恐れを抱かせるものである。しかしそれは要職であり、社会的な認知を伴い、一段位階を上げ、権利と特権を、つまり権威をもたらした。そしてルムコフスキは権威を熱狂的に愛していた。彼がどうしてその職を授けられたのか、分かっていない。それはナチのよこしまな流儀が生み出した悪ふざけであったのだろう（ルムコフスキはもっともらしい外観の愚か者であった。あるいはそう思われている。つまり理想的なおとりの鳥だったのである）。おそらく彼自身が、選んでもらうために暗躍したのだろう。それほどまでに彼の権力欲は強かったと思える。彼が議長職にあった四年間は、あるいはもっと正確に言えば彼の独裁の四年間は、誇大妄想的夢と、野蛮な活力と、真の外交的、組織的能力の驚くべきもつれ合いであった。彼はすぐに自分自身を開明的な絶対君主と見なすようになった。これはもちろん彼の主人のドイツ人たちが、こうした方向にけしかけたからだった。ドイツ人たちは彼をもてあそんでいたが、彼の秩序を重んじる良き行政官としての能力は評価していた。ルムコフスキはドイツ人から、硬貨の鋳造（私の所有しているもの）と、紙幣を発行する許可をもらい、紙幣には公式に供給された透かし模様入りの紙を用いた。ゲットーの衰弱した労働者たちはこの貨幣で支払いを受けていた。彼らは配給の食料を買うために、それを売店で使うことができたが、食料は一日平均で八百カロリーほどであった（大まかな数字だが、人間は完全な安静状態でも、生き延びるためには、少なくとも二千カロリーが必要だと記憶している）。

　ルムコフスキはこの飢えた臣下たちから、服従と尊敬だけではなく、愛も引き出そうと思った。この点で現代の独裁体制は古代のそれとは違っている。彼は優れた芸術家と職人の一団を抱えており、彼らは四分の一のパンを代価に彼の合図に応えようとしていたから、彼は肖像画を描かせ、切手に印刷させることにした。それは彼が、希望と信仰の光の中で、白髪と白いひげを輝かせている姿だった。彼は骸骨のようなやせ馬に馬車を引かせ、彼の小さな王国の道を駆け巡った。道は乞食と請願者であふれていた。彼は王侯のようなマントを身にまとい、追従者と殺し屋から成る宮廷人に取り囲まれていた。彼は取り巻きの宮廷詩人に賛歌を作らせたが、その中では、彼の「堅固で強力な手」が、そして彼のおかげでゲットーにもたらされた平和と秩序がたたえられていた。彼は日々疫病や、栄養失調や、ドイツ人の襲撃で荒廃した、劣悪な環境の学校で学ぶ子供たちに、「先見の明があるわれらの愛する議長」をたたえる作文を課題に出すよう命じた。彼はあらゆる専制君主の例にもれず、効率の良い警察の組織化を急いだ。名目上は秩序の維持が目的だったが、実際には自分自身を保護し、規律を押し付けるためであった。それは棍棒で武装した六百人の警官と、数のはっきりしないスパイで構成されていた。彼は多くの演説をした。そのいくつかはまだ残されているが、そのスタイルは取り違えようがない。彼はムッソリーニやヒトラーの演説技法を取り入れていた。霊感を得たかのような朗唱口調、聴衆との擬似的会話、隷従と拍手で同意を取り付けるやり方などである。おそらくこの模倣は熟慮の上のものだった。あるいは、当時ヨーロッパを席巻していて、ダンヌンツィオ[17]によって歌われた「宿命の英雄」のモデルと、無意識のうちに一体化していたのかもしれない。だが彼の行動は、上には無力で下には全能である、小さな暴君の状態から導き出されたものだと思える。王位と笏《しゃく》を持つもの、反論やあざけりを恐れる必要のないものは、彼のように語るのである。

しかしその人物は今まで見てきたものたちよりもずっと複雑であった。ルムコフスキは単なる変節漢や共犯者ではなかった。そう信じさせたかったということに加えて、彼はある程度は、自分がメシアであり、彼の民の救済者であると日々確信を深めていったに違いない。少なくとも、間を置いて、とぎれとぎれではあったが、彼は自らの民の幸福を願ったに違いなかった。自分が有用であると感じるには、恩恵を与える必要がある。そして有用であると感じることは、腐敗した地方総督にとっても満足感をもたらすことなのである。逆説的なことだが、彼の抑圧者との同化は、被抑圧者との同化と入れ替わるか、それに付随していた。なぜなら、トーマス・マンも言っているのだが、人間とは混乱した生き物だからである。そしてこう付け加えることができる。人間は緊張状態に置かれれば置かれるほど、より混乱した生き物になるのである。だから彼は私たちの判断の枠から外れてしまう。それは磁石が磁極で狂ってしまうのと同じことである。

ドイツ人からは常に軽蔑され、あざけられていたにもかかわらず、ルムコフスキはおそらく自分自身を下僕ではなく、神のように考えていたに違いない。彼は間違いなく、自分自身の権威を真剣にとらえていた。ゲシュタポが予告なしに「自分の」助言者たちを捕らえた時、彼は勇気をふるって救援に駆けつけ、侮辱と平手打ちに身をさらしたが、それに威厳をもって耐えた。また別の機会には、ドイツ人と取引をしようとした。ドイツ人はウーチからは常に布地を必要としており、彼からは、トレブリンカと、後にはアウシュヴィッツのガス室に送るべき、不要な人口（老人、子供、病人）の割り当てをますます必要としていた。彼は臣下たちの不服従の暴動を急いで弾圧する厳しさを見せたが（ウーチにも、他のゲットーにも、無謀な政治的レジスタンスの小集団が存在した。それはシオニズム、ブント主義、共産主義などを基盤にしていた）、それはドイツ人への追従癖によるというよりも、「大逆罪」に、彼の王侯的人格になされた侵害への怒りに由来するものであった。

一九四四年九月、ロシア軍が接近してきたので、ナチはウーチのゲットーの清算を始めることにした。何万人という男女がアウシュヴィッツに移送された。それは「世界の肛門《アヌス・ムンディ》」、ドイツ人の宇宙の最後の排水溝であった。彼らは衰弱し切っていたから、ほとんど全員が即座に殺された。ゲットーには、工場の機械設備を解体し、虐殺の跡を消すために、千人ほどの男たちが残っていた。彼らはしばらくして赤軍によって解放された。ここに書いている情報は彼らによっているのである。

ハイム・ルムコフスキの最後の運命に関しては二つの説がある。それは旗印としてきたあいまい性が、その死にまでまとわりついたかのようだった。初めの説によると、ゲットー清算の際に、彼は自分の弟の移送に反対しようとした、とのことである。彼は弟と別れたくなかった。するとドイツ人の将校が、自ら進んで弟とともに出発するよう提案した。彼はその提案を受け入れた。もう一つの説によると、ハンス・ビーボウ(18)という人物によって、ルムコフスキ救済が試みられたとのことである。彼もまた二重性に覆い隠された人物であった。このいかがわしいドイツ人実業家はゲットーの行政管理の責任者であり、同時にその請負人でもあった。従って彼の任務は微妙なものだった。なぜならウーチの繊維産業はドイツ軍のために働いていたからである。ビーボウは野獣ではなかった。彼は無用の苦しみを作り出したり、ユダヤ人であるという罪でユダヤ人を罰することには興味がなかった。それよりも合法的な方法やそれ以外の方法で、商品を供給し、利益をあげることに興味があった。ゲットーの窮状は彼の心を打ったが、それは二次的なものであった。彼は奴隷労働者が働くことを望み、それゆえ彼らが飢え死にすることを望まなかった。彼の道徳観念はここで止まっていた。実際には彼がゲットーの真の支配者で、ルムコフスキとは依頼主－供給者の関係で結ばれており、それはしばしば粗野な友情として表面に出てきた。ビーボウは小物の火事場泥棒ともいうべき存在で、人種の悪魔学を真剣にとらえるにはあまりにも冷笑的であり、ゲットーの清算をできる限り遅らせようと望んだ。彼はそこで最良の商取引をしていたからである。そしてルムコフスキの移送を防ごうとした。それは彼との共犯関係を信頼していたからである。しばしば見られることだが、現実主義者は理論家よりも、客観的にはより良い存在になるという例であった。しかしSSの理論家たちは異なった見解を持ち、より権限が強かった。彼らは原理主義者《グリュントリヒ》であった。ゲットーは壊し、ルムコフスキは殺してしまえ。

ビーボウは他に打つ手はなかったが、良いコネがあったので、移送先のラーゲルの司令官にあてた手紙をルムコフスキに手渡した。そしてその手紙が彼を守り、彼に好意的な待遇を保証することを確約した。ルムコフスキはビーボウに、彼と彼の家族がアウシュヴィッツまで、彼の位階にふさわしい品位をもって旅行できるように要求し、それを実現させた。つまり何の特権もない移送者が詰め込まれた、貨車が連なる列車の最後尾に、特別車両をつけることであった。しかし卑怯者であろうと、英雄であろうと、卑屈であろうと、高慢であろうとにかかわらず、ドイツ人の手に落ちたユダヤ人の運命はただ一つしかなかった。手紙も特別車両も、ユダヤ人の王、ハイム・ルムコフスキをガス室から救うのには役立たなかったのである。

こうした話はそれだけで完結するわけではない。それは問題をはらみ、答えられる以上の問いを発し、自分自身の中に灰色の領域という主題全体を凝縮して、それを宙づりのままに放置する。それは理解されることを叫び、呼び掛ける。なぜなら夢や、天空のしるしのように、そこにある象徴が垣間見えるからだ。

ルムコフスキとは何者だろうか。怪物ではないし、普通の人間でもない。しかしながら私たちの周囲の多くのものは彼に似ている。彼が「出世」する前に挫折していたことは重要に思える。挫折から道徳的力を得られるものはとても少ない。彼の生涯には、ほとんど肉体に根ざした必要性とも言うべきものが、典型的な形で認められると思える。それは政治的な強制力によって、あいまい性と妥協という、境界のはっきりしない領域を生み出すのである。絶対的な王位の足元には、彼のようなものたちが権力の一片をつかみ取ろうと押し寄せる。これは何度となく繰り返された光景で、ヒトラーの宮廷やサロ共和国の大臣たちの間で、第二次世界大戦の末期に行われた、ナイフの争闘を思い出させる。彼らもまた灰色の人間で、犯罪者という以前に盲目であり、死に瀕した邪悪な権力の一片を分け合うために躍起になって争ったのだ。権力は麻薬のようなものである。それの必要性は試したことがないものには分からないが、その始まりが偶然であろうとも（ルムコフスキの場合のように）、いったん始めてしまえば、依存症が始まり、薬の必要量もますます増大していく。また現実の拒否が始まり、全能という幼児的な夢に回帰するようになる。もしルムコフスキが権力に中毒していたという解釈が有効なら、その中毒は、ゲットーという環境が原因ではなく、その環境にもかかわらず、そうなったと認める必要がある。つまりその中毒症状はとても強いので、個人のいかなる意欲も消してしまうと思えるような状況でさえも優位に働くのである。事実彼の中には（彼が模範としたより高名なものたちもそうなのだが）、反対者のいない、長引いた権力に特有の症候群がはっきりと認められる。つまりゆがんだ世界観、教条的な傲慢さ、追従の必要性、命令権に必死でしがみつくこと、法を軽蔑することなどである。

こうしたことのすべてはルムコフスキの責任を免ずるものではない。ウーチの災厄の中から、ルムコフスキのような人物が出現したことは、心を痛ませる、つらいことである。もし彼が自分自身の悲劇を生き延びたなら、そして彼が道化師のイメージを加えて汚してしまったゲットーの悲劇を生き延びたなら、いかなる法廷も彼を許しはしなかっただろうし、もちろん私たちも道徳的地平から彼を許せないだろう。しかし彼には情状酌量の余地がある。国家社会主義のような地獄の体制は、恐ろしいほどの腐敗の力を及ぼすのであり、それから身を守るのは難しい。それは犠牲者を堕落させ、体制に同化させる。なぜなら大小の共犯意識が必要だからだ。それに抵抗するためには非常に堅固な道徳的骨組みが必要とされる。だがウーチの商人であったハイム・ルムコフスキが持っていたそれは、そして彼の世代全体が持っていたそれは、もろいものであった。しかし私たちのものはどれだけ堅固だと言えるのだろうか、私たち今日のヨーロッパ人のものは。もし必要に迫られ、同時に誘惑に駆られたら、私たちのおのおのはどのように振舞うだろうか。

ルムコフスキの話は、カポーやラーゲルの職員たちの、不安をかきたてる、不快な話と同じである。また自分の罪に意図的に目を閉ざしている、専制体制の地方指導者の話でもある。署名をするには何の苦労もいらないから、すべてに署名をしてしまった部下たちも、彼と同等である。頭を振りながらも同意してしまったもの、「もし私がしなかったら、私よりももっとひどいものがそうしただろう」と言うものも同等である。

この半覚醒の良心の領域に、すべてを要約した象徴的な人物、ルムコフスキが置かれる。それが上の方か、下の方か、言うのは難しい。もし私たちの前で話せるのなら、彼だけがそれを明らかにできるだろう。おそらく嘘をつきながら。彼はいつも嘘をついていたのだろう。自分自身にさえも。だがそれでも彼を理解する助けになるだろう。いかなる被告人もその裁判官を助けられるのだから。自分ではそう望まなくても、嘘をついても。なぜなら人間がある役割を演ずる能力は無限とは言えないからだ。

だがこうしたことのすべては、この話の切実さと脅威の意味を説明するのには十分でない。おそらくその意味はより広い。ルムコフスキに私たちのすべてが映し出される。彼のあいまい性は私たちのものであり、粘土と精神の混成物である私たちの生まれつきの習性となっている。彼の野望は私たちのものであり、「ラッパと太鼓を携えて地獄に降りて行く」私たち西欧文明のものでもある。彼の惨めな虚飾は、私たちの社会的威信のシンボルのゆがんだ像である。彼の狂気は、シェイクスピアの『尺には尺を』の中でイザベラが描いている、はかない定めの、高慢な男のそれである。その男は、

束の間の権威をかさに着て、
自分がガラスのようにもろいものであるという
たしかな事実も悟らず、まるで怒った猿のように、
天に向かって愚かな道化ぶりを演じては天使たちを
泣かせている……

（『尺には尺を』小田島雄志訳）

私たちもルムコフスキと同様に、権力と権威に目をくらまされて、私たちの本質的なもろさを忘れている。私たちは自ら進んでか、気が進まないままに、権力と折り合いをつける。私たち全員がゲットーにいることを忘れて。ゲットーは囲まれており、囲いの外には死の紳士たちがいて、その少し先では、汽車が待ち構えているのに。

3　恥辱

今までに何度となく提起され、文学や詩で認められ、映画で取り上げられた、あるステレオタイプ的な図式が存在する。それは、暴風雨の終わりに、「嵐の後の静けさが」やって来た時に、どんな心も安らぐ、というものだ。「苦痛から抜け出すことは、私たちの喜びだ」。病の後には、健康が戻って来る。監禁状態を打ち破るために、味方が、解放者が、旗を掲げてやって来る。兵士は戻って来て、家族と平和を再び見出す。

多くの生き残りの話と私自身の思い出から判断する限りでは、悲観主義者のレオパルディ(19)は、この表現で真実から大きく離れてしまった。彼の意に反して、彼は楽観主義者であることを示してしまった。多くの場合、解放の時は、心配のない、楽しいものではなかった。概して破壊、虐殺、苦痛といった悲劇的な状況を背景に、その時は告げられた。その時には、私たちは再び人間になったと、つまり責任のある存在になったと感じるのだが、また人間の苦しみが戻って来るのだった。離散したか、失われてしまった家族の苦しみ。自分の周囲に存在する普遍的な苦痛の苦しみ。もはや治療が不可能な、致命的と思える自分自身の衰弱状態の苦しみ。しばしば一人きりで、瓦礫の中からまた人生を始める苦しみ。「喜びは不安の子供」などとは言えない。不安の子供は不安である。苦しみから抜け出すことは、わずかの幸運なものにとってだけ喜びであった。あるいはほんの一瞬だけ、とても単純な心の持ち主にとってのみ喜びであった。なぜならそれはほとんどいつも、不安の時期と一致していたからである。

不安は幼年時代からすべての人になじみのものである。それはしばしば白紙で、区分があいまいなことが知られている。それにははっきりと書かれた標識がついていて、理由が明確な場合はまれだ。そうした場合、それはしばしば偽りのものである。人はある理由で不安を抱いていると信じたり、明言したりするが、それがまったく別の理由である場合もある。未来への不安で苦しんでいると信じていても、過去のことで苦しんでいる時もある。他人のために、慈悲心から、同情心から苦しんでいると信じていても、多少なりとも深層の、多少なりとも意識化可能な、そして意識化された自分自身の動機から苦しんでいる場合もある。それは時にはあまりにも深層にあって、専門家だけが、魂の分析家だけが表面に出せることもある。

もちろん私は、前に述べた図式が、いかなる場合も偽りであると主張するつもりはない。多くの解放が正真正銘の、完全な喜びとともに体験された。それは特に戦ったものたち、兵士や政治家たちの場合で、彼らはその時、自分たちの闘いや人生のあこがれが実現されたのを見たのだった。また苦痛が少なかったもの、わずかな時間しか苦しまなかったもの、あるいは自分だけのために苦しみ、家族や友人や愛するもののために苦しまなかったものの場合もそうである。それに幸運なことに、人間はすべて同じではない。私たちの中には、その喜びの時期を取り出し、分離し、鉱石から天然の金を取り出す鉱山師のように、それを完全に享受できる能力と特権を有するものがいる。そして最後に、今まで読んだり聞いたりした証言の中には、無意識のうちに様式化されたものがある。そこではしきたりが本当の記憶に打ち勝っている。「隷属状態から解放されたものはそれを喜んでいる。私は隷属状態から解放されたのだから、私もそれを喜んだのだ。あらゆる映画、あらゆる小説で、例えば『フィデリオ』のように、鎖の切断は荘重であるか、あるいは燃え立つような、歓喜の時である。そこで私のものもそうであったのだ」。これは第1章で述べた記憶の漂流の特別な場合で、年月がたつにつれて、他人の経験が(本物か、あるいは想定されたもの)自分の記憶の層に積み重なるにつれて、どんどんその度合がひどくなっていく。しかしそう意図してか、あるいは気質からか、修辞学と無縁のものは、普通違った言葉で話す。例えば前に述べたフィリップ・ミュラーは、自分の解放をこう書いている。彼は私よりもずっとひどい経験をしたのだが、彼の回想録

『アウシュヴィッツの証言　ガス室の三年間』の最後のページで次のように述べている。

信じられないかもしれないが、私は完全な意気消沈状態に陥った。私は三年間、思考のすべてと秘密の欲望をその瞬間に集中させてきたのだが、それは心の中に幸福感や、他のいかなる感情も呼び起こさなかった。私は寝床からすべり落ち、四つん這いで扉に向かった。外に出ると、私は無益にも先に進もうと努め、森の地面にそのまま横たわって、眠りに落ちた。

私は自分の『休戦』の一節を読み返している。この本は一九六三年になってようやくエイナウディ社から刊行されたのだが、以下の部分は一九四七年に書かれていた。それは死体と瀕死の病人であふれていた私たちのラーゲルの前に、初めてロシア人兵士がやって来た時のことを書いている。

彼らはあいさつもせず、笑いもしなかった。彼らは憐れみ以外に、訳の分からないためらいにも押しつぶされているようだった。それが彼らの口をつぐませ、目を陰うつな光景に釘付けにしていた。それは私たちがよく知っていたのと同じ恥辱感だった。選別の後に、そして非道な行為を見たり、体験するたびに、私たちが落ち込んだ、あの恥辱感だった。それはドイツ人が知らない恥辱感だった。正しいものが、他人の犯した罪を前にして感じる恥辱感で、その存在自体が良心を責めさいなんだ。世界の事物の秩序の中にそれが取り返しのつかない形で持ち込まれ、自分の善意はほとんど無に等しく、世界の秩序を守るのに何の役にも立たなかった、という考えが良心を苦しめたのだ。

ここから削ったり、直したりするところはまったくないと思うのだが、付け加えるべきことはある。多くの者が（私自身も）監禁生活中に、そしてその後に、「恥辱感」を、つまり罪の意識を感じたということが、数多くの証言によって確かめられ、確認されている。それはばかげていると思えるかもしれないが、事実である。私はそれを自分で解釈しようと努めることにする。そして他人の解釈を論じようと思う。

冒頭で述べたように、解放に伴ういわく言いがたい不快感は、たぶん本来の恥辱感ではなく、そのように感じ取られたものなのである。ではなぜそうなのか。様々な説明が可能だと思う。

私はこの検証からいくつかの例外的事例を除外しようと思う。それはラーゲルの内部で、仲間たちの保護と利益のために行動する可能性と力を持った囚人たちのことである。そのほとんどは政治犯であった。私たち、普通の囚人の大部分は、彼らのことを知らず、その存在を疑ってみることすらなかった。それは当たり前のことである。なぜなら政治的、治安的理由で（アウシュヴィッツの「政治部」はゲシュタポの一部にほかならなかった）、彼らはドイツ人に対するだけでなく、全員に対して、秘密裏に活動しなければならなかったからだ。アウシュヴィッツは、私の時代には、九十五パーセントがユダヤ人で構成されていた強制収容所帝国であったのだが、そこでは、この政治的な網の目はまだ生まれたばかりの段階であった。私自身はただ一つのエピソードしか見ていない。それはもし私が日々の労苦で押しつぶされていなかったならば、何かを直感させてくれるようなものであった。

一九四四年の五月ごろ、私たちのほとんど無害なカポーが交代になった。新しく来たものは恐ろしい人間であった。カポーはみな囚人を殴る。これは明らかに彼らの任務の一部をなしており、彼らの言葉であって、多少なりとも受け入れられていた。おまけにそれはこの永遠のバベルの塔の中で、すべてのものが本当に理解できる唯一の言葉でもあった。それは様々なニュアンスの中で、仕事への激励、警告、あるいは刑罰として理解されていた。それは苦痛の段階の中では、一番低い位置にあった。だがこの新しいカポーは違ったやり方で殴った。発作的に、悪意を持って、よこしまな意図で、鼻、すね、性器などを殴った。彼は苦しみや恥辱感を与えるために、傷つけるために殴った。他の多くのもののように、盲目的な人種的憎悪からではなく、彼のすべての配下たちに、それといった口実もなしに、見境なく、ただ苦しみを与えるというあからさまな意図でそうしていた。おそらく精神異常者だったのだろう。しかし当時のそうした条件下では、今日私たちがこうした人物に抱くべき寛容な精神は、まったく問題外であったことは明らかである。私はこのことを仲間に、クロアチアのユダヤ人共産主義者に話した。どうしたらいいだろう。どうやって身を守ろうか。全員で反撃すべきだろうか。彼は奇妙な笑いを浮かべ、「長くは続かないさ」とだけ言った。事実そのむやみに殴りつけるカポーは、一週間のうちに姿を消してしまった。後になって、ある生き残りの集会に出た時、収容所内部の「労働部」で働いていた何人かの政治犯が、ガス室送りと定められた囚人のリストの登録番号を変えてしまう恐ろしい力を持っていたことを知った。このように行動できる意志と方法を持っていたものは、こうしてか、あるいは別のやり方で、ラーゲルという装置に対抗する力を持っていたものは、「恥辱感」から身を避けていられた。少なくとも私が語っているような恥辱感は避けられた。というのも、おそらく別の感情を感じただろうからだ。同じようにシヴァジャンも恥辱感を免れていたことだろう。彼は私がたまたま『これが人間か』の「オデュッセウスの歌」の章で名をあげた、口数の少ない、静かな人物だが、やはりその集会で、彼が来るべき蜂起に備えて、収容所に爆発物を持ち込んでいたことを知ったのだった。

私の考えでは、自由を取り戻すのと同時にやって来る恥辱感、あるいは罪の意識は、非常に混成的なものである。それは個々人ごとに、様々な要素を、様々な割合で含んでいる。私たちのおのおのは、主観的にも、客観的にも、ラーゲルを自分なりのやり方で生き延びたことを思い出さなければならない。

闇から抜け出すと、自分は傷つけられたという、再び獲得された自意識に苦しんだ。自分で望んだのではなく、怠惰からでもなく、罪を犯したわけでもないのに、私たちは何カ月も、何年も、動物的なレベルで生きることになった。私たちの日々は、明け方から夜まで、飢えと労苦と寒さと恐怖で占められていて、反省し、論理的に考え、愛情を感じる余地はまったくなかった。私たちは汚れと雑居と剝奪を耐えしのんだが、正常な生活の時よりもずっとその苦しみは少なかった。なぜなら私たちの道徳の基準が変わっていたからだ。さらに私たち全員は盗みをした。台所や、工場や、収容所で。要するに「他のものたち」への、相手方への盗みだったが、盗みであることに変わりはなかった。あるものは（少数であったが）自分の仲間のパンを盗むまでに身を落とした。私たちは祖国や自分たちの文化だけではなく、自分自身が思い描いていた、過去、未来、家族を忘れてしまった。なぜなら私たちは動物と同じように、現在だけに押し込められていたからだ。私たちはこのぺしゃんこにつぶされた状態から、ほとんどまれにしか抜け出せなかった。例えばわずかしかなかった休日の日曜日、眠りに落ちる前の束の間のひととき、空襲の爆撃が荒れ狂うさなか。だがそうして我に返ることには苦痛が伴っていた。

なぜなら、まさに外から自分たちの縮小した姿を見て取る機会になったからである。解放後に（しばしば解放の直後に）自殺をする多くのケースは、このように「危険な水淵」を振り返ってみる行為に由来する、と私は信じている。それは常に危険な時期で、反省と意気消沈の波に一致していた。それとは逆に、ソビエトの学者も含めたすべてのラーゲルの歴史家たちは、監禁生活中の自殺は非常に少なかったという見解で一致している。これについては様々な説明が試みられている。私は三つの説を提示しようと思うが、それらは互いに排除し合うものではない。

第一に、自殺とは人間に特有のもので、動物にはない。つまりそれは熟考された行為であって、自然な、本能的選択ではない。そしてラーゲルには選択の機会はほとんどなかった。そこではまさに奴隷化された動物のように生きていて、時には死ぬままに放置されたが、自殺することはなかった。第二には、一般的に言われているように、「別に考えることがあった」。一日は忙しかった。飢えを満たし、何とかして労苦や寒さを避け、殴打を免れる術を考えなければならなかった。まさに常に死が身近にあったため、死について考えを集中させる時間がなかった。イタロ・ズヴェーヴォ[20]が『ゼーノの意識』で行った観察は、真理の持つ粗暴さを示している。彼は臨終の床の父親を冷徹に描いている。「人が死ぬ時は、死について考えるよりも、他にすることがたくさんある。父親の組織はすべて、呼吸に割かれていた」。第三に、大部分の場合、自殺は、いかなる刑罰も和らげられない罪の意識から生じる。監禁生活の厳しさは刑罰として受け止められていたから、罪の意識は後景に押しやられて（もし刑罰が存在するなら、罪も存在したに違いなかった）、解放後に現れて来た。別の言葉で言えば、いま日々の苦しみで償いつつある、（本当に犯したか、想定上の）罪のために、自殺する必要はなかった。

それではそれはいかなる罪か。ことがすべて終わってから、私たちが吸収されてしまった体制に対して、何もしなかった、あるいは十分にしなかった、という反省が生まれ出て来た。ラーゲルで抵抗がなされなかった、あるいはいくつかのラーゲルでそうなされなかったということについて、あまりにも数多く、あまりにも軽率に語られて来た。特に別の罪について自覚すべきものたちの側がそうしている。実体験のあるものは、個人や集団にとって、活発な抵抗運動が可能な状況というものが存在することを知っている。そして、こちらの方がずっと多いのだが、別の状況ではそうした可能性がないことも理解している。これはよく知られているのだが、特に一九四一年に、何百万人というソビエトの軍事捕虜がドイツの手に落ちたことがあった。彼らは若くて、概して栄養状態も良く、頑健で、軍事的政治的訓練を受けており、しばしば兵士、下士官、将校で部隊を結成していた。また彼らの祖国を侵略したドイツ人を憎んでいた。しかしながら彼らはほとんど抵抗運動をしなかった。栄養不足、剝奪、そしてその他の身体的不自由、こうしたものは実現するのがとても簡単で、安上がりであり、ナチはそれの名人であったが、これらは急速に破壊をもたらし、しかも破壊の前に麻痺状態に陥らせた。そしてさらに、何年間も隔離され、辱められ、虐待され、強制的に移住させられ、家族とのきずなを引き裂かれ、残りの世界と隔絶されたならば、その効果はより大きかった。これが囚人たち大部分の状態であった。彼らは半地獄であったゲットーや、中継収容所に入れられた後、アウシュヴィッツに送り込まれたのだった。

従って理性的に考えれば、恥ずべきことは多くなかったはずだ。だがそれでも恥辱感は存在した。特に抵抗する力と可能性を持った、光り輝く例であった少数者を前にした時には。私は『これが人間か』の「最後の一人」の章でそのことに触れている。そこでは、恐怖におびえる無感動な囚人の群れの前で、一人の抵抗運動の闘士の公開絞首刑が行われる様が描かれている。当時はほとんど浮かばなかったが、「後」になって戻って来た考えがある。それは、おそらくおまえもできたはずだ、確かにそうすべきだった、というものだった。それは生き残ったものたちが、彼の話を聞く聴衆の目に見る、あるいは見ると信じる判断なのである（特に若者たちの目に）。それはもちろん安易な後知恵による判断である。だが自分に対してそうした判断が冷酷になされていると感じることはあり得る。そこで、自覚している、していないにかかわらず、自分が被告で裁きを受けていると感じ、自分を正当化し、守るように突き動かされるのである。

それよりもはるかに現実的なのは、人間的な連帯感という面を欠いたという告発、あるいは自己告発である。生き残ったもので、仲間を故意に傷つけ、盗み、殴打したことに罪を感じるものはほとんどいない。それを実際にしたものは(カポーたちだが、彼らだけではない)その記憶を取り除いている。だがほとんど全員が、助けなかったことに罪の意識を感じている。自分のかたわらに、より弱い、より準備のない、より年老いた、あるいはあまりにも若すぎる仲間がいて、助けを求めて悩ませたり、ただ存在するだけで切な訴えになったりするのだが、これはラーゲルの生活の中で常に変わらぬ変数として存在していた。連帯や、人間的な言葉や、忠告、そしてただ耳を傾けることだけさえもが、常に、広範に求められたのだが、ほとんどかなえられることはなかった。時間、空間、プライバシー、忍耐、力が欠けていた。そして概して要請されたものも、自分自身が追い詰められた、窮乏状態にあったのだ。

私はある種の安堵感とともに、かつて到着したばかりの十八歳のイタリア人に勇気を与えようと努めたことを思い出す(その時は私も勇気を持っていると感じていたのだった)。その青年は収容所に到着したばかりの時期の、底の見えない絶望感の中でもがいていた。私は彼に何を言ったか忘れてしまったが、もちろん希望を持たせるような言葉で、おそらく「新米」に対する善意の嘘であったと思う。それは私の二十五歳という年齢と、三カ月間収容所にいたという権威から発せられたものだった。いずれにせよ私は、彼に一時的に注意を向けるという贈り物をしたのだった。しかし私は居心地の悪さとともに、その他の要求に対して、ずっと頻繁に、いら立ちで肩を揺すったことを思い出す。それはちょうど私がほとんど一年間収容所にいたころのことで、すでに私はかなりの経験を積んでいた。しかし私は心底、その場所の主たる規則を消化してしまっていた。それは何よりもまず自分自身に注意を払うようにと定めていた。私はエラ・リンゲンス＝ライナーの『恐怖の囚人』(21)という本の中でほど、この規則が率直に述べられている例を知らない（この本の中では、せりふはある女医の言葉とされている。彼女は自分が述べていることと裏腹に、寛大で、勇気があり、多くの命を救ったのだ）。

私がいかにしてアウシュヴィッツを生き延びたかですか。私の主義はこうです。まず第一に自分、その次も自分、またその次も自分。そしてその後は何もなくて、それからまた自分が来て、その後で他のもののすべてが来る。

一九四四年の八月、アウシュヴィッツはとても暑かった。灼熱の、熱帯の風が、空襲でめちゃくちゃに壊された建物からほこりの雲を舞い上げ、私たちの汗を乾かし、血管の血液を煮詰めた。私の部隊はしっくい片を取り除くために地下室に送られた。全員が喉の渇きに苦しんでいた。それは新しい刑罰で、古くからの刑罰である飢えに加算され、むしろそれを増大させた。収容所にも工事現場にも、飲める水はなかった。そのころはしばしば洗面所の水も出なかった。それは飲めなかったが、体を冷やし、ほこりを落とすには十分だった。普通は、喉の渇きをいやすには、夕方のスープと、朝の十時ごろに配給される代用コーヒーで十分だった。しかしそれではもはや十分でなかった。渇きは私たちを責めさいなんだ。それは飢えよりもずっと切実だった。飢えは神経の言うことに従い、小康状態になり、苦痛、恐怖といった感情で一時的に覆い隠すことができた（私たちはイタリアから汽車で運ばれてきた時、このことに気がついた）。渇きはそうではなくて、戦いを決して止めなかった。飢えは気力を奪ったが、渇きは神経をかき乱した。そのころは昼も夜も、渇きがつきまとってきた。昼間は工事現場で。その場所の秩序は（私たちには敵対的であったが、それでも秩序であり、筋道の通った、確実な事物のある場所であった）、ばらばらに分断された仕事が雑然と混じり合うカオスに取って代わられていた。そして夜はバラックの中でつきまとってきた。そこには空気が通わず、何度も呼吸された空気の中で口をぱくぱくさせなければならなかった。

瓦礫の片づけのために、私がカポーに割り当てられた工事現場の片隅は、設置中の化学装置で占められた大きな部屋に隣接していたが、それらの装置は爆撃で破壊されていた。そこの壁に、親指二本ほどの太さの管が垂直方向に取り付けられていて、その先端は床の少し上にある蛇口で終わっていた。水道管だろうか。私はそれを開けようと試みた。私は一人きりで、だれも見ているものはいなかった。蛇口は堅く閉まっていたが、石をハンマーのように使うことで、何ミリか蛇口を開けることができた。しずくが滴り落ちたが、臭いはしなかった。私は指で受けてみた。水のように思えた。私は容器を持っていなかった。しずくはゆっくりと滴り落ちていた。水圧はかかっていなかった。水道管には、半分か、それ以下しか水が入っていないように思えた。私はそれ以上蛇口を開けずに、地面に横になり、口を蛇口の下にあてがった。それは太陽に温められた水で、味はしなかった。多分蒸留された水か、凝結した水だったのだろう。いずれにせよ、それはとてもうまかった。

親指二本ほどの太さで、高さが一、二メートルほどの管には、どれだけの水が入るのだろうか。一リットルか、それ以下だろう。それをすぐに全部飲むこともできた。それが一番確実な方法だろう。あるいは少し明日のために残しておく。あるいはアルベルトと半分ずつにする。さもなければ、部隊のもの全員に秘密を明かす。

私は三番目の選択肢を選んだ。それは自分に一番近しいものにまで拡大したエゴイズムである。遠い昔の私の友人は、それを適切にも「我々主義」と呼んでいた。私たちは二人だけで、交互に蛇口に口をあてがい、ちびちびとしずくを吸って、その水を全部飲んでしまった。私たちはそれをこっそりとした。しかし収容所に帰る行進の時に、私のわきにダニエーレが来た。彼はセメントのほこりで全身灰色になり、唇はひび割れていて、目はうるんでいた。私は罪の意識を感じた。私はアルベルトにまばたきだけで合図して、即座に了解しあったのだった。だれも私たちを見ていないことを願っていた。しかしダニエーレはしっくい片の間で、壁に沿って仰向けになっている、奇妙な姿の私たちを見ていた。彼は疑いを抱き、そして真相を察した。彼は何カ月もたって、解放後に、ベラルーシで、そのことを厳しい口調で指摘した。なぜ君たち二人だけで、僕はだめだったのか。それは再び姿を現した、「文明人の」道徳律であった。それに従えば、今日自由人である私には、むやみに殴りつけるカポーへの死刑判決も、血を凍らせるような行為に思える。それは提訴もなしに、無言のまま、登録番号を消しゴムで消すことでなされてしまったのである。それでは後で感じた恥辱感は正しいものだったのだろうか。当時はその判断ができなかったし、今日でもできない。しかし恥辱感はあったし、今でも具体的な、重々しい、永続するものとして存在する。ダニエーレはもう死んでしまった。しかし私たちが生き残りの会合で、兄弟のように親しく出会っても、それをしなかった、コップ一杯の水を分け合わなかったというしこりが、私たちの間に明々白々と存在し、口には出さないものの、非常に「代価の高いもの」として感じられたのだった。

道徳律を変えることは非常に高くつく。すべての異端者、背教者、少数者はそのことを知っている。私たちは当時の道徳律の下に置かれていた自分や他人の行動を、今日の道徳律に従って裁くことはできない。しかし「反対側」にいただれかが、私たちを背教者、さもなくば転向者として、裁く権利を持つと考えるのを見る時、怒りを感じるのは当然だと思うのである。

おまえはだれか別の者に取って代わって生きているという恥辱感を抱いていないだろうか。特にもっと寛大で、感受性が強く、より賢明で、より有用で、おまえよりももっと生きるに値するものに取って代わっていないか。おまえはそれを否認できないだろう。おまえは自分の記憶を吟味し、点検するがいい。記憶がすべてよみがえり、そのどれもが偽装されたり変形されていないことを願うがいい。いや、はっきりした違反はないし、だれの地位も奪っていないし、だれも殴らなかったし（でもそんな力があっただろうか）、職務は受け入れなかったし（でも提案されたことはなかったが……）、だれのパンも奪わなかった。しかしそれでもそれを否認することはできない。それは単なる仮定だし、疑惑の影である。すべてのものが兄弟を殺したカインで、私たちのおのおのは（しかしこの場合は、「私たち」という言葉をとても広い、普遍的な意味で使っている）隣人の地位を奪い、彼に取って代わって生きている。これは仮定だが、心をむしばむ。これは木食い虫のように非常に深い部分に巣くっている。それは外からは見えないが、心をむしばみ、耳障りな音をたてる。

私が監禁生活から戻って来た時、年長のある友人が訪ねて来た。彼は穏和だが、非妥協的で、彼個人の独自な宗教を育んでいた。それは私には常に厳しく、真剣なものに思えていた。彼は私が生きていて、実質的には無傷であることに満足していた。私はおそらくより成熟していて、鍛えられており、確実に心が豊かになっていた。私が生き延びたのは、偶然の仕業や、幸運な状況の積み重なりのため（私はこう主張してきたし、今でもそう思っている）であることはあり得ず、神の摂理である、と彼は言った。私は印をつけられたもの、選ばれたものであった。私は宗教を信じず、アウシュヴィッツを体験した後はさらに信じなくなっていたが、彼によれば、私は神の恵みを受けたもの、救われたものであった。だがなぜこの私だったのか。それは分からない、と彼は答えた。多分君が書いていたからだろう、書くことで証言を持ち帰れたからだろう。君は一九四六年に、監禁生活について本を書いていたではないか。

この意見は私には奇怪なものに思えた。私はむき出しの神経に触られたような痛みを感じ、前に述べた疑問がよみがえるのを感じた。私は他人の代わりに生きているのかもしれない、他人を犠牲にして。私は他人の地位を奪ったのかもしれない、つまり実際には殺したのかもしれない。ラーゲルの「救われたものたち」は、最良のものでも、善に運命づけられたものでも、メッセージの運搬人でもない。私が見て体験したことが、その正反対のことを示していた。むしろ最悪のもの、エゴイスト、乱暴者、厚顔無恥なもの、「灰色の領域」の協力者、スパイが生き延びていた。決まった規則はなかったが（人間の物事には決まった規則はなかったし、今でもない）、それでもそれは規則だった。

確かに私は自分が無実だと感じるが、救われたものの中に組み入れられている。そのために、自分や他人の目に向き合う時、いつも正当化の理由を探し求めるのである。最悪のものたちが、つまり最も適合したものたちが生き残った。最良のものたちはみな死んでしまった。

クラクフの時計屋であったハイムは死んでしまった。彼は敬虔なユダヤ人で、言葉の障害があったにもかかわらず、私の言うことを理解し、自分の言うことを理解させようとした。そしてとらわれの身となった当初の決定的な時期に、外国人の私に、生き残るために最も必要な規則を説明しようと努めた。サボーも死んでしまった。彼はハンガリー人の無口な農夫で、背の高さが二メートルほどあり、そのため他のものよりもずっと飢えていたが、それでも力のある限りは、押したり引いたりする作業で、最も弱い仲間を助けるのをためらわなかった。ソルボンヌ大学の教授であったロベールは、勇気と信頼感を周囲にまき散らし、五カ国語をしゃべり、そのすばらしい記憶力ですべてを記録しようと身をすり減らしていた。もし彼が生き延びていたら、私が答えられない疑問に答えられただろう。またバルークも死んだ。彼はリヴォルノ港の荷役労働者で、一番初めの日に、初めての殴打にこぶしで殴り返したため、駆けつけた三人のカポーに殴り殺されたのだった。こうしたものたちや、他の無数のものたちは、その優秀さにもかかわらず死んだのではなく、その優秀さのために死んだのだった。

独自の信仰を持った友人は、私が証言を持ち帰るために生き残ったと言った。私は自分に可能な限り証言をしたし、そうせざるを得なかっただろう。そして今でも機会が訪れる限りは、そうし続ける。しかしこの私の証言がそれだけで生き残る特権を私にもたらし、多くの年月を大きな問題もなしに生きられるようにさせたというなら、その考えは私を不安にさせる。なぜならその特権と結果の釣り合いが取れていないと思うからだ。ここで繰り返すが、真の証人とは私たち生き残りではない。これは不都合な考えだが、他人の回想録を読んだり、年月を置いて自分のものを読み直して、少しずつ自覚したのである。私たち生き残りは数が少ないだけでなく、異例の少数者なのだ。私たちは背信や能力や幸運によって、底にまで落ちなかったものたちである。底まで落ちたものは、メドゥーサの顔を見たものは、語ろうにも戻って来られなかったか、戻って来ても口を閉ざしていた。だが彼らが「回教徒」、溺れたものたち、完全な証人であった。彼らの証言が総合的な意味を持つはずであった。彼らこそが規準であり、私たちは例外であった。別の空の下で、似ていながらも異なった隷属状態を生き延びたソルジェニーツィンは、同じようなことに気づいている。

長い刑期を償ったものたち、生き延びたことを祝福されるものたちのほとんどは、もちろんプリドゥルキである。さもなくば監禁生活の大部分をその状態で過ごしたものたちである。なぜならラーゲルは抹殺を目的としており、このことは忘れられてはならない。

この別の強制収容所の宇宙の言葉では、プリドゥルキとは、何らかの形で特権的な地位を獲得した囚人のことである。つまり私たちが「名士」と呼んだものたちである。

私たち幸運に恵まれたものは、多少の差こそあれ、知恵をふり絞って、私たちの運命だけでなく、他のものたちの、まさに溺れたものたちの運命をも語ろうと努めてきた。しかしそれは「第三者の」話、自分で経験したことではなく、近くで見聞きしたことの話であった。最終段階まで行われた破壊、その完成された仕事についてはだれも語っていない。それは死者が帰って来て語らないのと同じである。溺れたものたちは、もし紙とペンを持っていたとしても、何も書かなかっただろう。なぜなら彼らの死は、肉体的な死よりも前に始まっていたからだ。彼らは死ぬ何週間も、何カ月も前に、観察し、記憶し、比べて計り、表現する能力を失っていた。だから私たちが彼らの代わりに、代理として話すのだ。

私たちがそうしたのは、そして今もそうしているのは、口をふさがれたものたちへの道徳的な義務のためなのか、あるいは彼らの思い出から解放されるためなのか、はっきりと言うことはできない。確かなのは私たちがそれを強固な、永続的な衝動にかられてしていることだ。精神分析学者がこの衝動を説明できるとは思えない（彼らは職業的な貪欲さから、この私たちの混乱のもつれ合いに飛びついてきた）。彼らの叡智は「外世界」で、私たちが単純に文明的と呼んでいる世界で作られ、検証されてきた。それはこの世界の現象を敷き写しにし、説明しようとしてきた。この世界の逸脱を研究し、それを直そうとしてきた。彼らの解釈は、ブルーノ・ベテルハイムのようにラーゲルの試練を経験してきたもののそれでも、おおまかで、単純化されているように思える。それはまるで平面幾何学の定理を球面三角形の解法に適用しようと努めているかのように見える。囚人《ヘフトリンゲ》の心の仕組みは私たちのものとは違っている。奇妙なことに、それと並行しているのだが、その生理学と病理学も違っている。ラーゲルでは風邪やインフルエンザは見られなかった。しかし囚人は、医者が研究する機会がなかった病気によって、時には不意に死んだのである。胃潰瘍や精神病は治ってしまったが（あるいは自覚症状がなくなった）、全員が絶え間ない不快感に苦しめられた。それは眠りを損なったが、名前はなかった。それを「ノイローゼ」と規定するのは、あまりにも限定的で、愚かである。おそらくそれに遠い祖先の不安を認める方がより適切だろう。「創世記」の一章二にその反響が感じとれるような不安である。人けのない、空虚《トーフ・ヴァヴォフ》な宇宙のおのおのに組み込まれた不安。それは神の精神に押しつぶされているが、人間の精神は不在である。まだ生まれていないか、もう死に絶えたのである。

そしてさらに広い、別の恥辱感がある。それは世界に対する恥辱感だ。ジョン・ダンが忘れられないような形で言った言葉がある。それは強制収容所についてや、そうでない場合に、数え切れないほど引用されたのだが、「いかなる人間も孤島ではない」、いかなる死の鐘も生きているすべての人のために鳴っている、という言葉である。しかし他人や自分自身の罪を目の前にして、背を向け、それを見ないように、それに心を動かされないようにするものがいる。ヒトラー統治下の十二年間、大部分のドイツ人はこうしてきた。彼らは、見ないことは知らないこと、そして知らないことは彼らの共犯や黙認の度合を減らす、という幻想を抱いてきた。しかし私たちには、意図的な無知の防御壁、T・S・エリオットの言う「部分的な防御壁」は否定されていた。私たちは見ないことができなかった。かつても現在も、苦痛の海が私たちを取り巻いていて、その海面は年々上昇し、私たちを溺れさせるまでになっている。目を閉じたり、背を向けることは無益であった。なぜならそれは私たちの周り全体に、地平線のかなたまで、あらゆる方向に存在したからである。私たちには孤島であることは不可能だったし、それを望みもしなかった。私たちの中の正義のものたちは、その数はいかなる他の人間集団とも変わりがなかったが、自分ではなく、他人の犯した罪のために、良心の呵責や恥辱感を、つまり苦痛を感じていた。彼らはそれに巻き込まれていると感じていた。なぜなら彼らの周りで、彼らがいた時に、彼らの中で起こったことは取り返しがつかないものだと感じていたからである。それを洗い流すことなど絶対にできないだろう。人間は、人類は、つまり私たちは、計り知れない苦痛の大建造物を作り上げる能力があることを示したのだ。苦痛とは支出や労苦もなしに、無から作り出せる唯一の力である。何も見ず、何も聞かず、何もしなければいいのだから。

私たちはしばしば尋ねられる、「アウシュヴィッツ」はまた復活するかと。まるで私たちの過去が予言能力をもたらしたかのように。つまり、政府レベルで決定され、無実の無力な人民に対して行われ、侮蔑の教義によって正当化される、一方的で、体系的で、組織的な、また新たな大量虐殺が行われるか、ということだ。幸運にも私たちは予言者ではないが、何かを言うことはできる。同じような悲劇が、ほとんど西欧では知られないままに、一九七五年ごろにカンボジアで実際に起きたのである。そしてドイツの大量虐殺は、隷属状態への切望と魂の貧困によって火がつけられ、その後、火が自然に燃え広がったのだが、それにはいくつかの要因の組み合わせが必要であった（戦争状態。ドイツ流の技術的組織的完璧主義。ヒトラーの意志と、転倒した意味でのカリスマ。ドイツにおける堅固な民主主義の根の不在）。これらの数は多くはなく、そのおのおのが不可欠だが、個別に取り出されても不十分である。これらの要因は再生産可能で、世界の様々な地域で、部分的にすでに再生産されつつある。こうしたものすべてが、十年か二十年のうちに再び組み合わされることは、ほとんどあり得ないが、まったく不可能ではない（それより遠い未来について話すのは意味がない）。私の考えでは、大量虐殺は特に西欧世界、日本、そしてソビエトでは不可能だと思える。第二次世界大戦のラーゲルは、市民レベルでも政府のレベルでも、多くのものの記憶にまだ残っていて、ある種の免疫性の防御作用が働いている。それは私が語った恥辱感と大きく一致している。

世界の他の地域、あるいは遠い未来に、何が起こるのか、判断を差し控える方が賢明だろう。また核戦争による破局もある。それはおそらく一瞬にして終わり、破滅をもたらすだろうが、もちろん敵味方の双方が傷つく。それは異なった、奇妙な、新しい、より大きな恐怖であるが、もはや私が選んだ主題の範囲を越えている。

4 意思の疎通

「伝達不可能性」という言葉は一九七〇年代に流行したのだが、私は好きになれなかった。それは第一に言語上の怪物であるからだ。そしてより個人的な理由もあった。今日の普通の世界では、つまり私たちが慣例的に、対比的意味で、そのつど「文明的」とか「自由な」と呼んでいる世界では、完全な言語的障壁にぶつかることはほとんどない。すなわち命を奪うと脅されて、どうしても意思疎通関係を作り出さなければならない人間を目の前にしているが、それができないような場合である。それの有名な例があるが、完全なものではない。つまりミケランジェロ・アントニョーニ監督の『赤い砂漠』で、主人公が夜に、母国語しかしゃべれないトルコ人の水夫と出会い、話をしようとするが通じない場面である。これが不完全な例だというのは、双方の側に、水夫の側にさえも、意思疎通の意志が存在するからである。あるいは少なくとも、接触を拒絶しようとする意志は見られない。

今日流行しているある理論によると、それは私にはつまらない、いらだたしいものに思えるのだが、「伝達不可能性」は人間の生活条件に組み込まれた不可欠の構成要素である。それは生涯の刑罰であり、特に高度産業社会で生きる上ではそうである。私たちは単子《モナド》であり、互いに伝え合うことは不可能である。あるいは不完全な伝達しかできなくて、それは出発点で偽りのものとなり、到達点で誤解される。議論は見かけ倒しで、単なる騒音でしかなく、実存的沈黙を覆い隠す多彩なベールでしかない。ああ、私たちは孤独なのだ、たとえカップルで生きていても（特にその場合は）。私にはこの嘆きは精神的な怠惰に起因すると思えるし、そのことをみずから明かしているとも思える。少なくともある危険な悪循環の中で、それを鼓吹しているのは確かだ。病理学的な無能力の場合以外は、意思の疎通は可能だし、それをすべきである。それは他人や自分の平和に貢献する簡単で有益な方法である。なぜなら沈黙は信号の不在であるが、それ自体があいまいな信号をなしていて、あいまいさは不安や疑念を呼ぶからである。意思疎通の可能性を否定するのは偽りである。それはいつも可能である。意思疎通を拒否するのは罪である。意思疎通については、特にその高度に進化した高貴な形である言語については、私たちは生物学的に、社会的に、あらかじめ使いこなす素質がある。あらゆる人種は言葉をしゃべる。人間ではない種類は、いかなるものも言葉をしゃべらない。

意思疎通の面で、あるいはむしろ意思疎通の不在の面で、私たち生き残りの経験は特異なものである。だれかが（息子たちが！）寒さ、飢え、労苦について語る時、それに口をはさむのは、私たちの煩わしい悪癖である。君たちはそれについて何を知っているんだ。私たちの経験したものを味わってみるべきだ。私たちは普通、慎みと周囲への配慮から、ほら吹き兵士のように、口をはさむ誘惑に駆られないように努めている。しかしながら、私の場合は、意思疎通の不在、あるいはその不可能性について語られるのを聞く時、それが抑えられなくなってしまうのだ。「私たちの味わったものを体験すべきだ」。それはフィンランドや日本に行った、旅行者の体験とは比較にならない。彼はそこで他国語をしゃべる対話の相手を発見するが、そのものは職業的に（あるいは自然に）親切で、善意にあふれ、言うことを理解しようと努め、役に立とうと努力する。それに何よりも、この世界中のどんな場所でも、片言の英語さえしゃべらないものはいるだろうか。そして旅行者の要求はわずかだし、いつも同じである。従って難問《アポリア》はほとんどなく、「ほとんど何も分からない」ということは、実際には遊びのように楽しめるのである。

だが移民の場合は、もちろん事態はずっと劇的である。百年前のアメリカへのイタリア人移民、今日のドイツやスウェーデンへのトルコ人、モロッコ人、パキスタン人の移民などがその例である。これはもはや旅行会社が慎重に調査した旅程に沿った、不慮の事態など起こらない、短い探索行などではない。それはおそらく後戻りができない移住である。今日では単純作業は非常にまれであるから、おそらくより複雑な労働に組み込まれることになる。そこでは話し言葉や書き言葉の理解が必要となる。近所の人、店の店員、仲間、上司との人間関係が不可欠になる。職場でも、道でも、喫茶店でも、違った風俗習慣を持ち、時には敵対的な外国人との接触が欠かせない。しかし事態を解決する要素は存在する。資本主義社会は聡明で、外国人労働者の生産効率と自分の利益が一致することを理解している。つまり外国人労働者の社会への適合と、豊かな生活が保障されなければならないのだ。彼は家族を、つまり祖国の一部分を連れてくることが認められる。そして善し悪しはあるが、住居を探すことができる。また言葉を教える学校に通うことができる（時には義務である）。汽車から降り立った、耳が聞こえず、口もきけない人物は、おそらく愛情はないだろうが、かなり効率よく援助を得て、短期間のうちに言葉を習得する。

私たちはもっとずっと徹底的な意思疎通の欠如を体験した。特にイタリア、ユーゴスラビア、ギリシアから移送されてきたものたちがそうだった。フランス人はさほどでもなかった。彼らの多くはポーランドやドイツの出身であり、それに何人かアルザス地方の出身者もいて、ドイツ語がよく理解できた。しかし田舎からやって来た多くのハンガリー人も意思の疎通ができなかった。私たちイタリア人にとって、言語的な障壁との衝突は、移送される前に、イタリアで、劇的な形で起こっていた。それはイタリアの公安部の職員たちが、明らかに気が進まないままに、私たちをSSの手に引き渡した時のことであった。SSは一九四四年二月に、モーデナ近郊のフォッソリの中継収容所の管理を不当に我がものにしていた。私たちは初めて、襟章に黒い縫い取り線がある侮蔑的な男たちと接した時、ドイツ語の理解が分かれ目になることに、すぐ気づいた。ドイツ語を理解し、はっきりと答えられたものとの間には、人間関係らしきものが形作られた。黒服の男たちは、理解できなかったものには、私たちを驚かせ、恐怖で震えあがらせるような反応を示した。初め、命令は、服従を前提にした平静な口調で発せられたのだが、次には狂ったような大声で繰り返され、そして喉が張り裂けんばかりの大声で叫ばれたのだった。まるで聾唖者に対しているかのようだった。あるいはもっと正確に言えば、命令の中身よりも口調に敏感に反応する、家畜に対しているかのようだった。

もしだれかがためらったら、拳が飛んできた（全員がためらっていた、なぜなら命令が分からなくて、おびえていたからだ）。拳が言葉の変形であることは明らかだった。思考を伝達するための言葉の使用。この仕組みは人間が人間である限りは必要かつ十分であるが、それが使われなくなってしまった。これは警報だった。その別のものたちにとって、私たちはもはや人間ではなかった。私たちに対しては、牛やラバと接する時のように、叫び声と拳の間に実質的な違いを見せなかった。馬を走らせ、止まらせ、曲がらせ、引かせ、引くのをやめさせる時、馬と契約をしたり、細かな説明をする必要はない。様々な形で組み合わされていても、意味が単一な、一ダースほどの合図でできた辞書があればいい。それが聴覚、視覚、触覚によるものであっても、問題ない。手綱を引くこと、拍車で刺すこと、叫ぶこと、身振りをすること、鞭でたたくこと、口でラッパのような音を出すこと、背中を平手でたたくこと、これらはみな有効である。馬に話しかけることは、独り言を言うようなばかげた行為であるか、あるいは愚かな感傷主義である。それに、何が分かるというのだろうか。マルサレクは彼の『マウトハウゼン』[22]という本の中で、このラーゲルはアウシュヴィッツよりもさらに多くの言語が入り乱れていたところだったのだが、ゴムの鞭が通訳《デア・ドルメチャー》と呼ばれていたことを書いている。つまりすべてのものに分からせる道具なのである。

事実、教養のない人間は、自分の言葉を理解できないものと、物事をまったく理解できないものとの区別がはっきりつかない（ヒトラーの配下のドイツ人たちは、特にSSは、恐ろしいほど教養がなかった。彼らは「教育」を受けなかったか、悪い教育を受けたのであった）。世界にはただ一つの文明しかない、ドイツの文明しかない、ということを、若いナチたちは頭にたたき込まれていた。他のすべてのものは、過去のものであろうと現在のものであろうと、その中に何かゲルマン的な要素があれば、受け入れられた。従ってドイツ語を理解し話さないものは、本来の意味での野蛮人であった。もしあるものが自分の言葉で、つまり言語ではないものでしゃべり続けようとしたら、そのものを殴りつけて黙らせる必要があった。そしてそのものを本来の場所に、つまり引き、運び、押す場所に置く必要があった。なぜならそのものは人間《メンシュ》ではなかったからだ。私はある典型的な逸話を思い出す。大部分がイタリア人、フランス人、ギリシア人で構成されていた、ある労働部隊の新米のカポーが、工事現場で、SSの最も恐れられている監視人の一人が背後に近づいて来ているのに気がつかなかった。そのカポーは不意に振り向くと、うろたえながら気をつけの姿勢をして、規定通りの報告《メルドゥンク》をした。「八三労働部隊、人員四十二名であります」。彼はうろたえたあまり、人員四十二名《ツヴァイウントフィアツィッヒ・マン》と言ってしまった。SSの兵士は諭すような、ぶっきらぼうな口調で訂正した。そう言ってはいけない、「囚人四十二名《ツヴァイウントフィアツィッヒ・ヘフトリンゲ》」と言うのだ。彼はまだ若いカポーだったから許された。しかし社会的なしきたりと階級の差を、つまり自分の仕事を学ぶ必要があった。

この「話しかけられない存在」であることは、迅速で破壊的な影響をもたらした。人は話しかけてこないものに対して、わけの分からない叫び声だけを投げつけてくるものに対して、あえて言葉をかけないものである。もしかたわらに同じ言葉をしゃべるものがいる幸運に恵まれたら、それはとてもいいことだ。自分の考えを言えるし、助言を求められるし、心の思いを吐き出せる。もしだれもいなかったら、言葉は数日のうちに枯れてしまい、言葉とともに思考もしぼんでしまう。

それに直接的な面では、命令や禁止が分からないし、無用なものや人をばかにしたものもあるにせよ、基本的な規定を理解することができない。要するに虚無の中に落ち込んでしまう。そして意思疎通が情報を生み、情報なしには生きていけないことを、自分で犠牲を払って理解するのだ。ドイツ語を知らなかった囚人の大部分は、つまりほとんどすべてのイタリア人は、収容所に着いてから十日から十五日で死んでしまった。一見すると、それは飢え、寒さ、労苦、病気のためだった。しかしよく調べてみると、情報の不足のためだった。彼らがもしより古参の仲間たちと意思疎通ができていれば、よりよく対処できたことだろう。まず初めに服、靴、そして違法な手段で食物を手に入れる方法を学んだだろう。より厳しい労働を逃れ、しばしば致命的なものとなるSSとの邂逅を避けただろう。そして致命的な誤りを犯すことなく、避けがたい病気を管理できただろう。彼らは死ななかったと言うつもりはないが、ずっと長く生きられただろう。そして劣勢を挽回するより大きな可能性を持てただろう。

私たち生き残りのほとんどは、多くの外国語をしゃべれなかったのだが、その私たちの記憶では、ラーゲルの初めの日々はピントの合わない、動きの激しい映画として記憶に焼きつけられている。それはけたたましい物音と、怒鳴り声でいっぱいで、意味が不明瞭である。名前も顔もない人物たちが大騒ぎをしていて、背景の耳を聾するような騒音の中に埋没しており、そこからは人間の言葉は出て来なかった。それは白黒の映画で、音はついていたが、せりふは聞こえてこなかった。

私はこの意思疎通の空白と欠乏が、自分自身や他の生き残りたちに、奇妙な影響を及ぼしていることに気がついた。四十年たってもまだ、当時知らなくて、その後も学んだことのない言語の言葉や語句を、純粋な音の形でいまだに記憶しているのである。私の場合は、それはポーランド語やハンガリー語だった。私の登録番号ではなく、あるバラックの名簿で、私の一つ前にいた囚人の登録番号がポーランド語でどのように発音されるか、私は今日でもまだ覚えている。それはごちゃごちゃした音のもつれあいで、とても響きの良い音で終わっていた。わけの分からない子供の数え歌によく似ていて、「ステルジシ・ステリ」というような発音だった（今日ではこの二つの言葉が四十四を意味することが分かっている）。実際のところ、そのバラックではスープの配膳人はポーランド人で、住民の大部分もポーランド人であり、ポーランド語が公用語になっていた。名前を呼ばれた時は、順番を飛ばされないように、飯盒を差し出して用意している必要があった。従って不意をつかれないために、自分の直前の登録番号の仲間が呼ばれた時に、急いで行く方がよかった。この「ステルジシ・ステリ」という呼び声は、ベルに反射したパブロフの犬のように、私に作用した。すぐに唾液がわき出たのである。

この外国語の声は、まるで未使用の、空白の磁気テープに録音されるようにして、私たちの記憶に刻み込まれた。それは飢えた胃が消化に悪い食べ物も、急速に消化してしまうのと同じであった。言葉の意味に助けられて覚えたわけではない。なぜならそれらは意味のない言葉だったからだ。しかしながら、ずっと後になって、その言葉を理解できるものに暗唱する機会があった。するとそれらがつまらない、陳腐な意味を持っていることが分かった。ののしりや、悪態の言葉、そしてしばしば日常的に繰り返されるせりふった。それは「今何時だ」、「もう歩けない」、「俺を放っておいてくれ」などであなどであった。それは混乱からはぎとってきた断片だった。意味のないものから意味を切り出す、無用で無意識的な努力の成果だった。それは肉体が栄養を必要とするのと同じような、頭脳の作用であった。例えば肉体は台所の周りでジャガイモの皮を探すように私たちをせき立てた。それはほとんど何の役にも立たず、ないよりはましという程度のものだった。同様に栄養が補給されない頭脳も、独特の飢えに苦しむのである。あるいはこの無用で逆説的な記憶は、別の意味、別の目的を持っていたのかもしれない。つまり「その後」への無意識的な準備、不可能な生き残りへの無意識的な準備だった。そこではいかなる経験の断片も、大きなモザイクの一片になるかもしれなかった。

私は『休戦』の初めの部分で、意思疎通の必要性とその欠如の究極の例を語った。それはフルビネク少年の場合で、年齢は三歳で、おそらくラーゲルで秘密裏に生み落とされたのだった。彼はだれにも話すことを教わらなかったのだが、話す必要性を非常に強烈に感じていて、それをその哀れな体全体で表現していた。この面から見ても、ラーゲルは残酷な実験場であり、そこではそれ以前にも、それ以降にも、いかなる場所でも見られなかったような状況や行動に立ち会えたのだった。

私はその数年前に、まだ学生であった時に、ドイツ語をいくらか学んでいた。それはもっぱら化学や物理学の教科書を理解するためだった。私の考えを積極的に伝えたり、話しかけられた言葉を理解するためではなかった。それはファシストが制定した人種法の時期であり、私がドイツ人と出会ったり、ドイツに旅行することはほとんどあり得ない出来事に思えていた。アウシュヴィッツに投げ入れられた時、私は初めはひどく戸惑ったが（むしろおそらくそのおかげで）、かなり早い時期に、私のドイツ語の乏しい語彙《ヴォルトシャッツ》が本質的な生き残りの要素になったことが分かった。語彙《ヴォルトシャッツ》とは文字通りには、「言葉の宝庫」を意味する。表現がこれほど適切だった場合はなかった。ドイツ語を知っていることが生命線だった。それは周りを見渡せば分かった。ドイツ語が分からなかったイタリア人の仲間たちは、つまり何人かのトリエステ出身者を除いたほとんど全員は、一人また一人と、無理解という嵐の海の中で溺れていったのだ。彼らは命令を理解できず、理由も分からないままに平手打ちや足蹴を受けていた。収容所の未発達の倫理の中では、殴打は、違反—処罰—改心という連鎖の確立を容易にするために、何らかの形で正当化されることが見込まれていた。従ってカポーやその助手は、しばしばぶつぶつとつぶやきながら殴った。「なぜだか分かるか」。そしてそれに続いて、簡単に「違反の通達」が行われた。しかし耳が聞こえず、口もきけない新米たちには、この儀式は無用であった。彼らは本能的に片隅に身を寄せて、身を守ろうとした。攻撃はあらゆる方向から来る可能性があった。彼らは罠にかかった動物のように、定まらない目であたりを見ていた。実際に彼らはそうなってしまったのである。

多くのイタリア人にとって、フランス人やスペイン人の仲間の助けは必須のものであった。彼らの言葉はドイツ語よりも「外国語」の度合が少なかった。アウシュヴィッツにはスペイン人はいなかったが、フランス人の数は多かった（正確には、フランスやベルギーからの移送者たちだった）。一九四四年にはおそらく全体の十パーセントほどがそうだった。何人かはアルザスの出身だったが、そうでない場合は、ドイツやポーランド出身のユダヤ人だった。彼らは十年ほど前にフランスで隠れ家を探したのだが、それは結局罠になってしまった。こうしたものたちはすべて、多少なりともドイツ語やイディッシュ語を知っていた。それ以外の大都会のフランス人、労働者や、中産階級や、知識人のフランス人は、一、二年前に私たちと同じような選別を受けていた。ドイツ語が分からなかったものは、舞台から姿を消していた。残ったものたちは、ほとんどが「外人《メテク》」で、フランスではさほど歓待されたわけではなかったが、ここで悲しい復讐を成しとげていた。彼らが当然のように私たちの通訳になった。彼らが私たちのために、命令や、その日の重要な通達を翻訳した。「起床」、「集合」、「パンの配給に並べ」、「靴の壊れているものはいるか」、「三人ずつだ」、「五人ずつだ」、などである。

もちろん十分ではなかった。私は彼らの一人のアルザス人に、個人的な、速成の授業をしてくれるように嘆願した。消灯の合図から眠りに落ちるまでの間に、細かい授業に分けて、小声で教えてくれるように頼んだ。授業料はパンだった。それ以外の通貨はなかった。彼は承知した。パンがこれほど有効に使われたことはなかった。彼は私に、カポーやSSのうなり声が何を意味するか、バラックの小屋組みにゴシック書体で書かれた愚かな、皮肉な言葉がどのようなものか、説明した。また胸の登録番号の上につけてある、三角形の印の色が何を意味するのか解説した。こうして私は、ラーゲルで使われている、無味乾燥な、ほえ声のような、わいせつな言葉や悪態がちりばめられているドイツ語は、私の化学の教科書の正確で厳密な言葉や、ハイネの詩の流麗で洗練されたドイツ語とは、不明瞭な姻戚関係しか持っていないことに気づいた。ハイネの詩は私の勉強仲間のクラーラが読んでくれたのだった。

私は当時は分からなくて、ずっと後になって知ったのだが、ラーゲルのドイツ語はそれ自体で自立したものであった。ドイツ語で言うなら、「場所と時間に結び付けられた《オルツ・ウント・ツァイトゲブンデン》」ものであった。それはドイツのユダヤ人文献学者、クレンペラーが第三帝国言語(Lingua Tertii Imperii《リングア・テルティー・インペリー》)と名付けた言葉の、ひどく卑俗化された変異であった。彼は当時のドイツで広く使われていた言葉との皮肉な類推から（ＮＳＤＡＰ、ＳＳ、ＳＡ、ＳＤ、ＫＺ、ＲＫＰＡ、ＷＶＨＡ、ＲＳＨＡ、ＢＤＭ）、短縮語形ＬＴＩを提案している。

このＬＴＩと、イタリアで話されていた同様の言葉については、言語学者のものも含めて、多くの本が書かれている。当然の見解であるが、人間に対して暴力がなされるところでは、言葉にもそれがなされる。イタリアでは、ファシストによって、方言、「不純語法」、ヴァル・ダオスタ、ヴァル・ディ・スーサ、アルト・アディジェ地方の地名、「卑屈で、外国風の『あなた《レイ》』という呼称」への愚かなキャンペーンがなされたことが忘れられない[23]。ドイツでは事情が違っていた。もう何世紀も前から、ドイツでは、ゲルマン起源ではない言葉に本能的な反感を示していた。そのためにドイツの科学者たちは躍起になって、気管支炎を「気管の炎症」、十二指腸を「十二の指の内臓」、ピルビン酸も「ブドウを焼いた酸」と命名し直していた。従ってこの面では、すべてを浄化しようと欲したナチズムは、浄化するものがあまりなかった。ＬＴＩは、特にいくつかの意味の変更や、いくつかの言葉の乱用によって、ゲーテのドイツ語とは違っていた。例えばvölkisch《フェルキシュ》（国民的、民衆的）という形容詞はいたるところで使われ、国家主義的な傲慢さを持つことになった。fanatisch《ファナティシュ》（狂信主義的）という言葉の否定的な意味は、肯定的なものになった。しかしドイツのラーゲルの群島では、局部的な言葉が、隠語が、「ラーゲルの隠語」が姿を現した。それはさらにラーゲルごとの固有の副隠語に分かれていたが、プロシアの兵舎の古いドイツ語や、ＳＳの新しいドイツ語と緊密な姻戚関係を持っていた。それがソビエトの強制労働収容所の隠語と対応関係を持つのは不思議ではない。ソルジェニーツィンはそこで使われた様々な言葉を引用している。そのおのおのが、ラーゲルの隠語に正確な対応語を見出せる。『収容所群島』をドイツ語に翻訳するのはさほど困難ではなかっただろう。もし困難であったとしても、それは用語的なものではなかったはずだ。

回教徒《ムーゼルマン》という言葉はあらゆるラーゲルで共通で使われていた。この言葉は取り返しがつかないほどに消耗し、疲れ切った、死を待つばかりの囚人に使われた。その語源には、二つの説が出されているが、両者とも説得力に乏しい。一つは回教徒の宿命論的考え方、もう一つは頭の包帯がターバンを思わせるというものである。この言葉は、その冷笑的な皮肉も含めて、ロシア語のdochodjaga《ドホジャーガ》という言葉に正確に反映されている。それは「最後の段階に到達した」、「完結した」という意味である。ラーフェンスブリュックのラーゲルでは（唯一の女性だけのラーゲルであった）、リディア・ロルフィ[24]の言うところによると、同じ概念が、二つのよく似た名詞、Schmutzstück《シュムッツシュトゥック》（ごみ）とSchmuckstück《シュムックシュトゥック》（宝石）で言い表されていた。これらはほとんど同音異義語で、お互いにパロディーをなしていた。イタリア人はその血を凍らせるような意味が分からずに、二つの言葉を結び付けて、「スミスティク」と発音していた。またProminent《プロミネント》（名士）もあらゆる副隠語に共通の言葉だった。私はこの出世した囚人、「名士」について、『これが人間か』でかなりのページを割いて語った。これは強制収容所の社会には不可欠の構成要素であるから、ソビエトの収容所にも存在した。そこではプリドゥルキと呼ばれていた（私は第3章「恥辱」でそれについて述べている）。

アウシュヴィッツでは「食べる」は fressen《フレッセン》（食らう）と言ったが、それは由緒正しいドイツ語では、動物だけにしか使われない動詞である。「あっちに行け」という意味では hau' ab《ハオ・アプ》が使われたが、それは abhauen《アプハオエン》（ずらかる）という動詞の命令形であった。これは普通のドイツ語では「切る、切り落とす」の意味だが、ラーゲルの隠語では「地獄に行く、出て行く」の意味であった。かつて私はこの言葉を善意で使う機会があった。それは戦後しばらくしてのころで、商談後に、何人かのバイエル社の教養ある社員にお別れの言葉を言うために使ったのだった（Jetzt hauen wir ab《イエット・ハオエン・ヴィア・アプ》）。これはまるで、「さあずらかろうぜ」と言ったのと同じだった。彼らはびっくりして私を見た。その言葉は、それまでの会話が行われたのとは、まったく違った言語的領域に属していた。もちろんそれは学校の「外国語」の授業では教えられない言葉であった。私は彼らに、ドイツ語を学校で勉強したのではなく、アウシュヴィッツという名前のラーゲルで学んだのだと説明した。その時にやや戸惑いが生まれたが、私は買い主の立場だったので、丁寧な態度が崩されることはなかった。後になって私の発音も粗野であることが分かったが、意図的に上品にしようとしなかった。同じ理由から、私は左腕の入れ墨を取り去っていない。

ラーゲルの隠語は、当たり前のことだが、ラーゲルやその周辺で話されていた他の言語の影響を強く受けていた。つまりポーランド語、イディッシュ語、シュレージエン地方の方言、そして後にはハンガリー語などだった。監禁生活の初めのころに、背景の騒音の中から、ドイツ語ではない四つか五つの表現が、即座に浮かび上がり、耳にしつこくつきまとってきた。それらは労働、水、パンなどの、何か基本的なものか行動を示すのだろう、と私は考えた。それらは前に述べた、奇妙な、機械的やり方で、私の記憶に刻み込まれた。ずっと後になってから、あるポーランド人の友人が、いやいやながら説明してくれた。それらは単に「コレラ」、「犬の血」、「雷」、「娼婦の息子」、「くたばれ」などを意味していた。最初の三つは間投詞として使われていた。

イディッシュ語は実際には収容所の第二の言語であった(後にハンガリー語に取って代わられた)。私はそれを理解できなかっただけでなく、その存在も、薄々と知っていただけだった。それはハンガリーで何年か働いたことがある私の父から聞いた、いくつかの引用や小話をもとにした知識だった。ポーランドやロシアやハンガリーのユダヤ人は、私たちイタリア人がイディッシュ語を話さないのを見てびっくりした。私たちは疑わしいユダヤ人で、信頼できなかった。そしてそれ以外に、私たちは、もちろん、SSにとってはバドリオ政権の回し者、フランス人やギリシア人や政治犯にとっては「ムッソリーニ」であった。意思疎通の問題を度外視しても、イタリアのユダヤ人であることは快適ではなかった。今日ではシンガー兄弟や他のものたちがそれにふさわしい成功を収めたので、イディッシュ語が実質的には古いドイツ語の方言であり、今日のドイツ語とは語彙も発音も違っていることが知られている。私はまったく分からなかったポーランド語よりも、イディッシュ語に苦しめられた。なぜなら私はそれを「理解できなければならなかった」からだ。私は注意力を張り詰めてそれを聞いた。だが私に向けられたり、私の近くで発音されたある語句が、ドイツ語か、イディッシュ語か、まざり合ったものなのか、聞き分けるのは難しかった。事実何人かのポーランドのユダヤ人は、私が理解できるようにと、善意から、イディッシュ語をできる限りドイツ語化して発音していた。

大気から吸い込んだイディッシュ語について、『これが人間か』に特異な痕跡があるのを私は発見した。「クラウス」という章に、ある会話が引用されている。ポーランド出身のフランスのユダヤ人グーナンが、ハンガリー人のクラウスに次のような言葉を投げかける。Langsam《ラングザム》, du blöder Einer《ドゥー・ブレーデル・アイネル》, Langsam《ラングザム》, verstanden《フェルシュタンデン》?　これは文字通りに訳すと、「ゆっくりだ、おまえ、低能の一人、ゆっくりだ、分かったか」となる。やや奇妙に聞こえるが、私は正確にこう聞き取ったと思ったので、その通りに本に書いた（その文章は一九四六年に書いたので、それは比較的近接した記憶だった）。しかしドイツ語の翻訳者は納得しなかった。私が間違って聞いたか、記憶違いだというのだ。私たちは長い間手紙でやりとりをしたが、翻訳者は受け入れられるような形に、表現を修正することを提案してきた。実際に、その後出版された翻訳ではこうなっている。Langsam, du blöder Heini……ハイニとはハインリッヒの縮小形である。しかし最近、イディッシュ語の歴史と構造についての素晴らしい本を読んだ時（J. Geipel, *Mame Loshn*, Journeyman, London, 1982）、こうした形がこの言葉の典型であることを発見した。Khamoyer du eyner!《ハモイエル・ドゥー・エイネル》「おまえ、ロバの一匹」。確かに機械的な記憶が正確に作動したのだった。

意思疎通の欠如、あるいは少なさに、すべてのものが同じように苦しんでいたわけではなかった。それに苦しまないこと、言葉の衰弱を受け入れることは、不吉な兆候であった。完全な無関心に陥ることを示していたからである。だがわずかであったが、生まれつき孤独を愛するもの、すでに文明生活で孤独に慣れていたものは、苦しむ様子を見せなかった。しかし大部分の囚人は、通過儀礼の危険な時期を乗り越えると、みな自分なりに身を守るやり方を模索し始めた。情報の断片を乞い歩くもの、真実や虚偽やでっち上げの、勝利や敗北の情報を見境なしにまき散らすもの、目や耳を研ぎすまして、人間や空や大地が発する兆候をすべて集め、解釈しようと努めるものなどがいた。しかし内部のわずかな意思疎通に、外世界との乏しい意思疎通が加わっていた。いくつかのラーゲルは完全に孤立していた。私のいたモノヴィッツ＝アウシュヴィッツは、この点では恵まれていたと考えられる。ほとんど毎週、占領されたあらゆるヨーロッパの国々から「新しい」囚人たちがやって来た。彼らはしばしば実際の目撃者として、最新の情報を持って来た。また禁令にもかかわらず、そしてゲシュタポに通告される危険を冒して、私たちは巨大な工事現場でポーランド人やドイツ人の労働者と話し合い、時にはイギリス人の戦争捕虜とも口をきいた。ごみ箱の中では数日前の新聞が見つかったが、私たちはそれをむさぼるように読んだ。私のある大胆な仕事の仲間は、アルザス人で、二カ国語が読め、ジャーナリストだったので、当時ドイツで最も権威のあった新聞、『人民の監視者《フェルキシャー・ベオバハター》』を定期購読しているのを自慢していた。これ以上に簡単な方法はあっただろうか。彼は信頼のおけるあるドイツ人労働者に定期購読を頼み、彼に金歯を与えて定期購読を継続していたのだ。毎朝、点呼を待つ長い待ち時間に、彼は周りに私たちを集め、その日のニュースを入念にまとめて聞かせた。

一九四四年六月七日、私たちはイギリス人の捕虜が仕事に行くのを見たが、彼らの様子はどこか違っていた。彼らはきちんと隊列を組み、胸を張って、笑みを浮かべ、勇壮に、非常にきびきびとした歩調で行進したので、彼らに付き添っていたドイツ人の警備兵は、もはや若くはない郷土守備軍の兵士だったのだが、ついて行くのに苦労していた。

彼らはVサインで私たちにあいさつをした。その翌日、彼らが秘密のラジオで、連合軍のノルマンディー上陸のニュースを知った、ということが分かった。これは私たちにとっても偉大なる日であった。自由が手の届くところに近づいたと思えた。しかし大部分の収容所では物事はずっとひどかった。新しく来たものたちは、世界から切り離された別のラーゲルやゲットーから来ていて、そのためにその地方の恐ろしい情報しか持っていなかった。彼らは私たちのように、十や十二の異なった国々の自由な労働者と接触して働いてはおらず、農場、小さな作業場、石切り場、砂利採取場、あるいは鉱山などで使われていた。鉱山のラーゲルの状態は、ローマ時代の戦争奴隷や、スペイン人によって奴隷化されたインディオたちを死に追いやった条件とまったく同じであった。そこの死亡率はあまりにも高くて、だれも生き残ってそれについて語っているものはいない。要するに「世界からの」情報は、言ってみれば、たまに、あいまいな形で入って来ただけだった。私たちは忘れ去られたと感じていた。まるで中世の地下牢で死ぬままに放置された罪人のようだった。

ユダヤ人には、つまり不潔で、不純さをまき散らし、世界を破壊する、敵の代名詞であるユダヤ人には、最も貴重な意思疎通が、祖国との、家族との通信が禁じられていた。数多くある中で、いかなるものであれ、流刑を経験しているものは、この神経の糸が切られるとどれだけ苦しいか知っていることだろう。それからは、捨てられたという致命的な印象と、不当な怒りが生まれる。なぜ私に手紙を書いて来ないのか、なぜ助けてくれないのか、自由の身でいる彼らは。当時私たちは、自由という大きな大陸の中で、通信の自由が、ある重要な領域を占めていることを十分に理解した。それは健康と同じで、失ってから初めて重要性が分かるのだ。しかしそれは単に個人レベルでの苦しみではない。意思疎通が妨害された国々、あるいは時代では、すぐに他の自由もしぼんでしまう。倦怠感から論議は死に絶え、他人の意見への無知が広がり、押し付けられた意見が勝利を収める。その有名な例は、ソ連でルイセンコが唱えた、狂った遺伝学説で、論議がなされなかったため（反論したものはシベリアに流刑になった）、二十年間、作物の収穫を損なったのであった。不寛容は検閲を生み出し、検閲は他者の論理への無理解を増大させるから、結果として不寛容を増大させる。これは硬直した悪循環で、断ち切るのは難しい。

「政治犯」の仲間が一週間ごとに家から郵便物を受け取る時が、私たちを最も意気消沈させた。その時私たちは、他人であり、孤立させられ、祖国から、人類から切り離されているという重圧を最も感じたのだ。その時こそ、腕の入れ墨が切り傷のように痛み、私たちは決して帰れないという確信が、崖崩れの土砂のようにのしかかってくるのだった。それにもし手紙を書くことが許されたにしても、だれに宛てればいいのか。ヨーロッパのユダヤ人の家族は溺れさせられたか、離散させられたか、破壊されたというのに。

　私は家族と何通か手紙を交換するという、非常にまれな幸運に恵まれた（このことは『リリス』で書いた）。これはまったく違う二人の人物のおかげである。一人はほとんど読み書きができなかった老年の煉瓦積み工、もう一人は勇気あふれる若い女性、ビアンカ・グイデッティ・セッラで、今は有名な弁護士になっている。私はこれが、自分を生き残らせた要因の一つであることを知っている。しかし前にも述べたように、私たち生き残りの一人一人が様々な点で例外なのである。これは私たち自身も、過去を祓い清める目的ゆえに、忘れがちなことである。

5　無益な暴力

この章の題名は挑発的に響くか、腹立たしく思えるかもしれない。果たして有益な暴力など存在するのか。それは残念ながら存在する。死は、故意ではない、最も穏和なものであっても、暴力であるが、それは不幸なことに有益である。不死のものたちの世界は（スウィフトのストゥルルドブルッグス）想像できないし、そこで生きることは不可能だろう。それはこの非常に暴力的な現実世界よりも、さらに暴力的だろう。そして一般的には殺人も無益ではない。ラスコリニコフは金貸しの老女を殺すことで、それが犯罪であるにしても、ある目的を果たした。またサラエボ事件のガヴリロ・プリンツィプも、ファーニ街でアルド・モーロを誘拐した誘拐犯たちも同じだった。狂気の殺人を除けば、人を殺すものはそのわけを知っている。それは金のため、本物や想像上の敵を抹殺するため、侮辱に復讐するためなどである。戦争とは忌むべきもので、国家間や党派間の対立を解決する最悪の方法であるが、無益なものとは言えない。それは非道か、邪悪であるにせよ、ある目的を持っている。それにはそれなりの根拠があり、苦しみを与えることを目的にはしていない。もちろん苦しみは存在する。それは集団的で、悲痛で、不正なものであるが、副産物であり、余分なものである。さて、ヒトラーが統治した十二年間、その暴力は他の多くの歴史的時空のそれと共通点を持ったのだが、その十二年間は特にそれ自体を目的とした無益な暴力によって特徴づけられていた、と私は考えている。その暴力はただ単に苦痛を作り出すことを目的としていた。時にはある目的を持っていたが、いつもその暴力は過剰で、常に目的とは釣り合わないほど大きかった。

ずっと後になって、ヨーロッパや、結局はドイツ自体も破壊してしまったその年月のことを考えてみると、二つの判断がぶつかり合うように感じられる。私たちが直面したのは、非人間的な計画の論理的な展開だったのか、あるいは集団的狂気の発現だったのか(今のところは歴史上唯一のもので、現在でも十分な説明がなされていない)。それは悪しき方向に解釈された論理だったのか、あるいは論理の欠如だったのか。人間の世界ではしばしば起きるように、二つの選択肢は共存していた。国家社会主義の根本的な計画がある論理性を持っていたことは間違いない。東方への進出(ドイツの昔からの夢)、労働運動の弾圧、ヨーロッパ大陸での覇権、ボルシェヴィズムとユダヤ教の撲滅(ヒトラーは短絡的にこの二つを同一視していた)、イギリスやアメリカとの世界の分割、精神病者と無為徒食者の「スパルタ的な」排除によるゲルマン民族の礼賛。こうした要素はすべてそれらの間で両立可能であり、すでに否定しがたいほど明確に『わが闘争』で述べられていた、いくつかの数少ない公理から導き出すことができた。それは傲慢《ヒュブリス》さと急進主義《グリュントリヒカイト》であった。これらは高慢な論理であったが、狂気ではなかった。

目的達成のために準備された手段も、忌まわしくはあったが、狂ってはいなかった。軍事的侵略、あるいは無慈悲な戦争を仕掛けること、内部で秘密工作員を養成すること、住民全体を移住させ、従属させ、断種し、抹殺すること。ニーチェも、ヒトラーも、ローゼンベルクも、超人の神話を唱えて、自分自身や部下たちを酔わせた時は、狂ってはいなかった。超人には、その教条主義的な、生まれつきの優越性が認められて、すべてが許されることとなった。しかしながら、教師も生徒も、彼らの道徳が、いつの時代、いつの文明にも共通であった道徳から少しずつ離れて行くにつれて、彼ら全員が現実からどんどん離れて行った、という事実は熟慮に値する。その道徳とは私たち人類の遺産の一部であり、最終的には承認されるべきものだったのだ。

理性は終焉し、弟子たちは無益な残忍さの実践という点で、師匠を大きくしのいでしまった（裏切りだった！）。ニーチェの箴言に私は強い嫌悪感をおぼえる。そこには私が好む考えとは正反対の主張しかない。彼の神託的な調子は煩わしい。しかしそこには他人を苦しめたいという欲望は現れていないように思える。ほとんどすべてのページに無関心が見られる。しかし「他人の不幸を喜ぶ気持ち《シャーデンフロイデ》」は現れていないし、まして他人を用意周到に傷つける喜びなどは見られない。下層民、奇形のものたち《ウンゲシュタルテン》、高貴な生まれでないものたちの苦しみは、選ばれたものたちの王国到来のために支払われるべき代償である。これはより小さな悪であるが、悪であることには変わりない。それ自体は望ましいものではないのだ。だがヒトラーの考えと行動はこれとはまったく違っていた。ナチの無益な暴力の多くはすでに歴史に属している。例えばフォッセ・アルデアティーネ、オラドゥール、リディチェ、ボヴェス、マルツァボットや、その他の数え切れないほどの場所で行われた「けたはずれの」大虐殺について考えてみればいい。復讐とは本質的に非人間的なものだが、そこでは復讐の限界は大きく破られてしまった。しかしそれ以外の小さな個々の暴力が、収容所送りにされた私たちのおのおのの記憶に、消せない文字として刻み込まれている。それは大きな見取り図の中の細部を成しているのである。

一連の思い出の初めには、ほとんどいつも、未知の場所への出発を告げた汽車が出て来る。それは時系列的な理由だけでなく、通常の貨車を連ねた列車が異例な目的に用いられた（そうでなければ何の害もなかった）という、いわれのない残忍さにもよっている。

私たちの多くが書き残した日記や話の中で、汽車が出て来ないものはない。密封された車両が、商業目的の輸送手段から移動する監獄に、そして死の道具に変身したのだった。それはいつも人でいっぱいだったが、場合によって、そこに詰め込まれる人数にぞんざいな計算が見られたように思える。それは旅の長さと、ナチの体制が移送される「人間素材」に割り当てた等級レベルによって、五十人から百二十人まで、幅があった。イタリアから出発した列車は、貨車ごとに「わずか」五、六十人の人間しか入れていなかった（ユダヤ人、政治犯、パルチザン、道で捕まった哀れな人たち、一九四三年九月八日の破滅[25]以降に捕虜になった兵士たち）。これは移送の距離を考えたのか、あるいは列車が旅の途中で目撃される時に与える印象を考慮した結果だと思える。この対極にあったのが東欧からの移送である。スラブ人は、特にユダヤ人であった場合は、より卑しい商品であって、いかなる価値もなかった。彼らは最終的には死ぬべき存在で、それが移送中であろうとその後であろうと、どうでもよかった。ポーランドのユダヤ人をゲットーからラーゲルへ、あるいはラーゲルからラーゲルへ運んだ列車は、貨車一台に百二十人もの人間を詰め込んでいた。その旅は短かったが……貨車一台に五十人いただけでも非常に居心地が悪かった。休むために全員が同時に横になることはできたが、体を互いちがいにしなければならなかった。もし百人かそれ以上いたら、たとえ数時間の旅であるにせよ、それは地獄だっただろう。ずっと立ちっぱなしか、順番にうずくまらなければならなかっただろう。そしてしばしば移送されるものの中には、老人、病人、子供、乳飲み子を抱えた女、気が触れたものなどがいて、それ以外にも旅行中に、その旅行のために、気が狂うものが出たはずだった。

ナチの鉄道移送では、常に変わらぬものと、場合によって変わるものとがはっきりと区別されていた。その根底にある規則があったのか、あるいはそれに携わる職員が自由裁量を得ていたのか、分かっていない。常に見られたのは、できる限りのものを持って行くようにという偽りの忠告であった（あるいは命令であった）。特に金、宝石、貴重な貨幣、毛皮などで、ある場合には（ハンガリーやスロバキアからのユダヤ人農民の移送の場合であった）、小型の家畜も連れて行くように勧められた。「みな役に立つはずだ」。随伴の人員はあいまいな、共犯めかした言い方でこう言った。実際にはそれは自動的な略奪だった。富を第三帝国に移す、単純で巧妙な策略であった。広告宣伝の必要はなく、官僚主義的なややこしさもなく、特別な輸送はいらず、輸送中の盗みも心配する必要がなかった。実際のところ、到着するとすべてが没収されたのだった。また貨車にまったく何も用意されていないのも、いつも同じだった。ドイツ当局は、二週間続く可能性のある旅にも、文字通り何も用意しなかった（これはテッサロニキから移送されたユダヤ人たちの例である）。食料も、水も、木の床に敷くマットやわらも、排泄用の容器も準備しなかったし、地元の当局や、中継収容所の所長に（存在した場合には）、何か準備をするように通達を出すことすらしなかった。そうした通告が手間になることはなかった。しかしまさにこの体系的な怠慢が、無益な残忍さをもたらし、それ自体を目的とする苦痛を作り出したのであった。

移送されるべき囚人が経験から何かを学ぶ場合もあった。彼らは列車が出発するのを見て、彼らの先行者の犠牲のもとに、こうした兵站学的必要のすべてを自分自身で賄わなければならないことを学んだのだった。彼らはドイツ人が押しつけてくる制限と両立するような形で、できる限り十分に準備をしなければならなかった。オランダのウェステルボルクの中継収容所から出発した汽車がこの典型的な例だった。それは数万人のユダヤ人を収容する広大な収容所だったが、ベルリンからは、毎週千人ほどの移送者を汽車で出発させるよう、地元の指揮官に要請が来ていた。ウェステルボルクからは合計九十三の列車が出発し、アウシュヴィッツや、ソビボールや、その他の小さな強制収容所に向かったのだった。その生き残りは約五百人ほどだが、初めのころの列車で移送されたものはだれも生き残らなかった。彼らはまったく何も分からずに出発し、三、四日の旅行の基本的な必需品は当局が用意してくれるという、何の根拠もない希望にすがっていた。従って移送中にどれだけ死者が出たか分からないし、旅行がどれほど恐ろしいものだったかも分からない。なぜならだれも戻って来て語らなかったからだ。しかし数週間して、鋭敏な観察力を備えていたウェステルボルクの医務室のある係員が、列車の貨車はいつも同じであることに気づいた。それは出発地と目的地のラーゲルの間を往復していた。こうしてその後移送されたものたちは、空のままで帰る貨車にメッセージを隠して送ることができた。それからは少なくとも食料と水の補給、そして排泄用の桶は備えつけることができたのだった。

一九四四年二月に私が移送された列車は、フォッソリの中継収容所から出発した初めての列車だった（それ以前はローマやミラーノから出発していたが、それに関する情報は届いていなかった）。その直前に、イタリアの公安部から収容所の運営権を取り上げたSSは、旅行について明確な命令をいっさい出さなかった。彼らは長い旅になるということだけを知らせ、前に述べた下心のある、皮肉な忠告がもれ出るようにした（「金や、宝石や、とりわけ羊毛や毛皮の服を持っていくといい、寒い国に働きに行くのだから」）。収容所のリーダーは、彼も移送されたのだが、良識を働かせて、適度の食料を準備していた。しかし水は持って来なかった。水にはほとんど金はかからない。それなのにドイツ人は一滴の水もよこさなかった。彼らは優秀な組織能力を誇っているのに……また貨車ごとに便所の役割をする容器を備えつけることも考えなかった。この手落ちは非常に重大なものだった。渇きや寒さよりももっとひどい苦しみを与えたからだった。私の貨車には男女の老人がいたが、その中にヴェネツィアのユダヤ人養老院のものたちが全員そろっていた。すべてのものがそうだったが、特に彼らにとって、人前で排泄することは非常に苦痛な、不可能なことだった。それは私たちの文明生活ではあり得ない精神的な外傷であり、人間の尊厳に加えられた深い損傷であり、予兆に満ちた、悪趣味な侵害であった。しかしそれは理由のない、意図的な悪意の印でもあった。私たちには逆説的な幸運であったが（私はこの文脈では、この言葉を使うのはためらわれる）、私たちの貨車には数カ月の赤ん坊を抱えた若い母親が二人いて、その一人がおまるを持っていた。そのひとつのおまるを、五十人ほどが全員で使わなければならなかったのだ。旅行を始めて二日後に、私たちは木の壁に釘が打ってあるのを見つけ、その二本を片隅に打ち込んで、ひもと毛布で、実質的には象徴的な意味しかなかったが、急ごしらえの隠れ場所を作った。私たちはまだ獣ではなかったし、抵抗しようとする限りはそうならないはずだった。

この最小限の道具さえなかった他の貨車で何が起きたのか、想像するのは難しい。列車は二、三度、開けた野原で止まり、貨車の扉が開けられ、囚人たちは降りるのを許された。しかし鉄道から遠ざかったり、身を隠してはならなかった。また一度駅で扉が開けられたが、その時はオーストリアの乗り継ぎ駅で停車中だった。警備のSSたちは、男や女がプラットホームや、線路の真ん中で、ところ構わずしゃがみ込むのを見て、喜びを隠しきれなかった。そしてドイツ人の乗客たちは嫌悪感をあらわにした。こういう人間たちはその運命に値する。どう振る舞うか見れば十分だ。彼らは人間《メンシエン》ではなく、豚、獣だ。それは太陽の陽射しのように明白だ。

実質的にはこれが始まりだった。その後の生活では、ラーゲルの日々のリズムの中で、羞恥心への侵害は、少なくとも初めのうちは、全面的な苦しみの中の重要な部分を占めていた。例えば決められた、切迫した時間に、目の前に次の番を待つものがいる状況で、巨大な集団便所に慣れるのは簡単ではなかったし、苦痛であった。そのものは立ったまま、時には哀願調で、時には居丈高に、十秒ごとに声をかけてくるのだった。「まだ終わらないのか《ハスト・ドゥー・ゲマハト》」。しかしながら数週間のうちに、その居心地の悪さは消え去るまでに弱まってしまう。慣れが不意にやって来るのだ（すべてのものにではない！）。それは人間から獣になる変身が、順調に進んでいることを思いやり深く示していた。

私はこうした変身が、ナチの位階のいかなるレベルでも、いかなる書類でも、いかなる「職場会議」でも、明確な形で計画されず、成文化されなかったとは信じられない。それは体制の論理的帰結であった。非人間的な専制体制はその非人間性をあらゆる方向に、特に下の方に広め、普及させる。抵抗力や並外れた胆力がなければ、その犠牲者も、その反対者も堕落させられてしまう。羞恥心の侵害という無益な残酷さは、あらゆるラーゲルの存在を特徴づけていた。ビルケナウの女たちが語っているのだが、いったん飯盒を手に入れると（それはホウロウ製の大きな鉢であった）、それを別々の三つの用途に使わなければならなかった。つまり毎日スープを受け取ること、夜間便所の使用が禁止されている時に排泄すること、洗面所で水が出る時に体を洗うことであった。

あらゆる収容所の食料配給には、一日一リットルのスープが含まれていた。私たちのラーゲルでは、私たちが働いていた化学工場の払い下げとして、二リットルのスープが配給された。従って排泄すべき水分も多く、しばしばトイレに行く許可を求めるか、工事現場の片隅で別の形で処理するよう強いられた。だが囚人の中には我慢ができないものがいた。それは膀胱が弱いか、パニックに陥ったか、神経質すぎるためで、すぐに排尿に迫られ、しばしば洩らしてしまい、そのために罰せられ、あざけられた。私と同年配のあるイタリア人は、蚕棚のような寝台の三段目に寝ていたのだが、夜中に思わず洩らして、下の段のものを濡らしてしまった。下の段の男はすぐに事件をバラック長に訴えた。バラック長はそのイタリア人のもとに駆けつけたが、イタリア人は明白な証拠があるにもかかわらず、その非難を否定した。するとバラック長は、無実を証明するために、その場で即座に排尿せよと命じた。彼はもちろんそうできなくて、拳の雨を浴びた。しかし彼のもっともな要求にもかかわらず、下の寝台には移してもらえなかった。バラックの世話係が、あまりにもこみいった行政手続きをしなければならなかったからである。

排泄の強制によく似ていたのが裸体の強制である。ラーゲルには裸体で入れられた。むしろそれは裸体以上のもので、服や靴が取り去られただけでなく（それらは没収された)、髪の毛やそれ以外の体毛も全部剃られてしまった。こうしたことは入隊の際にも行われるし、行われてきたのだが、ラーゲルでは、剃毛は徹底的で、毎週なされ、公衆の面前での集団的な裸体は、ある意味を含んだ、典型的な状態としてひんぱんに見られた。これもまた何らかの必要性に根ざした暴力であったのだが(シャワーや、健康診断のためには、明らかに裸体になる必要があった)、それが意味もなく、あまりにもひんぱんであったため、虐待になっていた。ラーゲルの一日には、無数の虐待的な脱衣があった。シラミの検査、服の点検、疥癬の検診、朝の洗面のための脱衣などだった。そしてさらに定期的な選別のための脱衣。その時はある「委員会」が、だれがまだ労働に適し、だれが抹殺されるべきか、決定していた。人は服や靴をはぎとられると、神経や腱が切られたような気になる。そして無防備なえじきになってしまう。服は配給された不潔なものであっても、靴が木底の靴であっても、取るに足らない防御であるが、欠かすことはできない。それを持っていないものは、もはや自分自身を人間とは感じられず、みみずのように思ってしまう。裸で、のろのろしていて、下賤で、地面をはい回っている存在と思ってしまう。いつ何時でも、踏みつぶされてしまうことが分かっているのだ。

同様の無力と剝奪の、衰弱させるような感覚は、監禁生活の初めの日々に、スプーンがないことによってもたらされる。これは最も貧しい台所にもあるような、食器類の豊かさに子供のころから慣れているものには、二次的な要素と見えるだろうが、実際にはそうではなかった。スプーンがなければ、毎日のスープは、犬のように舌でなめて味わうしか、食べる方法がなかった。徒弟奉公で多くの日々が過ぎてからやっと（この時もすぐに理解し、他人に自分を理解させることはとても大切だった）、収容所にはスプーンがあるが、闇市場でパンかスープで支払って買う必要があることが分かった。スプーン一本は、普通配給のパン半分か、スープ一リットルで買えた。しかし経験のない新入りは、いつも多くの代価を要求された。しかしながら、アウシュヴィッツが解放された時、倉庫に透明なプラスチック製の新品のスプーンが無数にあるのを私たちは発見した。また何万というアルミニウム製、鉄製、銀製のスプーンがあったが、それは到着した移送者のスーツケースから出てきたものだった。従ってそれは倹約の問題ではなく、辱めるという明確な意図があったのだった。私は「士師記」七章五で語られている逸話を思い出す。そこでは指揮官のギデオンは、彼の戦士の中から、川で水を飲む様子を見て、最良のものを選び出した。水を「犬のように」舌でなめたものや、ひざまずいて飲んだものはすべてはねのけ、立ったまま手を口に持っていって飲んだものだけを受け入れたのである。

ラーゲルのすべての記録作者が一致して、何度も繰り返し書いている、その他の虐待や暴力があるが、私はそれらを全体で無益なものだと決めつけるのにはためらいを感じる。すべての収容所で一日に一、二回、点呼が行われたことが知られている。だがもちろんそれは名前を呼ぶ点呼ではなかった。なぜなら何千人、何万人もの囚人の名前を呼ぶのは不可能だったからだ。それは名前ではなく、五桁か六桁の登録番号で確認されていた。それはこみいった、骨の折れる数字点呼《ツェールアペル》だった。というのは他の収容所に移送されたり、前の晩に病棟に行ったり、夜に死んだ囚人の数も考慮に入れなければならなかったからだ。その実数は、前日の数とともに、朝仕事に向かう労働部隊の行進の際に五人一組で数えられた数とも、正確に合っていなければならなかった。オイゲン・コーゴンの語るところによると、ブーヘンヴァルトでは、夕方の点呼に、瀕死の病人や死者も出席しなければならなかった。立ったままではなく、地面に横たわった姿でだったが、計算を楽にするために、五人ごとの列を作らなければならなかった。

　この点呼は（もちろん屋外で）、いつ何時でも行われ、少なくとも一時間はかかり、計算が合わない場合は二時間、三時間と続いた。そして脱走の疑いがあった場合は、二十四時間以上も続いた。雨や雪が降ったり、寒さが厳しい時は、労働以上にひどい拷問となり、夕方、その疲労の上に重くのしかかってきた。それは中身のない、儀礼的な儀式と考えられていたが、おそらくそうではなかった。結局のところ、飢え、消耗させる労働、そして老人や子供をガス室で殺すことなどが無益でなかったという観点から見るなら、それも無益ではなかった（皮肉な観点を許してほしい。ここでは自分とは違う論理で考えようとしているのだ）。こうした苦しみはある主題の展開であった。つまり優越する人種が劣等人種を従属させるか、抹殺するという、当然持つべき権利の拡張であった。点呼もそうしたものだった。それは「帰還後の」私たちの夢の中で、労苦、寒さ、飢え、欲求不満が一体化した、ラーゲルそれ自身の象徴となった。点呼がもたらした苦しみは、つまり冬には毎日虚脱状態で倒れたり、死者が出たようなその苦しみは、体制の中に、厳しい軍事教練《ドリル》の伝統の中にあった。それはプロシア流の伝統で、ビューヒナーが『ヴォイツェク』の中で永遠化したものだった。

結局のところ、強制収容所世界は、その非常に苦痛で不条理な、数多くの側面から、ドイツの軍事的実践のある変形版、ある適用版でしかなかった、ということは明らかである。ラーゲルの囚人の部隊は、本来の軍隊の不名誉な複製、あるいはカリカチュアにほかならなかった。軍隊には制服がある。兵士の制服は清潔で、立派で、勲章に覆われている。囚人《ヘフトリング》のそれは不潔で、灰色で、見ばえがしない。しかし両者ともボタンは五つ付いていなければならない。さもないとひどいことになる。軍隊は軍隊歩調で、楽隊の音楽に合わせ、きちんと隊列を組んで行進する。であるからラーゲルにも楽隊は必要で、行進は規則通りのものでなければならない。指揮官の演壇の前では、音楽に合わせて、かしら左をしなければならない。この儀礼はあまりにも当然であり、あまりにも必要とされていたから、第三帝国の反ユダヤ主義的法律に優先するほどであった。その法律は、偏執狂的詭弁を用いて、ユダヤ人のオーケストラや音楽家に、アーリア人作曲家の音楽の演奏を禁じていた。それはその音楽が汚染されないためであった。しかしユダヤ人のラーゲルには、アーリア人の音楽家は存在せず、ユダヤ人の作曲家の行進曲もたくさんはなかった。そこで純粋性の規則の例外として、アウシュヴィッツは、ユダヤ人音楽家がアーリア人の音楽を演奏することができ、むしろ演奏すべき、ドイツで唯一の場所となった。必要は法律に優先するのである。

「ベッドメーク」の儀礼も兵舎の遺産だった。もちろんこの言葉は広義の意味での婉曲語法だった。なぜならそこには三段の蚕棚のベッドしかなく、寝台は木の削りかすを詰めた薄いマットレスと、二枚の毛布と、植物繊維を詰めた二つの枕で構成され、そこには規則で二人の人間が寝ることになっていたからである。ベッドは起床直後に、あらゆるバラックで同時にメークされなければならなかった。従って、下の段のものは、上の段のものたちの足に邪魔されながら、木の縁で危ういバランスをとりつつ、仕事に集中して、マットレスを何とか整頓しなければならなかった。ベッドは一、二分のうちに整えられる必要があった。なぜならその直後にパンの配給が始まるからだった。それは狂乱の時だった。空中にはほこりが舞って見通しがきかなくなり、神経は高ぶり、あらゆる言語ののしりの言葉が聞こえてきた。というのも「ベッドメーク」《ベッテンバオエン》(これは技術用語である)は神聖な作業で、鉄の規則に従って行われなければならなかったからである。マットレスはカビで悪臭を放ち、疑わしいしみがあちこちについていたが、中身を平均にならす必要があった。そのためカバーに二カ所縫い目が解けたところがあり、そこから手が入るようになっていた。二枚の毛布のうちの一枚はマットレスの上で折り返され、もう一枚は枕の上で折り返されて、きちんとした角度の小さな段を作るように整えられるべきだった。作業が終わると、全体は平らな四角い平行六面体のようになり、その上に、枕のより小さな平行六面体が乗せられるきまりになっていた。

収容所のSSにとって、従ってすべてのバラック長にとって、ベッドメークは謎めいた、第一義的な重要性を持っていた。おそらくそれは秩序と規則の象徴だったのだろう。ベッドをきちんと作れなかったもの、あるいはそれを忘れたものは、みなの前で非常に厳しく罰された。さらにすべてのバラックに、一組の職員が、ベッド検査員《ベットナーハツィーアー》（これは普通のドイツ語の用語とは思えない。もちろんゲーテには理解できなかっただろう）がいた。彼らの任務はすべてのベッドが整えられているか確認し、ベッドを一直線にすることだった。そのためにバラックの全長ほどの長さのひもを持ち、整えられたベッドの上にそれを張って、数センチの狂いも正していた。この偏執狂的な整頓は、苦痛というよりも、不条理で、グロテスクに見えた。事実、入念に平らにされたマットレスは、少しもしっかりとしていなくて、夜になって体の重みに押しつぶされると、すぐにそれを乗せている薄板のところまでぺしゃんこになってしまうのだった。実際には板の上で寝ているのと同じだった。

境界を広げてみると、ヒトラーのドイツの全域で、兵舎の法規と礼儀作法が、伝統的な、「中産階級的」なそれに取って代わっていたという印象を受ける。軍事教練《ドリル》の愚かな暴力は一九三四年から教育の分野を侵略し始め、その矛先はドイツ市民に向けられた。当時の新聞はまだある種の報道と批判の自由を持っていたが、それには、軍事教練の準備段階として、男女の青少年に強行軍が課せられたニュースが報じられている。肩にリュックサックを背負った、一日五十キロの行軍で、遅れたものにはいかなる情もかけられなかった。それに抗議しようとした両親や医師は、政治的な処罰の脅しを受けたのだった。

アウシュヴィッツ独自の発明であった入れ墨に関しては、話は別である。一九四二年の初めから、アウシュヴィッツとそれに付属するラーゲルでは(一九四四年には四十ほどあった)、囚人の登録番号は服の上に縫いつけられるだけでなく、左の前腕部に入れ墨されることになった。この規則から除外されたのは非ユダヤ系のドイツ人囚人だけだった。その作業は、新参者を登録する時に、専門の「書記」によって、秩序正しく、素早く行われた。新参者には、外の自由な世界からやって来たもの以外に、他の収容所やゲットーからのものたちも含まれていた。入れ墨に関しては、ドイツに特有の分類能力に敬意を表する形で、すぐに正真正銘の法規が作られた。男は腕の外側に、女は内側に入れ墨がなされた。ジプシーの番号の前にはZがつけられた。ユダヤ人の番号は、一九四四年五月から（つまりハンガリーのユダヤ人の大量移送以降）、先頭にAがつけられ、その少し後でそれがBに変わった。一九四四年九月まで、アウシュヴィッツには子供はいなかった。到着するとすぐに、すべてガス室で殺された。しかし一九四四年九月から、ワルシャワ・ゲットーの蜂起の時にたまたま逮捕された、ポーランドの家族全員が到着し始めた。彼らは赤ん坊も含めて、全員が入れ墨を施された。

その作業は少しも痛くなく、一分も続かなかったが、心は傷ついた。その象徴的意味はすべてのものに明らかだった。この印は消えることはない、ここからはもう出られない、これは奴隷や、屠畜用の家畜に押す刻印で、おまえたちもそうなったのだ。おまえたちにはもう名前はない、これがおまえたちの新しい名前だ。入れ墨の暴力は理由のない、それ自体を目的とした、純粋な虐待であった。ズボンと上着と冬用のマントに縫いつける、布製の三つの番号札で十分だったのではないだろうか？　いや、そうではなかった。それ以上のものが、言葉ではないメッセージが必要だった。それは無実のものに、自分の皮膚の上に刑罰が書かれているのを感じさせるためだった。それは野蛮時代に戻ることであり、正統派のユダヤ教徒を非常に狼狽させた。まさにユダヤ人を「野蛮人」から区別するために、入れ墨はモーセによって禁止されたのだった（「レビ記」一九章二八）。

四十年の月日を経て、私の入れ墨は体の一部になった。私はそれを誇りにも思わないし、恥じもしない。それを見せびらかしもしないし、隠しもしない。単なる好奇心から見せてくれるように頼むものには、気が進まないまま見せる。それを信じないというものには、即座に、怒りを込めて見せる。しばしば若者たちがなぜそれを取り除かないのかと質問してくる。私はその質問に驚いてしまう。なぜそうしなければならないのか。この証拠を持っているものは、この世の中には多くはいないのだから。

最も無防備だったものの運命を語る決心をするには、自分自身にあえて暴力を振るう必要がある（これは有益なのだろうか）。ここでもまた私は自分のものではない論理に従わなければならない。正統なナチにとって、ユダヤ人が全員殺されるべきなのは、明白で、自明で、明確であったに違いなかった。これは教義であり、公理であった。もちろん子供もそうだった。そして特に妊娠した女がそうだった。将来の敵を産ませないためだった。しかし彼らの果てしない帝国内のあらゆる町や村を、激しい勢いで襲撃する中で、なぜ瀕死のものの扉まで破ったのだろうか。なぜ瀕死のものたちを、遠くで死なせるために、躍起になって汽車まで引きずって行ったのだろうか。ポーランドまで、道理に合わない旅をさせ、ガス室の入り口で死なせるために？　私の列車には、九十歳代の、死に瀕した老女が二人いたが、彼女らはフォッソリの収容所の病室から連れ出されたのだった。一人は旅行中に死んだ。娘たちが付き添っていたが、何もできなかった。そのまま死なせるか、ベッドで殺してしまう方が、より簡単で、より「経済的」ではなかっただろうか？　彼女の臨終の苦しみを、列車の集団的な死の苦しみの中にわざわざ入れるよりも。ここで本当にこう考えざるを得なくなってしまう。第三帝国では、上から押しつけられた選択、最良の選択は、最大の苦しみを与えること、肉体的、道徳的苦しみを最大限にもたらすことであった、ということである。「敵」は単に死ぬだけではなく、苦しみながら死ななければならなかったのだ。

ラーゲルの労働については多くが書かれてきた。私もしかるべき時にそのことを書いた。報酬のない労働、つまり奴隷的な労働は、強制収容所体制の三つの目的のうちの一つだった。他の二つは、政敵の排除と、いわゆる劣等人種の抹殺であった。ちなみに言っておくと、ソビエトの強制収容所体制は、第三の目的がなく、第一の目的が優越していたことで、ナチのそれと本質的に違っていた。

初期のラーゲルは、ヒトラーが権力を獲得した時期とほぼ同時期に作られたのだが、そこでは労働は迫害を目的にしていて、生産という観点からは、実質的には無意味だった。栄養状態の悪い人々を、シャベルで泥炭を掘ったり、石を割ることに送り出すのは、恐怖を与える目的以外には役に立たなかった。それにナチズムやファシズムの修辞学は、中産階級の修辞学を受け継いでおり、「労働は人を高貴にする」と考えていた。従って専制体制の卑しい敵は、通常の言葉の意味での労働には値しないということになった。その労働は苦痛なものであるべきだった。専門職的能力が発揮できる余地を与えてはならず、引き、押し、重荷を担い、地面に背をかがめるという家畜の労働をさせるべきだった。これもまた無益な暴力だった。それは現在の抵抗能力を奪い、過去の抵抗を罰するという点だけで有益だった。ラーフェンスブリュックの女たちは、検疫期間中に（つまり工場の労働部隊に組み入れられる前に）、砂丘の砂をシャベルで掘った果てしない日々のことを語っている。彼女たち流刑囚は、七月の太陽の下で、丸く円を作り、目の前の砂の山を右側の人の前に移さなければならなかった。それは目的も終わりもない、輪回しのゲームだった。なぜなら砂は元の場所に戻ってしまったからだった。

しかしこの神話的でダンテ的な、精神と肉体の拷問が、活動的な自己防衛組織や抵抗組織の結成を防ぐために考え出されたとは疑わしい。ラーゲルのSSは鋭敏な悪魔というよりも、鈍重な野獣であった。彼らは暴力の教育を受けていた。暴力は彼らの血管に流れており、それは当たり前の、自明なものだった。そのことは顔つき、しぐさ、言葉ににじみ出ていた。「敵」を辱しめ、苦しめるのは、彼らの日々の任務であった。彼らはそれについてあれこれ考えず、裏の目的もなかった。目的はまさにそれだった。彼らが私たちとは違う、邪悪な人間素材でできていたと言うつもりはない（サディストや精神病者も中にはいたが、数は少なかった）。単に彼らは何年間か、普通の道徳律が逆転された学校に入れられただけなのである。全体主義的な体制下では、教育、宣伝、情報は障害にぶつかることはない。それは無限の力を持っている。多元的な体制の中で生まれ育ったものには、そのイメージを形作るのが非常に難しい。

私が述べた純粋に迫害的な労苦とは違って、労働が時には自己防御になることもあり得た。それはラーゲルで、自分自身の仕事を得ることができた、少数のものの場合だった。仕立て屋、靴直し、大工、鍛冶屋、煉瓦積み工などである。これらのものたちは、いつもの仕事をすることによって、同時に、ある程度、人間的な尊厳を回復することができた。だがそれは他の多くのものにとっても同じだった。労働は頭の訓練として、死の観念からの逃避として、その日暮らしの方法として機能したのである。それに、共通の経験だったのだが、日々の気遣いは、苦痛で、煩わしくはあっても、より重大だがより遠くにある脅威から思考をそらす助けになったのだった。

私は仲間の何人かが見せる奇妙な現象にしばしば気がついた（時には私自身もそうなった）。「良い仕事をする」という熱望は非常に深く心に根づいているので、自分の家族や味方の害になる敵の仕事さえも、「良くやってしまう」ように突き動かされるのだった。それを「まずく」するためには、自覚して努力する必要があった。ナチの仕事をサボタージュするには、それは危険なことである以外に、祖先伝来の心の内部の抵抗を克服する必要があった。『これが人間か』や『リリス』で書いたのだが、私の命を救ってくれたフォッサーノの煉瓦積み工は、ドイツ、ドイツ人、その食物、その話し方、その戦争を嫌っていた。しかし爆撃の防御壁を建てさせられた時、彼は、煉瓦をしっかりと組み合わせ、必要なしっくいをすべて使って、それをまっすぐに、堅固に建てた。それは命令に敬意を表したためではなく、職業的な自尊心からだった。ソルジェニーツィンは『イワン・デニーソヴィチの一日』でほとんど同じような状況を描いている。主人公のイワンは、無実の罪で十年間の強制労働刑を宣告されたが、煉瓦を規則通りに積み上げ、壁がまっすぐに建ったことに喜びを感じた。イワンは「……ばか正直に出来ている。八年間のラーゲリ暮しもいっこうに彼をたたきなおせないのだ――どんな物でも、人手のかかった物はなんでも惜しくて無駄にしたくないのだ」（染谷茂訳）。有名な映画、『戦場にかける橋』を見たものは、日本軍の捕虜になったイギリス軍将校が、大胆奇抜な木製の橋を彼らのために建設するのに奔走する不条理な情熱を思い出すだろう。彼はイギリスの工兵がそれに爆弾を仕掛けたと気づいた時に憤慨するのである。このように、良くなされた仕事への愛は非常にあいまいな美徳なのである。それは最後までミケランジェロを突き動かしたが、トレブリンカの非常に勤勉な死刑執行人、シュタングルも、インタビューの相手に怒りを見せて反論している。「私が自分の自由意志ですることのすべては、全力を尽くして行うべきだと考えた。私はそういう人間なのだ」。アウシュヴイッツの指揮官であったルドルフ・ヘスも、いかにして頭を振り絞ってガス室を発明したか語った時に、同じ美徳を誇りにしている。

私はここでまた、愚かであるのと同時に象徴的な暴力の極端な例として、人体の邪悪な使用法について述べたいと思う（それは不定期にではなく、規則正しく行われたのだった）。それは人体を、気ままに、自由に使える、だれのものでもない、単なる物体と見なしていたのだった。ダッハウ、アウシュヴィッツ、ラーフェンスブリュック、その他の収容所で行われた医学的実験については、すでに多くが書かれている。その責任者の何人かは、全員が医者ではなく、しばしば臨時に代役を務めていたのだが、実際に処罰されたのだった（ヨーゼフ・メンゲレはそうではない、彼は最低の極悪人であった）。この実験の範囲は、何も知らない囚人への新薬の試験から、無分別で、科学的に意味のない拷問にまで及んでいた。例えばそれはヒムラーの命令で、ルフトヴァッフェ社のために、ダッハウで行われたような実験だった。そこでは、あらかじめ選ばれたものが、普通の身体的状態に戻すために、時には前もって食物を多く与えられていたのだが、長い間氷水に漬けられたり、減圧室に入れられたりした。そこでは二万メートル上空の大気の希薄さが再現されていた（当時の飛行機ではとうてい到達できないような高度だった）。それはどれぐらいの高度で人間の血が沸騰するか調べるためであった。こうしたデータは、いかなる実験室でも、わずかの費用で、犠牲者もなしに、あるいは普通の図表から演繹することができたのである。私は、どの程度の範囲内で、苦痛な科学的実験を実験動物に行うべきか、理性的に論じられる時代に、こうした嫌悪すべき事実を思い出すのは意味のあることだと思う。明らかな目的がない、非常に象徴的な、この典型的残酷さは、まさに象徴的であるがゆえに、死後の人間の体にまで及んだのだった。人間の遺骸は、はるか昔の先史時代から始まって、いかなる文明のもとでも、尊重され、敬意をささげられ、時には恐れられた。だがラーゲルで示された扱いは、それがもはや人間の遺骸ではなく、手の加えられていない、無関係の素材で、良くても何かの工業的用途に使えるだけだ、ということを表していた。何十年もたって、アウシュヴィッツの博物館の陳列台に、ガス室かラーゲル送りになった女たちの切られた髪の毛が、何トンも、ごちゃ混ぜになって展示されているのを見ると、恐怖と戦慄を感じる。それは時の経過で色あせ、傷んでいるが、訪問者に、いまだに無言の告発を繰り返している。ドイツ人はそれを目的地に送り出すのに間に合わなかった。その異例の商品はドイツのいくつかの繊維産業に買い取られていた。繊維産業はそれをズック地や、他の産業用の繊維の製造に使っていた。その利用者たちが、素材の正体を知らなかったとはとうてい思えない。または販売者が、つまりラーゲルのSS当局が、それから実質的な利益を引き出さなかったともとうてい思えない。利益という動機が道徳という動機に優越したのだった。

焼却炉で一日に何トンとなく作り出された人間の灰には、しばしば歯や脊椎骨が含まれていたので、簡単にそれと見分けることができた。それにもかかわらず様々な目的に使われた。湿地帯の埋め立て、木造建築の間隙を埋める断熱材、リン酸肥料として、などである。そしてとりわけそれは、収容所のわきにあったSSの宿舎村の道を舗装するため、砂利の代わりに用いられた。それが単なる無神経さのためなのか、あるいはその起源からして、踏みつけるべき物体であるという理由だったのか、私には述べることができない。

私は問題を徹底的に論じたとは思っていないし、無益な残虐性が第三帝国だけに限られる遺産であって、そのイデオロギー的前提の必然的な結果だった、と示したとも考えていない。例えば私たちの知っている限りでは、カンボジアのポル・ポトの虐殺は別の説明を必要とする。しかしカンボジアはヨーロッパから遠く、私たちはそれについてほとんど何も知らない。だからどうやって論議ができるだろうか。もちろん、今まで述べてきた無益な暴力はヒトラー主義の根本的な外貌の一つを形作っていた。それはラーゲルの内部だけに限られなかった。それに対する最良の解説は、以下の二つの語句に要約されていると私には思える。それはギッタ・セレニー[26]が、前に述べたトレブリンカの元指揮官、フランツ・シュタングルに行った長いインタビューの中に出て来る。

「あなた方は全員を殺してしまったのだから……虐待し、辱めることにいかなる意味があったのですか」。女性作家は、デュッセルドルフの刑務所に終身拘留されていたシュタングルに問いかけた。彼はこう答えた。「作業を実際に実行すべきものたちを条件づけるためだ。していることを、実行できるようにするためだ」。別の言葉で言えば、犠牲者は死ぬ前に卑しめられる必要があった。それは殺人者が自分の罪を重く感じないためだった。この説明には論理性がなくもない。しかしこれは天に向かって吠えている。それが無益な暴力の唯一の有益性なのである。

6　アウシュヴィッツの知識人

死者との論争には当惑せざるを得ないし、公平なことでもない。特にその死者が潜在的な友人であり、特権的な対話者であった場合には。だがこれは通らなければならない道なのだ。私はハンス・マイアー、別名ジャン・アメリーのことを語っている。彼は第1章「虐待の記憶」二七ページで述べた、自殺した哲学者であり、自殺の理論家である。この彼の二つの名前の間に、彼の安らぎのない人生と安らぎを求めなかった人生が宙づりになっている。彼は一九一二年にウィーンで、主としてユダヤ人から成る家系に生まれた。しかし彼の家族はオーストリア＝ハンガリー帝国に同化され、統合されていた。家族のだれ一人としてしかるべき形でキリスト教に改宗したものはいなかったが、クリスマスにはスパンコールで飾ったクリスマスツリーのまわりでお祝いをするような家だった。家で小さな事故が起きた時は、母親はイエス、ヨセフ、マリアの名を唱え、第一次世界大戦中に、前線で死亡した父親の記念写真は、ひげをはやしたユダヤの賢人ではなく、チロルの皇帝狙撃兵の士官の制服姿で写っていた。ハンスは十九歳まで、イディッシュ語の存在すら聞いたことがなかった。

彼はウィーン大学文学部を卒業したが、生まれたばかりの国家社会主義党とは軋轢なしにはいられなかった。彼にとってユダヤ人であることは重要ではなかったが、ナチ党員には彼の意見や傾向はいささかも重みを持たなかった。唯一重要なのは血であったが、彼の血はゲルマン主義の敵になるのに十分なほど汚れていた。彼はあるナチ党員の拳で歯を折られたが、この若き知識人はまるで学生時代の決闘で傷を負ったかのように、その欠けた歯を誇りにしていた。一九三五年のニュルンベルク法と、一九三八年のドイツのオーストリア併合によって、彼の運命は転機を迎えた。若きハンスは、本来懐疑主義的で、悲観主義的だったが、もはや幻想を持たなかった。彼は早くから、ドイツ人の手に落ちたユダヤ人はみな「休眠中の死者、殺すべきもの」であることが理解できるほど、十分に明晰だった（明晰《ルツィディテート》さは彼の好みの言葉になった）。

彼は自分自身をユダヤ人と考えていなかった。ヘブライ語やユダヤの文化的伝統を知らず、シオニズムの教えには耳を貸さず、宗教的には不可知論者であった。また持っていないアイデンティティーを作り出すことはできないとも感じていた。それは仮装であり、偽装になるはずだった。ユダヤ主義の伝統の中に生まれていないものはユダヤ人ではないし、そうなるのは非常に難しい。本来の定義からして、伝統とは受け継がれるものである。それは何世紀もの間に作り出されるもので、後天的に作製されるものではない。しかし生きるためにはアイデンティティーが、あるいは尊厳が必要である。彼にとってこの二つの概念は一致していた。そのどちらかを失うものは、もう一つも失ってしまい、精神的に死んでしまう。つまり防御を失うのであり、そのため身体的な死にさらされることになる。さて、彼や、彼と同様にドイツ文化を信じた、ドイツ系の多くのユダヤ人にとって、ドイツ人としてのアイデンティティーは否定された。ナチのプロパガンダによって、シュトライヒャーの[27]「突進者《シュテュルマー》」の汚れたページには、ユダヤ人は毛深く、太っていて、足が曲がり、鷲鼻で、耳が立っている寄生虫で、人に害悪を与えるだけのもの、として描かれた。ユダヤ人がドイツ人でないことは自明の理だった。存在するだけで、公衆浴場や、公園のベンチすら汚れてしまうのだった。

この位階剝奪《エントヴュルディグンク》から身を守るのは不可能だった。世界全体が素知らぬ顔をしていた。ドイツのユダヤ人自身も、ほとんど全員が、国家の横暴に屈服し、客観的に劣等的な地位に落とされたと感じていた。それから逃れる唯一の方法は逆説的で、矛盾していた。それは自分自身の運命を受け入れ（この場合はユダヤ主義であった）、そして同時に押しつけられた選択に反抗することであった。帰って来たユダヤ人であった若きハンスにとって、ユダヤ人であることは不可能であるのと同時に強制でもあった。死ぬまで彼につきまとい、死を引き起こした彼の断絶は、ここから始まった。彼は身体的な勇気は持たないと言ったが、道徳的な勇気には欠けていなかった。彼は一九三八年に「併合」された祖国を去り、ベルギーに移住した。その時から彼はジャン・アメリーになったが、それはもとの名前のアナグラムにほぼ対応している。彼はまさに尊厳のみの理由からユダヤ主義を受け入れたが、それは「病気を抱えたまま世界を渡り歩く」ユダヤ人としてだった。それは「大きな苦痛を呼び起こさないが、確実に致命的な結果をもたらすような病気」であった。彼はドイツ系の学識ある人文主義者で、批評家であったが、フランス語の作家になろうと努力した（それには成功しなかった）。そしてベルギーで、実質的な政治的展望がほとんどないレジスタンス運動に加わった。彼の道徳律は（そのために、後に物質的精神的に、高い代償を払うことになったが）、すでに変化していた。それは少なくとも象徴的にでも、「打撃を与える」ことで成り立っていた。

一九四〇年、ヒトラーの大波はベルギーをも沈めてしまった。ジャンは彼自身の選択にもかかわらず、孤独で内省的な知識人にとどまっていたが、一九四三年にゲシュタポの手に落ちた。彼は仲間や首謀者の名を明かすように求められ、さもなくば拷問にかけると脅された。彼は英雄ではなかった。彼は自著の中で、もし知っていたらしゃべってしまっただろうと正直に認めている。だが彼は実際に知らなかった。彼は後ろ手に縛られ、手首で滑車にぶら下げられた。数秒後に肩の関節が外れ、後ろ手のまま、上向きになってしまった。迫害者たちはしつこく迫り、吊り下げられたほとんど意識がない体にたけり狂って鞭を当てたが、ジャンは何も知らず、裏切りに逃げ込むこともできなかった。彼は体が治ったが、ユダヤ人であることが判明し、アウシュヴィッツ＝モノヴィッツに送られてしまった。それは数カ月後に私が閉じ込められるのと同じラーゲルであった。

私たちは実際には会うことはなかったが、お互いの本でそれぞれを認め合い（正確に言えば、知り合い）、解放後に何通か手紙のやりとりをした。ラーゲルでの私たちの思い出は、実質的な細部ではかなりよく一致しているのだが、ある興味深い点では異なっていた。私はアウシュヴィッツについては、消えることのない完全な思い出を持っているといつも言明していたのだが、彼の人物像については忘れていた。彼は私のことを覚えていると明言していた。ただしカルロ・レーヴィ(28)と混同していた。カルロ・レーヴィは当時フランスで、画家であり、政治亡命者として有名だった。また私たちは何週間か同じバラックにいたことがあるとも言っていた。イタリア人は非常に少なくて、貴重品になるほどだったという理由で、私のことを忘れていなかった。さらに私は最後の二カ月間、ラーゲルで、自分の仕事を、つまり化学者の仕事を実際に果たしていた、という点もあった。これはさらにまれな特徴だった。

私はこの小論を、彼の冷え冷えとした、痛切な評論についての、要約、注釈、議論、批判にしたいと思う。それは二つの題名を持った評論で（「アウシュヴィッツの知識人」、「精神の限界」）、以前からイタリア語に翻訳してもらいたいと思っている本に収録されている。その本も二つの題名を持っている。『罪と罰の彼岸』、『ある打ち負かされたものの克服の試み』である。

初めの題名から分かるように、アメリーの評論の主題は範囲を明確に定めている。アメリーは様々なナチの監獄にいて、さらにアウシュヴィッツの後は、短期間だがブーヘンヴァルトとベルゲン＝ベルゼンにもいた。しかし彼の考察は適切な理由から、アウシュヴィッツに限定されている。魂の境界は、想像の及ばない事実は、そこにあったからである。それではそもそも、アウシュヴィッツで知識人であることは有利だったのか、それとも不利だったのか。

もちろん知識人という言葉が何を意味するのか、定義する必要がある。アメリーの定義は典型的なもので、問題がある。

いうまでもないことながら、いわゆる知的な職業の人だけにかぎらない。一応の教養は当然のことながら、だからといって教養が十分な条件ではない。弁護士や教師、医者、あるいは言語学者といった人のなかにも、なるほど知的で自分の専門において抜きん出ているとしても、ついぞ知識人とは称しがたい人物のいることを私たちはよく知っている。私がここで論じようとしている知識人は、もっとも広い意味でのインテリ、いわば精神的な批評体系といったもののなかに生きている人を指している。連想の広がるところが常に人間的な世界であり、精神の営みのわくの中に生きている人間だ。彼は調和のとれた美的センスの持主である。抽象的な思考に傾きがちだし、そのための能力をそなえている（……）「ゲゼルシャフト」という見出し語を目にすると、「社交《ゲゼルシャフト》」ではなく、「社会《ゲゼルシャフト》」に関する意味内容として受けとる人だ。腕力がものをいうような物理的経過には興味がないが、中世の宮廷詩人ナイトハルト・フォン・ロイエンタールについてなら一家言ある。

（『罪と罰の彼岸』池内紀訳）

この定義は不必要なほど限定的に思える。これは定義というよりも、自己描写であって、それが挿入されている文脈から見る限りでは、皮肉の影が否定できない。実際、アメリーが確かにそうであったように、フォン・ロイエンタールを知っていることは、アウシュヴィッツではほとんど役に立たなかった。私には、「知識人」という言葉の中に、例えば数学者、自然科学者、あるいは科学史家が含まれる方がより適切に思える。さらに別の国々では、それは異なった色あいを帯びることにも注意すべきである。しかしここで細かいせんさくをする理由はない。私たちは結局のところ統一を求めるヨーロッパで生きているし、アメリーの考察は、論議の的になっている概念がより広い意味で理解されるなら成立する。私はアメリーのたどった道を行く気はないし、私の現在の状態についての、代行的な定義を作ろうとも思わない（おそらく今日私は「知識人」であろう。その言葉に漠然とした居心地の悪さを感じるが。もちろん当時はそうではなかった。それは道徳的な未熟さ、無知、そして孤立化のためだったが。その後そうなったのだとしたら、逆説的だが、それはまさにラーゲルの体験による）。私はこの言葉を、日々の仕事を越えた範囲まで知性を発揮する人物に広げたい。その人の教養は、自分を変え、成長させ、新しいものを取り入れようと努力する限り、生きている。そうした人は新しい知識の分枝にも無関心ではなく、わずらわしいとも感じない。もちろんそのすべてを理解することはできないだろうが。

　いずれにせよ、いかなる定義にとどまろうとも、アメリーの結論には同意せざるを得ない。ラーゲルでは労働はほとんど手仕事だったので、一般的に教養のあるものは、ないものよりもひどい状態に置かれた。彼には、肉体的な力以外に、道具や訓練への慣れがなかった。一方、仲間の労働者や農民はそれを持っていたのである。労働者や農民と違って、教養のあるものは、強い屈辱感と剝奪感に責めさいなまれていた。まさに位階剝奪《エントヴュルディグンク》である。私はブナの工事現場で初めて働いた時のことをよく覚えている。私たちイタリアからの移送者たちは（ほとんど全員が専門職か商人だった）、収容所の登記簿に記載される前に、粘土質の地面に大きな塹壕を掘る仕事に一時的に回された。私はシャベルを握らされたが、それはすぐにひどい事態になった。私は塹壕の底の、掘り起こされた土をシャベルですくい、それを高さ二メートルほどまでに達している、縁の上まで投げ上げなければならなかった。それは簡単に思えたが、そうではなかった。はずみをつけて土を放り投げないと、それも正しいタイミングで行わないと、土はシャベルの中に残らず、下に落ちてきて、しばしば不慣れな土木作業員の頭に降りかかった。

私たちが割り当てられた「民間人」の現場監督も臨時のものだった。彼は年老いたドイツ人で、善良そうな外貌をしていたが、私たちのぶざまな様子を見て本心からびっくりした。私たちがほとんどだれもシャベルを持って作業したことがないと説明しようとすると、彼はいらだって肩をすくめた。何てことだ、おまえたちは縞服の囚人ではないか、おまけにユダヤ人だ。全員が働かなければならない、なぜなら「労働が自由をもたらす」からだ。ラーゲルの入り口にそう書いてあるだろうが。これは冗談ではない、まさにそうなのだ。よろしい、もし仕事のやり方を知らないのなら、学べばいい。おまえたちは資本家だろう。いい思いをしてきたんだ。今日は俺、明日はおまえだ。何人かが反抗して、その区域を監視していたカポーたちから人生で初めての殴打を受けた。それ以外のものは落胆して、気力を失った。さらに別のものは（私もその一人だった）、出口は存在しない、最良の解決方法はシャベルやつるはしの使い方を学ぶことだ、と漠然と理解した。

しかしながら、アメリーやその他のものと違って、私の手仕事に対する屈辱感は控えめなものだった。私は明らかにまだ十分に「知識人」ではなかった。結局のところ、どうしてそう成り得ただろうか。確かに私は大学を卒業していたが、それは自分にふさわしくない幸運からだった。私の家は私を勉強させるほど十分に豊かだったが、同年代の多くのものは、子供の時から地面をシャベルで掘り返していた。私は平等を求めたのではないのか。それを今得たのだ。私は数日後、手や足が水ぶくれやかさぶたで覆われた時、意見を変えざるを得なかった。いや、土木作業員も即席にはでき上がらなかった。私はいくつかの基本的なことを即座に学ばなければならなかった。それは幸運に恵まれないものが（だがラーゲルでは最も幸運なものだった！）、子供の時から学んで来たことだった。例えば道具を正しく握るやり方、腕と胴体の正しい動作、力仕事を制御し、苦痛に耐えるやり方、たとえカポーに平手打ちされ、蹴られても、時にはIG《イーゲー》ファルベンインドゥストゥリーのドイツ「民間人」からそうされても、力が尽きる手前で作業を止めること、などであった。前にも述べたが、殴打は普通生命にかかわらないが、衰弱はそうはいかない。規則に従って与えられた殴打は、肉体的にも、精神的にも、苦痛が少なかった。

労働以外に、バラックでの生活も教養ある人間には苦痛だった。それはホッブス的な生活、つまり万人の万人に対する絶え間ない戦いであった（ここで断っておく。一九四四年のアウシュヴィッツでは、こうであった。他の場所、他の時期では、状況は良くもあるし、ずっと悪かったかもしれなかった）。当局から受けた殴打は受け入れることができた。それは文字通り不可抗力だったからだ。しかし仲間から受けた殴打は受け入れ難かった。それは予期されていない、規定外のものであったからだ。だが文明化された人間はほとんどそれに反撃することができなかった。また最も厳しい肉体労働にも、人間の尊厳の発見は可能だった。そしておそらくその中に荒い苦行か、あるいはその性格に従って、コンラッド的な「試練」を、つまり自分自身の限界の確認を認めることによって、それに適合することもできた。しかしバラックの日々の生活を受け入れるのははるかに難しかった。第5章「無益な暴力」で述べたように、愚かな、完璧主義者的方法でベッドメークをすること、濡れた、不潔なぼろ切れで木の床を洗うこと、シラミ、疥癬、清潔に関する無数の検査で裸体をさらすこと、腹の突き出たSSの下士官の前で、きびきびと、「密集隊形」、「かしら右」、「脱帽」といった軍隊のパロディーをすることなどである。これは確かに剝奪として感じられた。導く教師も、愛もない、わびしい幼年時代への致命的な退行と思えた。

アメリー＝マイアーもまた、私が第4章で述べた言語的な切断に苦しんだと語っている。しかし彼の母国語はドイツ語だった。彼の苦しみは、私たちのように耳も聞こえず口も利けない状態に落とされた、他言語の外国人とは違っていた。こういう言い方が適当なら、ある意味で物質的というよりも、より精神的に苦しんだのだ。彼はそれがドイツ語であり、自分自身が母国語を愛する言語学者だったから、苦しんだのだった。それは彫刻家が、歪められたり、手足を切られた自分の彫像を見て苦しむのと同じだった。従ってこの場合、知識人の苦しみは、教養のない外国人のそれとは違っていた。後者にとって、ラーゲルのドイツ語は、命の危険をはらむような、理解できない言葉だった。前者にとって、それは野蛮な隠語で、理解可能だったが、それを話そうとすると、口はひどく痛むのだった。後者は流刑囚であり、前者は祖国に戻された外国人であった。

仲間からの殴打について言えば、アメリーは過去を回顧する喜びも、誇りも見せずに、「反撃する《ツリュックシュラーゲン》」という新しい道徳律の中に挿入すべき、ある鍵となるエピソードを、彼の別の評論の中で語っている。あるポーランド人の刑事犯の巨漢がささいなことで彼の顔を殴った。彼は動物的な反応からではなく、ラーゲルという歪んだ世界に対する理性的な蜂起として、できる限りの打撃を与え返した。「私の尊厳が拳の一撃として相手の顎に跡をのこした。そのあと、肉体的に段ちがいの相手によって私はしたたか殴られたが、もはやそれはなんでもなかった。めったやたらに殴られながら、私は自分に満足していた」（前掲）

ここで私は自分の完全な劣勢を認めなければならない。私は「反撃すること」ができたことはない。それは聖書を尊重したためでも、知識人的な貴族趣味からでもなく、本質的にそうできないからだった。おそらくそれは真剣な政治的教育が欠けていたからだろう。事実、いかなる政治的綱領でも、最も穏健な、最も暴力的でないものであっても、何らかの行動的防御形態を認めないものは存在しない。またおそらくそれは肉体的な勇気が欠けていたためだろう。私は自然災害や病気の場合は、ある程度の勇気は持ち合わせているが、攻撃してくる人間を目の前にした時は完全にそれがなくなってしまうのだった。私の記憶が及ぶ最も幼い時代でも、「殴り合うこと」は私の経験にないことだったが、それを嘆こうとは思わない。まさにそれゆえ、私のパルチザン体験は非常に短く、悲惨で、愚かで、悲劇的だったのである。私は別人の役割を演じていたのだ。私はアメリーの悔悟を、象牙の塔から出て、戦場に降り立った彼の勇気ある選択を称賛する。しかしそれは私の手の届く範囲を越えていたし、今でもそうである。私はそれを称賛する。しかしその選択は、彼のアウシュヴィッツ以降の全人生に持ち越され、彼を非常に厳しい、非妥協的な立場に導き、人生に、生きることに喜びを見出せないようにした、ということを確認せざるを得ない。世界全体と「殴り合う」ものは、人間の尊厳を見出すだろうが、非常に高い代償を払う。なぜなら打ち負かされることが確実だからだ。アメリーは一九七八年にザルツブルクで自殺したが、それには、ありとあらゆる自殺がそうであるように、山のような説明が可能である。しかし帰納的に考えるなら、ポーランド人への挑戦のエピソードがある解釈を可能にしてくれると思う。

何年か前、後に述べる共通の友人へティ・Sへの手紙で、アメリーが私のことを「許してしまうもの」と決めつけていたことを知った。私はそれを侮辱だとも誉め言葉だとも思わないが、不正確な言い方だと考えている。私には許してしまう傾向はないし、当時の敵のだれ一人として許したことはない。またアルジェリア、ベトナム、ソビエト、チリ、アルゼンチン、カンボジア、南アフリカなどの彼らの模倣者たちを許そうとも思わない。なぜなら罪を抹消できるような人間の行為を知らないからである。私は正義を求めるが、個人的には殴り合ったり、反撃することはできない。

私は一度だけ、そうしようとしたことがある。私は『これが人間か』や『リリス』で、いかなる観点から見ても、「ラーゲルにいることが幸福そうであった」頑丈な小人のエリアスについて書いたのだが、その彼が、どんな理由だったか覚えていないのだが、私の両手首をつかんで、私をののしり、壁に押しつけたことがあった。私はアメリーと同じように、自尊心が激しく突き上げてくるのを感じた。自分自身を裏切り、暴力とは無縁だった数多くの祖先から伝えられた規則を破るのを知りながら、私は自分を守ろうとして、木靴ですねを蹴飛ばした。エリアスは痛みのためではなく、自尊心を傷つけられて、うなり声を上げた。彼は不意に私の腕を胸の前で交差させ、全身の体重をかけて私を地面に投げつけた。そして私の顔を注意深く見ながら、私の喉を絞めつけてきた。手のひらの幅くらいの距離から、私をじっと見つめていた、その目のことはよく覚えている。それは磁器のような青白い色をしていた。彼は気が遠くなる兆候が見えるくらいまで私の首を絞め続けた。そして何も言わずに私をその場に残し、立ち去って行った。

この確証を得た後、私はできる限り、処罰、復讐、報復を自国の法律に委託したいと思うようになった。これは必然的な選択である。これに関連する仕組みがきちんと機能しないことは知っているが、私は自分の過去の積み重ねからできている人間であり、自分を変えることはもはや不可能である。もし世界が自分の上に崩れ落ちるのを見たら、もし流刑を宣告され、国民としてのアイデンティティーを奪われたら、そしてもし気絶するかそれ以上の拷問を受けたら、私もまた反撃することを学び、アメリーと同じように、彼が苦悩に満ちた長い評論の中で書き連ねた「恨み」を抱くかもしれない。

これらはアウシュヴィッツで教養が持った明らかに不利な点であった。それでは利益はなかったのだろうか。もしそれを否定するなら、運命の巡り合わせで私が高校と大学で与えられた控えめな（おまけに時代遅れの）教養に対して忘恩なことになってしまう。アメリーもそれを否定していない。教養は助けになった。それほどひんぱんではなかったし、どんな所でも、だれにもというわけではなかったが、時には、非常にまれに、宝石のように貴重だったが、それは役に立ち、私たちを地面から持ち上げるような感覚をもたらした。もっとも、どさりと落ちる危険性があったので、その高揚感が強くて、長ければ長いほど、大きな被害をもたらす可能性があった。

例えばアメリーはダッハウの収容所で、マイモニデスを勉強していた友人のことを語っている。だがその友人は病棟の看護人であり、ダッハウも非常に厳しい収容所であったが、そこには何と図書館があった。一方アウシュヴィッツでは、新聞に少し目を通すだけでも、前代未聞の、危険なことになった。アメリーはまた、ある晩、仕事から帰る行進の途中、ポーランドの泥道で、ヘルダーリンの詩句の中に、かつて心を揺さぶられた詩的感興を見出そうと試みたことを語っている。だがそれはうまくいかなかった。詩句は思い出せて、耳に響いたのだが、それは彼に何も語りかけなかった。だが別の時には（典型的なことだが、病棟で、配給以外のスープを食べた後で、つまり飢えが休戦を告げた時に）、トーマス・マンの『魔の山』に出てくる、義務に忠実な、病死する士官、ヨアヒム・ツィームセンのことを思い出して、陶然となるまでに感激したのだった。

私には教養は役に立った。いつもではなく、時々、潜在的な、予期できないような形でだったが役に立ったし、おそらく私の命を救った。私は四十年たって、『これが人間か』の「オデュッセウスの歌」の章を読み返してみたが、それはその内容の真正さを改めて確認できる逸話の一つであった（これには安心した。第1章で述べたように、時がたつと、自分の記憶に自信がなくなるのである）。なぜなら当時の私の会話の相手であったジャン・サミュエル(29)は、本に出てくる登場人物の中で、わずかに生き残ったものの一人だったからだ。私たちは友情を維持し、何度か会ったが、彼の思い出は私のそれと一致していた。彼はその会話を覚えていたが、言ってみれば、取り立てて力が入っていないか、あるいは力点が移動したものとして記憶していた。当時彼はダンテには興味がなかった。彼は、肩にスープの桶を担ぐ横棒を乗せながら、三十分間で、ダンテを伝えようとする、私の無邪気な思い上がった試みに、私の言葉に、私の混乱した学生時代の追憶に、興味があった。それでも、「『見たこともないほどだった』から最後まで思い出させてくれるなら、今日のスープをあげてもいい」と書いた箇所で、私は嘘を言っていないし、誇張もしていなかった。私はその記憶を無から救い出すためだったら、本当にパンやスープを、つまり血を、あげただろう。今日だったら、印刷された紙という確実な支えによって、望みの時にただで記憶を新たにできるから、それはほとんど何の価値もないと思えるのだが。

当時、あの場では、それは非常な価値があった。それは過去との絆を再構築し、忘却から救い出し、私のアイデンティティーを強化してくれた。私の頭は日々の必要によって締め付けられていたが、まだ活動をやめていないと確信が持てた。それを思い出すことで、会話の相手にも、自分自身にも、自分の価値が高まったと感じられた。私に束の間だったが、鈍った頭を覚醒させ、解放をもたらす、特異な休暇を与えてくれた。それは要するに自分自身を再発見するあるやり方だった。レイ・ブラッドベリの『華氏四五一度』を読んだり、映画を見た方は、本のない世界に生きるよう強制されることが何を意味するか、その世界で本の記憶を持つことがいかなる価値を持つか、思い描くことができるだろう。私にとってラーゲルとはこうしたものでもあった。「オデュッセウスの歌」以前も、以降も、私は、過去の世界の断片の回復を助けてくれるように、イタリア人の仲間につきまとったことを思い出す。だが多くを回復することはできなかったし、仲間の日にわずらわしさや、疑いを読み取ることになった。この男はレオパルディの詩やアヴォガドロの分子数で、何を探しているのか。飢えで頭がおかしくなりかけているのか。

また私は、自分の化学者としての職業から引き出した助けも無視することはできない。実際面では、おそらく少なくとも何回か、私をガス室への選別から救ってくれた。後にこの問題に関して本を読み（特にJ・ボルキンの『IGファルベン社の罪と刑罰』）、モノヴィッツのラーゲルはアウシュヴィッツに付属していたが、IGファルベンインドゥストゥリーの所有物であったことが分かった。つまり私的なラーゲルだったのだ。ドイツの産業資本家たちは、ナチの指導者たちほど近視眼的ではなかったので、専門家は簡単には取り替えられないことを理解していた。私は受けさせられた化学の試験に通った後、その専門家の一人になっていた。しかしここでその特権的な条件について、肉体的な労苦も、乱暴なカポーもいない屋内で働く、という明白な利点について、述べようとは思わない。私は別の利点について語ろうと思う。アメリーは知識人の員数の中から科学者を、そして特に技術者を除外すると主張したが、私はそれに対して「個人的な事例」から異議を申し立てることができると思う。アメリーにとって知識人は、文学や哲学の分野からのみ募ることができた。それでは「教養のない人間」と自認していたレオナルド・ダ・ヴィンチは知識人ではないのだろうか。

私には、実用的な知識とともに、学問から引き出し、ラーゲルに持って行ったものがあった。それは化学やその周辺の学問に由来し、より広い応用範囲を持つ、言葉では定義しがたい、知的習慣という財産だった。私があるやり方で行動したら、私の手中にある物質は、あるいは私の相手の人間は、どのように反応するだろうか。なぜそれは、あるいは彼、彼女は、ある特定の行動を行ったり、中断したり、変えるのだろうか。私は自分の周辺で一分後、明日、一カ月後に起きることを予見できるだろうか。もしそうなら、どれが重要な兆候で、どれを無視していいのだろうか。私は打撃を予期し、どちらの側から来るか予見し、それを避け、逃れることができるだろうか。

しかし特に、とりわけ言えることは、私は自分の仕事からある習慣を身につけていた。それは様々に判断でき、人間的、あるいは非人間的と、思い通りに定義できるのだが、偶然が自分の前に運んで来た人間たちに、決して無関心な態度を取らないという習慣である。彼らは人間であったが、「標本」でもあり、閉ざされた封筒に入れられた見本であって、識別し、分析し、計量すべきであった。アウシュヴィッツが私の前に広げてみせた見本帳は、豊かで、多彩で、奇妙であった。それは友人と、敵と、中立者でできていたが、いずれにせよ私の好奇心の食物であった。何人かは当時もその後も、この私の好奇心を冷ややかに評価していた。その食物は確かに私の一部分を生き生きとさせるのに貢献していた。そしてその後私に、考え、本を書く材料を提供してくれた。前にも述べたように、私はそこで知識人であったかどうか分からない。おそらく圧力が弱まった時の、瞬間瞬間に、知識人であったのだろう。もし後に私が知識人になったのだとしたら、それは確かにそこで得た経験が助けになったのだった。もちろんこの「自然主義的な」態度は、化学だけから必ず得られるわけではないが、私個人の場合は、化学から得られたのだった。他方では、次のように主張しても皮肉には聞こえないだろう。私の場合には、リディア・ロルフィや他の多くの「幸福な」生き残りと同じように、ラーゲルは大学であった。それは私たちに、周囲を眺め、人間を評価することを教えてくれた。

この観点から、私が世界を見る見方は、私の仲間であり、敵対者であったアメリーのそれとは異なっていて、しかも補完的だった。彼の著作には異なった興味が透けて見える。それはヨーロッパを汚染し、世界を脅かしていた（今も脅かしている）疫病と戦う、政治的闘争者の興味だった。アウシュヴィッツには存在しなかった、精神に関する哲学者の興味だった。そして歴史の力によって祖国とアイデンティティーを奪われた、損なわれた学者の興味でもあった。事実、彼の視線は上を向いていて、ラーゲルの一般住民にはほとんど止まらなかった。その場所の典型的な人物、「回教徒」、つまりその知力は死に瀕しているか、死に絶えていた、完全な衰弱者の上を素通りしていた。

従って教養は役に立ち得た。何か二次的な場合だけであっても、短い期間であっても。それは数時間を美しいものに変え、仲間との束の間の絆を作り、頭を健康に、生き生きと保持した。確かに方向を定め、理解するには役に立たなかった。この点に関しては、外国人の私の体験はドイツ人のアメリーの体験と一致する。理性、芸術、詩は、それらが追放されている場所を解明するには役立たない。「あちらの」日々の生活は、恐怖が点在する倦怠によって作られていたから、そうしたものは忘れてしまう方が健康によかった。それは家や家族を忘れる方が健康的だったのと同じだった。ここでは完全な忘却について語ろうとは思わない。それはだれにも不可能なことだった。そうではなくて、記憶を屋根裏部屋に放逐することについて語ろうと思う。そこには毎日の生活に役立たない邪魔な素材が積み重ねられているのだ。

この作業には、教養のあるものよりも、ないものの方が適していた。彼らは先に、「理解しようとするな」という、ラーゲルで学ぶべきまず第一の英知の言葉に順応した。

その現場で理解しようと努めることは、無益な努力であった。それは他のラーゲルから来た多くの囚人にとっても、あるいはアメリーのように、歴史、論理、道徳を知っていて、さらに監禁生活と拷問を体験したものにとっても同じだった。それはエネルギーの浪費で、むしろそうしたエネルギーは飢えや労苦に対する日々の戦いに投入した方がより有益だったはずである。論理や道徳は、非論理的で非道徳的な現実を受け入れるのを妨害する。それは結果として現実の拒否を生み出し、それは普通、教養ある人間を急速に絶望に導いた。しかし動物としての人間の多様性は計り知れなかった。洗練された教養の持ち主が、特に年齢の若いものが、それを投げ捨て、より単純になり、野蛮化し、生き延びるのを、私は見てきたし、それを書きとめた。

質問する習慣のない素朴な人間は、なぜかを問う無益な責め苦を逃れていた。そしてさらに、しばしば、定着を容易にする職業や手先の器用さを持っていた。その完全なリストを作るのは難しいだろう。なぜならラーゲルごとに、その時期ごとに変動があったからである。好奇心を満たすために言っておくと、一九四四年十二月に、アウシュヴィッツで、ロシア軍が間近に迫り、爆撃が毎日繰り返され、寒さが水道管を破裂させていたさなかに、簿記部隊《ブーフハルター・コマンド》が作られたのだ。私が『これが人間か』の「通過儀礼」の章で書いたシュタインラウフも、それに加わるように呼ばれたが、それは彼を死から救うには十分ではなかった。これはもちろん、第三帝国の没落の際の、全般的な狂気の枠組

み の中に入れるべき、極端な例であった。しかし仕立屋、靴直し、機械工、煉瓦積み工が良い地位を見つけるのは普通のことだったし、よく理解できた。特に煉瓦積み工は数が少なかった。モノヴィッツでは、十八歳以下の囚人のために、煉瓦積み技術の学校が作られたのだった（もちろん人道的な目的からではなかった）。

アメリーの語るところでは、哲学者も現実の受容にたどりつくことができた。しかしその道のりはずっと長かった。哲学者も、あまりにも残酷な現実をそのまま受け入れることを妨げていた、常識の障壁を壊すことができた。そして最終的に、恐ろしい世界に生きていて、怪物たちが存在することを、デカルトの論理とともにSSの論理も存在することを認めるようになった。

今まさに自分を抹殺しようとしているこの連中は、強者であるという厳然とした事実にのっとり、もしかすると自分よりも正当なのではあるまいかと思いはじめるのだ。かくしてインテリ特有の、原理に忠実な思考と整然とすすむ懐疑とが自己破壊へと追いつめる。――実際のところ、SSのやり口は当然なのではあるまいか。自然法といったものはなく、道徳律にしても流行《モード》と同様に生まれては消えるではないか。ドイツという国がユダヤ人や政治犯を虐殺するとしても、ただそうすることによってのみ、みずからの国が実現できると信じているからではないのか。それが不当なことだろうか。ギリシア文化は奴隷制の上になりたっていたのではなかったか。栄《は》えある古典ギリシアの時代、アテナイの国は軍を派遣してメロスに乱暴狼藉をはたらかなかったか。それはSS部隊がウクライナでしたことと、たいしたちがいはないのではなかろうか。歴史の光を奥底まで通すとき、数知れない犠牲者がうかび出る。人類の進歩など十九世紀の遺産にすぎないのであって、「一、二、一、二」式の号令は地上のどこにもとどろいていた。とすればどうしてSSの残虐のみをなじれよう。古代ローマのアッピア街道の両脇には、はりつけにされた奴隷の列ができたのではなかったか。ビルケナウでは焼却された人々の臭気がただよっている。古来、人間は義人クラッススではなく、武人スパルタクスであった。ただそれだけのことではないか。（前掲）

こうして過去の本質的な恐ろしい出来事に屈服することによって、学識ある人間は知的な放棄に導かれ、同時に教養のない仲間の防御の武器を得ることができた。「いつもこうだったのだから、将来もこうだろう」。おそらく私の歴史への無知が、この変身から私を救ったのだろう。そしてもう一方では、幸運なことに、アメリーが正当にも述べているもう一つの危険に、私はさらされなかった。つまり知識人は（ここで私はあえて彼の言葉に、「ドイツの」という言葉を付け加えたい）、その本性からして、権力の共犯になり、それゆえそれを承認する傾向があるということである。知識人は、ヘーゲルの先例にならい、いかなる国家であっても、その国家を神格化する傾向がある。ただそれが存在するという事実が、その存在を正当化する。ヒトラーのドイツの年代記はこの傾向を確認する事例に満ちている。哲学者で、サルトルの師匠であったハイデガーも、それを確認して、それに服従した。ノーベル賞を受賞した物理学者のシュタークもそうであった。ドイツ・カトリック界の最高権威であるファウルハーバー枢機卿もそうだったし、それ以外にも多くの例がある。

アメリーは、不可知論的知識人のこうした潜在的な傾向とともに、私たち元囚人みなが観察した現象についても語っている。それは、不可知論者でないものたちは、何らかの信仰を持っているものたちは、権力の誘惑により良く抵抗できた、ということである。それはもちろん、国家社会主義の教えを信じていなければの話なのだが（この留保は無駄ではない。ラーゲルには、政治犯の赤い三角形の印をつけていたものにも、何人かナチの信奉者がいた。彼らはイデオロギー的不一致か、個人的な理由で、不幸な状態に陥っていた。みなが彼らを不快に思っていた）。結局彼らはラーゲルの試練により良く耐え、より高い比率で生き残ったのだった。

私もアメリーと同様に、ラーゲルに無信仰者として入り、無信仰者として解放され、今日まで生きてきた。そしてラーゲルの体験は、その恐ろしい邪悪さは、私の無信仰をさらに固めた。それは何らかの形の神の摂理や、超越的な正義を想像させることを妨げてきたし、今でもそうしている。なぜ瀕死の病人が家畜用の貨車に詰め込まれたのか。なぜ子供がガス室に入れられたのか。しかしながら私は、屈服して、祈りに隠れ家を求めようとした誘惑にかられたことを認めなければならない（ただ一度だけを、もう一度繰り返したのだ）。それは一九四四年十月のことで、非常にはっきりと死が迫っていることを感じた唯一の時に起きたのだった。それは、裸体のまま、やはり裸体の仲間たちに押されながら、手に私の番号札を持って、「委員会」の前を通る順番を待っていた時のことだった。その委員会は、一瞥を投げて、私をすぐにガス室に送るか、それともまだ働くのに十分なほど強壮であるか、判断するはずだった。私は一瞬、助けと避難所を求める必要を感じた。その後、不安ではあったが、平静さが優位を占めた。試合の終わりでも、ゲームのルールは変えてはならない。たとえ負けていても。その状況での祈りは、単に不条理であっただけでなく（だれから、いかなる権利を回復できたというのか）、冒瀆的で、わいせつで、無信仰なものに可能な最大の背教的行為でもあった。私はその誘惑を退けた。さもなければ、もし生き残った時に、自分を恥じるだろうということが分かっていた。

選別や空襲といった危機の時期だけではなく、すり減らすような毎日の生活の中でも、信仰のあるものたちはより良く生きていた。私もアメリーも、それを見てきた。それがいかなる信仰であろうと、宗教的なものであろうと政治的なものであろうと、関係なかった。カトリックや改革派の聖職者たち、様々な正統派のラビたち、戦闘的なシオニストたち、無邪気なマルクス主義者たち、あるいはより進歩的なマルクス主義者たち、エホバの証人たちは、彼らが信奉する、救済をもたらす力によって結ばれていた。彼らの宇宙は私たちのものより広大で、時空間により広く広がっており、とりわけより理解しやすかった。彼らは、自分自身の犠牲に意味をもたらす鍵を、支点を、千年至福の明日を持っていた。彼らは、正義と慈悲が勝利を収めているか、遠い未来に確実にそうなるべき、地上や天上の場所を持っていた。それはモスクワか、天上のエルサレムか、地上のエルサレムだった。彼らの飢えは私たちのものと違っていた。それは神の罰か、罪の贖いか、神への奉納物か、資本主義の腐敗した果実であった。苦痛は、彼らの内部やその周辺では、解釈が可能であり、それゆえ絶望の中で際限なく広がることはなかった。彼らは私たちを哀れみの目で見たり、時には軽蔑して見ていた。彼らの何人かは、労働の休憩時間に、私たちを教化しようとした。しかし不信心なおまえよ、ただ好都合だという理由だけで、その場で「好都合な」信仰を作り上げたり、受け入れたりできるだろうか。

解放直後の、まばゆくも濃密な日々が続く頃、瀕死の病人と、死者と、汚染された風と、汚れた雪が惨めな背景を形作る中で、ロシア人が、解放後の自由人としての生活の中で初めて、髪を刈るように、私を床屋のもとに送った。床屋は元政治犯の、「環状鉄道《サンチュール》」

の、フランス人労働者だった。私たちはすぐに兄弟のような親しみを感じ、私はほとんど可能性がなかったのに、命が助かったことに、陳腐な意見を言った。私たちはギロチンの台上で解放された死刑囚のようなものではないか、と言ったのだ。すると彼は口を開けたまま私を見つめ、びっくりして叫んだのだった。「……だがジョセフがいたではないか！」。ジョセフだって。彼がスターリンのことを言っているると分かるまで、しばらく時間がかかった。彼は違った。決して絶望していなかった。スターリンが最後の砦だった。「詩篇」にうたわれている城塞だった。

もちろん教養のあるものとないものの区別は、信仰のあるものとないものの区別とは一致していなかった。むしろそれを直角に切っていて、かなり明確に区切られた四分円を作っていた。教養があり信仰があるもの、教養があり信仰がないもの、教養がなく信仰があるもの、教養がなく信仰もないものの四つである。縁がギザギザの、色が付いた、四つの小さな島が、広大な、灰色の海に浮かんでいた。そこにはかつて教養があったか、信仰があった半分死にかけのものたちがいるのだが、もはや問いを発することはなかった。彼らに問いかけることは無益で、残酷なことだっただろう。

知識人はそれまでの読書で、死に対して、無臭な、飾られた、文学的なイメージを抱いてきた、とアメリーは強調している（ここで私ははっきりさせておきたいのだが、それは若い知識人のことである。逮捕され、監禁された時の私たちのように)。ゲーテの「もっと光を」という言葉や、『ヴェニスに死す』や、トリスタン伝説を引用したがる、ドイツ文学者としてのアメリーの見解を、私はイタリア語に翻訳してみよう。イタリアでは、死は、「愛と死」という対の言葉の、第二の言葉である。それはラウラ、エルメンガルダ、クロリンダのやさしい変容であり、戦場での兵士の自己犠牲であり(「祖国のために死ぬものは、十二分に生きる」)、「美しい死は人生をすべて栄光で包む」、のである。こうした防御的、魔除け的定型表現の果てしない集成は、アウシュヴィッツでは短い生命しか持たなかった(それに、結局は、今日、いかなる病院でも同じである)。「アウシュヴィッツに死す」とは、陳腐で、官僚的で、日常的なことであった。それは論評されず、「涙で慰められる」こともなかった。死を、死への慣れを目の前にして、教養と無教養の境界は消え失せた。もし死んだら、ということはもはや考えなかったとアメリーは認めている。死はすでに織り込み済みであった。そうではなく、いかに死ぬかを考えた。

人々はガス室ではガスがどれほどすると利きだすのかを話した。フェノールの注射による死の場合、どのような苦痛を覚えるのかを思案した。頭を叩き割られて死ぬのがいいか、それとも病棟での衰弱死の方がいいかを考えた。(前掲)

この点で、私の経験と思い出はアメリーのそれから離れていく。おそらく私が彼よりも若くて、無知であったためだろう。あるいは人生経験が少なくて、自意識が弱かったためだろう。私はほとんど死に割く時間がなかった。私は他にもっと考えることがあった。わずかなパンを見つけ、きつい仕事を避け、靴を修理し、箒を盗み、周囲の兆候や人の表情を読み解くことなどだった。生きる上での様々な目標は、死に対する最良の防御手段である。それはラーゲルだけに当てはまることではない。

7　ステレオタイプ

監禁生活を経験したものは（そしてもっと一般的に言って、厳しい体験をくぐり抜けたものはすべて）、はっきりした二つの範疇に分かれるのであって、その中間段階にとどまるものはほとんどいない。つまり口をつぐむものと語るものという二つの範疇である。この両者とも正当な理由を持っている。口をつぐんでいるのは、私が単純化して「恥辱感」と呼んだ、あの不快な気持ちを非常に深く感じたものたち、心の安らぎを得られないものたち、まだその傷が痛んでいるものたちである。一方他のものたちは、異なった衝動に従って、しばしば多すぎるくらい語る。彼らは、自覚の程度は様々だが、自分の監禁生活に（たとえ遠い過去のことでも）、人生の中心を、つまり良きにつけ悪しきにつけ、彼らの存在全体を決定した出来事を見ているから語るのである。また全地球的規模の、世紀の事件の証人であることを知っているから語るのであり、（あるイデイッシュ語の格言が言うように）「通り過ぎた災難を語るのは楽しい」から語るのである。フランチェスカ・ダ・リミニ[30]は地獄でダンテに、「惨めな境遇の中で、幸福な時を思い出すことほど、苦痛なことはありません」と言ったが、生き残ったものたちはすべて、その逆も真実であることを知っている。目の前に食物とワインを置いて、暖かい場所に座り、自分やその他のものに、労苦、寒さ、飢えについての思い出を語るのは楽しいことだ。オデュッセウスもこうして、パイアケス人の王の宮廷で、ごちそうが並べられた食卓を前にして、語りたいという衝動にかられてしまったのだ。彼らは「ほら吹き兵士」のように、おそらく誇張しながら、不安と勇気、狡知、虐待、敗北、そして何らかの勝利について語る。そしてそうすることによって「他のものたち」との差は大きくなり、ある種の同業組合に帰属するという意識でアイデンティティーが固まり、自分たちの威信が高まると感じるのである。

しかし彼らが語るのは、そして私たちが（ここで一人称複数を使ってもいいだろう。私も口をつぐむものには属していないからだ）語るのは、そうするように招かれるからである。哲学者のノルベルト・ボッビオ[31]は、何年か前に、ナチの抹殺収容所は「重大事件の一つではなく、人類史上二度と起こらない、極悪非道の事件であったのだ」と書いている。彼以外のものたちも、聴衆、友人たち、息子たち、読者たち、そして外国人たちも、怒りや同情を超えたところで、それを直感的に理解しているのである。彼らは私たちの経験の独自性を理解しているか、あるいは少なくともそうしようと努めている。だから私たちに語るように促し、質問を投げかけてくる。それはしばしば当惑させるような質問である。そのいくつかに答えるのはいつも容易ではない。なぜなら私たちは歴史家でも哲学者でもなく、証人であり、それに人間の歴史は厳格な論理的枠組みに従っているとは限らないからである。ある歴史的な展開がただ一つの理由から起きたとは限らない。単純化は学校の教科書だけにふさわしいもので、理由はたくさん存在する可能性があり、相互に入り組んでいたり、存在しないまでに至らなくても、見分けられなかったりする。そしていかなる歴史家や認識論学者も、人間の歴史が決定論的過程であることを証明してはいない。

私たちにされる質問の中で、いつも必ず出てくるものがある。それは年月を経るにつれて、より執拗さを増して発され、非難の調子がよりはっきりと透けて見えるようになっていった。それは一つの質問というよりは、一群の質問である。なぜあなたたちは逃げなかったのですか。なぜ反乱を起こさなかったのですか。なぜ「それ以前」に逮捕を逃れようとしなかったのですか。それが必ず発せられること、そして時を経るにつれて増していることから、こうした質問は注目に値する。

この質問は楽観主義的立場から解釈し、論評することができる。自由というものが知られていない国々がある。なぜなら人間が当然のごとく自由を欲するその必要性は、より差し迫った必要の後にやって来るからである。例えば寒さ、飢え、病気、寄生虫、動物や人間の攻撃などに耐える必要性である。しかし基本的な必要が満たされている国々では、若者は今日、自由というものを、いかなる場合でも放棄してはならない財産として考えている。それは、それなしではやっていけない、自然で明確な権利であり、さらには健康や呼吸する空気のように、無償で与えられるものである。この生来の権利が否定された時代や場所は、遠く、異質で、奇妙に感じられる。従って彼らにとって、監禁生活という考えは、自然に逃亡や反乱という考えに結び付く。囚人という状況は不当な、異常なものと感じられる。要するにそれは病気のようなもので、脱走か反乱で治療されるべきなのである。それに道徳的義務としての脱走という考えは堅固に根づいている。多くの国々の軍紀によれば、戦争捕虜は戦闘員の地位を回復するために、いかなる方法を使ってでも脱走すべきで、ハーグ条約に従うと、逃亡の試みは罰せられてはならないことになっている。一般人の意識でも、逃亡は捕虜の恥辱を洗い去り、消してくれる。

ここでざっと述べておくが、スターリンのソビエト連邦では、法律ではなく、その実態がかなり異なっていて、より苛烈な様相を呈していた。ソ連の戦争捕虜は帰国しても、癒しや救済は与えられなかった。彼はたとえ脱走し、戦闘中の部隊に復帰しても、取り返しのつかない罪を犯したと考えられた。彼は降伏するよりも死ぬべきであったし、さらに敵の手中にあったので（数時間であっても）、自動的に内通が疑われた。彼らは不用意に帰国すると、シベリア送りになったり、殺されたりした。前線でドイツ軍に捕らえられ、占領地域に連行された兵士の中には、そこで脱走して、パルチザン部隊に合流したものも多くいた。例えばイタリア、フランスのパルチザン部隊、あるいはロシアの前線の後方地域でドイツ軍と戦うパルチザン部隊などである。日本でも、戦争中に降伏した兵士は強く軽蔑された。そのために、日本軍の捕虜になった連合国の兵士たちは非常に厳しい取り扱いを受けた。彼らは敵であるだけでなく、降伏で階級を落として、より卑怯な敵になったのである。

さらに言えば、道徳的義務としての脱走、監禁生活の必然的な結果としての脱走という考えは、ロマン主義的文学（『モンテ・クリスト伯』）、大衆的文学（『パピヨン』の驚くべき成功を思い出してほしい）によって常に繰り返されてきた。映画の世界では、不当に（あるいは正当な理由で）牢獄に入れられた英雄は常に肯定的な人物であり、あり得ないような状況下でも常に逃亡を試み、その試みは必ず成功に終わる。忘れてしまった多くの映画の中では、『仮面の米国』と『ハリケーン』が記憶に残っている。典型的な囚人とは、肉体的精神的活力を十分に備えた、完全な人間と見なされており、絶望から生まれた力と、必要に研ぎ澄まされた才知で、障壁に果敢に挑み、それを乗り越えるか、打ち破ってしまう。

この監禁生活と脱走についての図式的なイメージと、強制収容所の状況とはほとんど類似点がない。強制収容所という言葉を最も広い意味で解釈すると（つまり、広く名を知られた抹殺収容所以外に、戦争捕虜や戦時被拘留者の数多くの収容所を含めれば）、ドイツには、奴隷状態に置かれた何百万人もの外国人がいた。彼らは疲弊し、軽蔑され、栄養状態は悪く、服装は貧しく、世話はされず、母国との連絡を断ち切られていた。彼らは「典型的な囚人」ではなく、完全でもなく、意気消沈し、活力を奪われていた。しかし連合国の戦争捕虜は例外だった（アメリカ人や、英連邦に属するものたち）。彼らは国際赤十字を通じて食料と衣類を受け取っており、優れた軍事的訓練と、強い動機と、堅固な団結心を持っており、かなりしっかりと内的階級意識を保持していて、私が別の章で述べた「灰色の領域」とは無縁であった。彼らはわずかの例外を除いて、お互いに信頼関係があり、さらに再度捕まっても、国際条約に従って取り扱われることを知っていた。実際、彼らの間では多くの脱走が試みられ、いくつかは成功裡に終わった。

しかし他のものたちにとっては、ナチの宇宙の賤民にとっては（その中にはロマや、ソ連の戦争捕虜、民間人捕虜も含まれていた。彼らは人種的には、ユダヤ人よりも少しましとしか考えられていなかった）、物事はかなり違っていた。彼らにとって脱走は難しかったし、非常に危険であった。彼らは意気消沈していた以外に、飢えと虐待で衰弱していた。そして荷馬車用の家畜よりも見下されていると感じていた。彼らは髪の毛を剃られ、すぐに見分けられる不潔な服を着せられ、素早く静かに歩けない木靴を履かされていた。もし彼らが外国人なら、周囲に知り合いもなく、隠れ家のあてもなかった。もしドイツ人なら、秘密警察の目ざとい目で注意深く監視され、記録されていることが分かっており、同国人のほとんどだれもが、彼をかくまって、自由や命を危険にさらさない見当がついていた。

特にユダヤ人の場合はさらに悲劇的だった（人数的には非常に多かった）。例えばユダヤ人が、鉄条網の柵や電流の通じた鉄格子を乗り越え、パトロール隊や、監視塔で機関銃を構えた番兵の監視や、人間狩りの訓練を受けた犬からうまく逃れたとしよう。彼らはどこに行けただろうか。だれにかくまってくれるように頼めただろうか。彼らは世界の外にいた。宙に浮いた男女であった。彼らには祖国もなく（出身国の市民権を剝奪されていた）、家もなかった。その家は接収され、資格を持った市民に渡されていた。わずかな例外を除いて、家族はなく、もし親戚が生きていても、どこにいるのか分からなかった。またどのようにして警察に手掛かりを与えずに、手紙を書いていいか分からなかった。ゲッベルスやシュトライヒャーの反ユダヤ主義的宣伝は成果を上げていた。大部分のドイツ人は、特に若者は、ユダヤ人を憎悪し、軽蔑し、人民の敵だと考えていた。それ以外のものたちは、ほんのわずかの英雄的な例外を除いて、ゲシュタポを恐れており、いかなる援助もしようとしなかった。ユダヤ人をかくまったり、ただ助けるだけでも、非常に恐ろしい刑罰を受ける危険性があった。この点に関しては、数千人のユダヤ人が、ヒトラー統治の期間中に生き残ったことを思い出す必要がある。彼らはドイツやポーランドの修道院、地下室、屋根裏部屋などにかくまわれたのだが、それは勇気があり、慈悲心に富んでいて、特に何年間も自制心を保ち続けるほど頭がよかった人々のおかげだった。

さらに、どこのラーゲルでも、ただ一人でも囚人が逃亡したら、それはすべての監視に携わるものの重大な職務怠慢と見なされた。それは囚人職員から収容所の指揮官にまで及んでいて、指揮官は解任される危険があった。ナチの論理では、それは耐え難い出来事であった。奴隷の逃亡は、それが特に「生物学的に価値の劣った」人種に属している場合は、象徴的価値を持ち、完全に打ち負かされたものの勝利を、ある神話のほころびを表してしまう。そしてさらに、より現実的には、客観的な損害をもたらす。なぜなら囚人はすべて、世界が知るべきではないことを目撃していたからである。それゆえ、点呼の時に囚人が一人でも欠けると、世界の終末が始まった(それは滅多にないというわけでもなかった。しばしば単純な数え間違いがあったし、囚人が衰弱のために気絶してしまうこともあったからである)。収容所全体が非常事態態勢に入った。監視に携わるSS以外に、ゲシュタポのパトロール隊が介入してきた。ラーゲル、工事現場、農家、周辺の住居が探索された。収容所指揮官の自由裁量により、非常事態措置がとられた。脱走者の同国人、あるいは周知の友人、あるいは寝台の隣人が拷問による尋問を受け、その後殺された。事実、脱走は困難な試みであり、脱走者に共犯者がいなかったり、だれもその準備に気がつかなかったことはあり得なかった。そのバラックの仲間たちや、時には収容所の囚人全体が点呼広場に立たされ、生死にかかわりなく、脱走者が見つかるまで、時間の制限もなしに、おそらく何日間も、雪や雨や太陽に叩かれていなければならなかった。もし追跡され、生きたまま捕まると、公開絞首刑の形で、必ず死によって罰された。しかしその都度、その前に様々な行事が用意されたが、それはいつも見たことがないほど残忍なもので、SSの風変わりな残忍性が解き放たれるのだった。

それ以外の目的もあるのだが、特に逃亡がどれだけ絶望的な試みだったか例示するために、マラ・ツィメトバウム(32)の試みについて述べておこう。私はこの話が記憶にとどまることを願っている。マラがアウシュヴィッツ＝ビルケナウの女性ラーゲルから脱走した話は様々な人によって語られているが、その細部は一致している。マラは若いポーランド系ユダヤ人で、ベルギーで逮捕された。彼女は多くの言語を正確にしゃべれたので、ビルケナウでは通訳と伝令の仕事をしていた。彼女はそのためにかなり自由に移動ができた。彼女は寛大で勇気があった。多くの仲間を助け、だれからも愛されていた。一九四四年の夏、彼女はポーランド人の政治犯であったエデクと脱走する決心をした。彼らは自由になるだけではなく、ビルケナウで行われていた日々の大量虐殺を資料で裏付けて、世界に知らせようとしていた。彼らはあるSSを買収して、制服を二着手に入れるのに成功した。彼らは変装して脱出し、スロバキア国境まで達した。しかしそこで国境警備隊に止められ、脱走者であることを疑われて、警察に引き渡された。彼らはすぐに身元が割れて、ビルケナウに引き戻された。エデクは即座に絞首刑になったが、収容所の仮借ない儀礼に従って、判決文が読み上げられるのを待とうとしなかった。彼は自分から引き滑り結びの結び目に頭を入れ、踏み台を蹴り飛ばしたのだった。

マラも自分なりに死のうと決心していた。彼女が独房で尋問を待っていた時、ある仲間が近づいて声をかけることができた。「ごきげんいかが、マラ」「私はいつもいいわよ」とマラは答えた。彼女はその時、カミソリの刃を体に隠すことに成功した。絞首台の下に引き出された時、彼女は手首を切った。死刑執行人の役割を果たしていたSSがカミソリの刃を取り上げようとした。しかしマラは収容所の女たちすべての前で、血だらけの手をSSの顔に叩きつけたのだった。すぐに他の兵士たちが怒り狂って駆けつけてきた。囚人が、ユダヤ人が、女が、あえて戦いを挑んできた。彼女は死ぬまで踏みつけられた。幸運なことに、彼女は焼却炉に運ばれる馬車の上で息を引き取ったのだった。

これは「無益な暴力」ではなかった。有益であった。逃亡というばかげた野望を、はなから挫くのに十分に役に立った。こうした試験済みの、洗練された技巧にまだ慣れていない、新入りの囚人が、逃亡を考えるのは普通だった。だがこの種の考えが古参の囚人の頭をよぎるのはめったになかった。事実、脱走の準備は、普通、「灰色の領域」に属するものたちや、前に述べた仕返しを恐れる第三者によって通報されていた。

私は何年か前に小学五年生のクラスで起きた、ほほえましい出来事を思い出す。私はそこに招待され、自分の本に解説を加え、小学生の質問に答えるように求められていた。ある利発そうな様子の、明らかにそのクラスのリーダーと思える少年が、決まりきった質問を投げかけてきた。「なぜあなたは逃げなかったのですか」。私はこの場で書いたことを、彼に簡潔に述べた。少年は納得せずに、黒板に収容所のスケッチを描き、監視塔、扉、鉄条網、発電所の位置を示すように求めた。私は三十人の視線を一身に浴びながら、何とか図を描いた。彼はその図をしばらく検討し、さらにいくつか細かな説明を求め、自分の考え出した計画を開陳した。ここで夜に歩哨の喉を切り裂く。そしてその制服を着込む。それからすぐに発電所に走り、電流を切る。そうすればサーチライトは消え、高圧電流の鉄条網は機能しなくなる。そうすれば悠々と出て行けるだろう。少年は真剣になって付け加えた。「もう一度同じようなことになったら、僕が言ったようにしな。きっとうまくいくから」

この逸話は、その限界の範囲内でだが、今日存在し、年ごとに広がっている亀裂をよく表しているように思える。それは「あの場で」事物がどうであったかということと、今日の想像力でそれがどうとらえられるか、ということの間の亀裂である。それは不正確な内容の本、映画、神話によってますます大きくなっている。それが単純化とステレオタイプの方向にずれていくのは避け難いことだ。私はここでこの横滑りに防壁を設けたいと思う。同時に私はそれが、近い過去や歴史的悲劇の認識だけに限られた現象ではないことを指摘しておきたい。それはもっと一般的なもので、私たちが他人の経験を認識する時の困難性、あるいは不可能性の一部をなしている。それは私たちから、時代、場所、性質が離れれば離れるほど、より顕著に現れてくるものなのである。私たちはアウシュヴィッツの飢えが、一食を抜いた飢えに近いものだと思い、トレブリンカから脱走することを、レジーナ・チェーリ刑務所(33)を脱走することになぞらえてしまう傾向がある。検討されている事件から、時がたてばたつほど大きくなってしまうこの亀裂を乗り越えるのは、歴史家の仕事である。

さらに辛辣な非難の調子を込めて、同じようにひんぱんになされる質問がある。「なぜあなたたちは反乱を起こさなかったのですか」。この質問は前のものほど多くはないのだが、同じ性質のもので、これもまたあるステレオタイプの上に乗っている。この質問の答えは二つに分けるのが妥当だろう。

まず第一に、いかなるラーゲルでも反乱が起きなかったというのは事実ではない。トレブリンカ、ソビボール、ビルケナウの反乱は、何度となく、細かい点まで詳細に語られてきている。またはそれ以外の小さな収容所でも反乱は起きた。こうした反乱は深い尊敬に値する、非常に大胆な企てであったが、そのどれもが勝利に終わることはなかった。もし勝利という言葉が収容所の解放を意味するのであったならば。解放を目的にするのは正気の沙汰ではなかっただろう。反乱者たちは実際にはほとんど武器を持っていなかったから、警備隊の圧倒的な力は数分でそれを挫けるほどだった。彼らの実際の目的は、死の装置に損害を与えるか破壊し、反乱者のわずかの中核を逃がすことだった。それは時には成功した（例えばほんのわずかであったが、トレブリンカで）。大量脱走については考えていなかった。それは狂気の企てであっただろう。かろうじて体を引きずるほどの体力しかなく、敵地にいて、どこに隠れ家を求めていいか分からない何千人ものものたちに、扉を開くことには、いかなる意味があり、いかなる利益があっただろうか。

いずれにせよ反乱は起きた。それは決意を固めた、肉体的にはまだ無傷の少数者が、知力をふり絞り、信じられないほどの勇気をふるい起こして準備したものだった。その代償は、人間の命や、復讐の名目で行われた集団的な虐待の観点からすれば、恐ろしいほど高いものになった。しかしナチのラーゲルの囚人たちが反乱を試みなかったという主張が誤りであることを示すのに役立ったし、現在も役立っている。反乱者たちの意図からすれば、それはより具体的な成果をもたらすべきだったろう。つまり自由世界に恐ろしい虐殺の秘密を知らせることだった。実際、企てが成功し、その後肉体をすり減らす波瀾万丈の体験をへて、情報諸機関にたどり着けたわずかのものは、話すことができた。しかし私が本書の「序文」で述べたように、その話はほとんど聞き入れられないか、信じてもらえなかった。不都合な真実はその歩みが遅いのである。

そして第二に、監禁＝逃亡という連想と同様に、抑圧＝反乱という連想もステレオタイプ的な考えである。それが成り立たないなどと言うつもりはない。それがいつも成り立つとは限らないと言いたいのである。反乱の歴史は、つまり「多数の被抑圧者」の「少数の権力者」に対する、下からの反逆は、人間の歴史ほどに古く、同じくらいに多様で、悲劇的である。反乱はそのわずかなものだけが成功裡に勝利し、多くは敗北した。そして数え切れないほどの多くが萌芽段階で窒息させられたが、それはあまりにも早い段階だったので、年代記に痕跡も残さないほどだった。反乱の帰趨を決定する要因は数多くある。反逆者の側や挑戦を受ける権力の側の、人数、軍事力、掲げる理想の力、内部の結束力あるいは亀裂、外部からの援助、指導者の能力、カリスマ性あるいは魔力、幸運などである。しかしながら、どんな場合でも、運動の先頭に最も抑圧されたものたちが立つことはない。普通は、むしろ、革命は偏見のない、大胆な指導者たちによって指導されるもので、この指導者たちは、個人的には平穏で確実な、実際には特権的な生き方ができる可能性があるにもかかわらず、寛大な心から（あるいは野心から）騒乱の中に飛び込んで来るのである。奴隷が重い鎖を断ち切るという、記念碑に何度も作られているイメージは修辞学的なものである。その鎖は拘束がより軽くて緩い仲間によって断ち切られるのである。

これは別に驚くべきことでもない。指導者は有能であるべきである。指導者は道徳的かつ身体的活力を備えている必要がある。しかし抑圧がある限度以上に達すると、その道徳的、身体的活力は損なわれてしまう。あらゆる真の反乱（ここでは下からの反乱のことを言っている。暴動《プチュ》や「宮廷内の反乱」のことではない）の原因となる怒りと憤りをかきたてるためには、抑圧の存在が必要だが、それは控えめなものであるか、あるいは非効率的になされる必要がある。ラーゲルでの抑圧は極限に達したもので、よく知られた、ドイツ流の、他の分野では称賛に値するような効率で行われていた。収容所の中核を形成していた典型的な囚人は、消耗の限界に達していた。彼は飢え、衰弱し、傷に覆われ（特に足がそうだった。彼は言葉の本来の意味で、「動きがとれ」なかった。これは無視していいようなことではない）、従って深く意気阻喪していた。彼はぼろきれ＝人間であった。マルクスも理解していたように、現実社会ではぼろきれは反乱を起こさない。それが起きるのは文学的か映画的な修辞学の中だけである。世界史の方向を変えるような反乱、あるいはここで語っている小さな反乱のすべては、抑圧の事実を良く知りながら、自分はそうされなかったものたちによって行われてきた。前に述べたビルケナウの反乱は焼却炉で働いていた特別部隊が起こしたものだった。彼らは憤慨し絶望していたが、栄養状態は良く、服を着て靴も履いていた。ワルシャワ・ゲットーの反乱は最も深い敬意に値する企てで、ヨーロッパで最初の「抵抗運動」であり、いささかの勝利や救済の希望もなしに行われた唯一のものであった。しかしそれはある政治的エリートの仕事であって、彼らは自分自身の力を蓄えるため、当然のこととして、根本的な特権を保持していた。

数多くなされる第三の質問に移ろう。なぜあなたたちはその「前に」逃げなかったのですか。国境が閉鎖される前に。罠が作動する前に。ここでも思い出さなければならないのだが、ナチズムやファシズムの脅威にさらされた多くの人たちが、それ「以前に」逃げ出していた。彼らはまさに政治亡命者であり、二つの専制体制から良く見られていなかった知識人であった。何千人という人たちで、多くは無名だが、有名人もいた。例えばトリアッティ、ネンニ、サラガト、フェルミ、エミリオ・セグレ、マイトナー、アルナルド・モミリアーノ、トーマス・マン、ハインリヒ・マン、アルノルト・ツヴァイク、シュテファン・ツヴァイク、ブレヒトなどだった。彼らの全員が戻って来たわけではなかった。それはおそらく取り返しがつかないような形で、ヨーロッパを疲弊させた出血だった。彼らはイギリス、アメリカ、南アメリカ、ソビエトなどに移住した。また数年後にナチの大波が襲うことになったベルギー、オランダ、フランスにも移住した。

それは彼らが、そして私たち全員が、未来に盲目であることを示している。しかし彼らの移住は逃亡でも、戦線離脱でもなく、自分たちの戦いや創造的な活動を再び開始できるとりでにたどり着き、潜在的、あるいは実際の同盟者と自然に合流することであった。

しかしながら脅威にさらされた家族の大部分が、イタリアやドイツに留まっていたのは事実だった（その筆頭にユダヤ人がいた）。その理由を問いかけ、自問することは、歴史を時代錯誤的に、ステレオタイプ的に見ている印である。あるいはもっと単純に、広範に存在する無知と忘却の印である。それは事件が時間的に隔たるにつれて大きくなる傾向がある。一九三〇〜四〇年代のヨーロッパは、今日のヨーロッパとは違っていた。移住することは常に苦痛なものだが、当時は今日と比べると、それはさらに難しく、費用がかかった。多額の金だけではなく、目的地の国に「橋頭堡」が必要だった。人物保証をしたり、宿泊させてくれる親戚や友人が必要だった。多くのイタリア人が、特に農民が、数十年前から移住していたが、彼らは貧困や飢えのためにそうしたのであって、橋頭堡を持っていたか、持っていると信じていた。彼らはしばしば招かれ、厚遇されていた。それはその場所で労働力が不足していたからだった。しかしそれでも、彼らやその家族にとって、祖国を捨てることは心の傷となる決断であった。

「祖国《パトリア》」。この言葉を吟味してみることは無駄ではないだろう。これは明らかに話し言葉の埒外に置かれている。いかなるイタリア人も、冗談でなければ、「私は汽車に乗って祖国に帰る」などとは言わないだろう。これは新しく作られた言葉で、単一の意味を持つわけではない。イタリア語以外の言葉に、これに正確に相応するものがあるわけではなく、私の知っている限りでは、いかなるイタリアの方言にも現れないし（このことは、それが教養語に起源を持ち、本質的に抽象的な言葉であることを示している）、イタリアでもいつも同じ意味を持っていたわけではない。事実、それは時代ごとに、様々な広がりの地理的実体を示していた。それは（語源的には）私たちの祖父が生まれ育った村から、リソルジメントによる国家統一以降の、国全体までを示していた。他の国々では、かまど、あるいは生まれた場所とほぼ同義の言葉である。フランスではこの言葉は、劇的であると同時に、論争的で、修辞学的な含意を持つことになった（時にはわが国でも同じである）。「祖国」は脅威にさらされたり、認められなかった時に実体となるのである。

移住するものにとって、祖国の概念は苦痛を呼ぶと同時に、希薄になる傾向を持つ。すでに詩人のパスコリ(34)は生まれ故郷のロマーニャ地方を離れるにあたって、「甘き国よ」、「私の祖国は、もはや今住むところ」と嘆いた。『婚約者』(35)の主人公、ルチーア・モンデッラにとって、祖国とは明らかに、コーモ湖の湖面からそびえ立つ山々の「不揃いの峰」と同じであった。それとは逆に、今日のアメリカ合衆国やソビエト連邦のように、人の移動が激しい国々や時代では、政治的官僚的用語以外では、祖国については語られない。永遠に移動を繰り返している人々にとって、かまどとは何か、「父祖の地」とはどこだろうか。多くの者はそれを知らないし、気にかけてもいない。

だが一九三〇年代のヨーロッパはそれとはかなり違っていた。工業化はなされていたが、まだ農業が深く根付いており、都市への人の移動はさほど活発ではなかった。ほとんど大部分の人にとって、「外国」は遠い、漠然とした背景であり、特にさほど必要性に迫られていなかった中産階級にとってそうであった。ヒトラーの脅威に対して、イタリア、フランス、ポーランド、ドイツに定住していたユダヤ人の大部分は、彼らが「祖国」と感じていた場所にとどまることを選んだ。それは、場所によってニュアンスの違いはあるのだが、同じような動機によっていた。

移住を計画、準備するのはだれにも難しいことだった。それは国際的な緊張が深刻さを増した時代だった。そして今日ではほとんど存在しないヨーロッパ諸国の国境が、実質的には閉ざされていた。イギリスや南北アメリカは非常に削減された移民割り当てしか認めていなかった。しかしながらこうした困難さよりも、内部的な、心理的性質の別の困難さの方が前面に出ていた。この村、町、地方、国は私のものである。そこで生まれたのだし、祖先はそこに眠っている。そこの言葉を話すし、そこの習慣や文化を身につけている。おそらく自分もその文化に貢献している。税金を払っているし、そこの法律を守っている。それが正しいか正しくないか気にせずに、そこの戦いを戦った。その国境線のために命を危険にさらし、友人や親戚の何人かは戦争墓地に眠っている。自分自身も、流行の修辞学に敬意を表して、祖国のために死ぬ用意があると宣言している。そこを離れたくないし、離れることもできない。もし死ぬのだとしたら、祖国で死にたい。それが自分なりの「祖国のために」死ぬ死に方だろう。

もしヨーロッパのユダヤ主義が未来を予知できたなら、能動的な愛国主義というよりも、定住的で、家庭的であるこの道徳律が、とうてい成り立ち得なかったことが分かっただろう。大量虐殺の予兆がないわけではなかった。ヒトラーは初期の本や演説ですでに、ユダヤ人が人類の寄生虫であり（それはドイツのユダヤ人だけではなかった）、害虫を駆除するようにして抹殺すべきであると明確に語っていた。しかしまさに、不安をかき立てるような推測はなかなか根付かないのである。極限状態が来るまで、ナチの（そしてファシズムの）信徒が家々に侵入してくるまで、兆候を無視し、危険に目をつぶり、この本の初めで述べた、都合のいい真実を作り出すやり方を続けていたのである。

こうしたことはイタリアよりもドイツで大規模に見られた。ドイツのユダヤ人はほとんどが中産階級で、おまけにドイツ人であった。ドイツのユダヤ人は、「アーリア系」の同国人と同様に、秩序と法を愛していた。彼らは未来を予見できなかっただけではなく、それが自分たちの周りを取り巻いていた時でも、体質的に国家のテロリズムを理解できなかった。バイエルンの風変わりな詩人、クリスティアン・モルゲンシュテルン

(その姓にもかかわらず、ユダヤ人ではない)の含みのある、有名な詩句がある。それはこの場にぴったりだが、実際には一九一〇年に書かれたものだった。それはJ・K・イェロームが『浮浪の三人男』で描いた、清潔で、誠実で、合法的な時代のドイツで書かれたものだった。それはあまりにもドイツ的で、含蓄に富んでいたので、格言になってしまった。それはぎこちない遠回しの表現でしか、イタリア語に翻訳できないものである。

Nicht sein kann, was nicht sein darf.

これはある短い寓意詩の末尾である。パルムシュトゥロームという、過度に忠実なドイツ市民が、通行禁止の道路で車にひかれた。彼は傷ついた体で身を起こし、よく考えてみた。もし通行が禁止されているなら、車は走ることができない。つまり走ることはない。それゆえ自動車事故はありえない。これは「あり得ない事実《ウンメークリヒエ・タートザッヒエ》」である(これが詩の題である)。彼は夢を見ただけに違いない。なぜならまさに「道徳的に存在が正当ではない物事は、存在できない」からである。

ここではあと知恵やステレオタイプ的な考え方に注意する必要がある。もっと一般的に言うなら、今日この場で支配的な尺度で、遠い時代や場所を判断することから生まれる誤りに注意する必要がある。これは時間的空間的に距離が開けば開くほど、避けるのが難しくなる誤りである。まさにこれが、私たち素人に、聖書やホメーロスの叙事詩、あるいはギリシア、ローマの古典の理解が困難になる理由である。当時の多くのヨーロッパ人が、そしてその当時だけに限らず、ヨーロッパ人ではないものたちも、パルムシユトゥロームと同じように振る舞ったし、現在もそうしている。つまり存在してはならない物事の存在を否定したのである。常識に従えば（マンゾーニは用心深くそれを「良識」と区別したが）、脅威にさらされた人間は対策を考え、抵抗するか逃げ出す。しかし当時の多くの脅威は、今日では明白に思えても、その時には、自ら望んだ不信、抑圧、慰めの真実というベールに隠されていた。その慰めの真実は寛大にも相互に交換された り、自分の中で自然に生まれたのだった。

ここで必然的に疑問が生まれる。それは疑問への疑問だ。私たちはどれだけ安全なのだろうか、世紀末と新たな千年紀に生きている私たちは。そして特に、私たちヨーロッパ人は。疑う余地はないのだが、次のようなことが言われている。つまり地球上の全人類の一人あたりに、TNT火薬相当で三、四トンの核爆弾が貯蔵されている、というのである。もしその一パーセントでも使われたら、即座に数千万人が死亡し、人類全体に、そしておそらく昆虫を除いた地上のすべての生命体に、恐ろしい遺伝子的な損傷がもたらされることだろう。そしてさらに、第三次世界大戦が起きたら、たとえ通常兵器による部分的なものであろうとも、それは私たちの領土で、大西洋からウラル山脈の間で、地中海から北極海の間で戦われることだろう。この脅威は一九三〇年代のものとは違っている。もはや身近ではなく、はるかに拡散している。あるものによればそれは今のところは人間の魔力からは解放され、新しく、まだ解読できない、歴史の魔力に結び付いている。それは全員に向けられているので、とりわけ「無益」である。

それでは、今日の恐怖は、かつてのそれに比べると、どれだけ根拠のないものなのだろうか。私たちは自分たちの父と同様に、未来に盲目である。スイス人やスウェーデン人は核シェルターを持っているが、外に出て来た時に何を見出すだろうか。ポリネシア、ニュージーランド、フエゴ島、南極などはおそらく無傷のままだろう。当時に比べるとパスポートやビザを得るのは非常に簡単である。それなのになぜ私たちは出発しないのか、なぜ故郷を捨てないのか、なぜその「前に」逃げ出さないのか。

8　ドイツ人からの手紙

『これが人間か』はさほど長い本ではないが、放牧中の家畜のように、すでに四十年間、長く、もつれあった足跡を残している。この本は一九四七年に初めて出版された。二千五百部印刷されたが、批評家には好意的に受け入れられたにもかかわらず、一部分しか売れなかった。売れ残りの六百部はフィレンツェの在庫倉庫に保管されていたが、一九六六年秋の大洪水でだめになってしまった。それは十年間、「外見上は死んでいた」が、一九五七年にエイナウディ社が再刊を決めてから、息を吹き返した。私はしばしば無用な質問を自らにしていた。もしその本がすぐに広く売れていたら、どうなっただろうか。特にどうにもなっていなかっただろう。私は化学者としての困難な生活を続けただろうし、日曜作家になっていただろう（すべての日曜日をそれにあてなかっただろうが）。あるいは成功に目を眩《くら》まされて、どれだけ成功したか分からないが、等身大の作家の旗を掲げたことだろう。すでに述べたように、この問いかけは無益である。仮定上の過去を再構成すること、もしこうだったらどうだろうと考えることは、未来を予見することと同じくらい信用を失墜している。

こうして出だしではつまずいたが、本は自らの道を歩み始めた。それは八、九カ国語に翻訳され、イタリアや外国で劇化、ラジオ劇化され、数え切れないほどの学校で取り上げられた。しかしその歩みの中で、私にはある行程が根本的な重要性を持った。ドイツ語への翻訳と、ドイツ連邦共和国での出版である。一九五九年ごろだったが、ドイツのある出版社（フィッシャー・ビューヒャライ）が翻訳権を獲得したことを知った時、私は今まで知らなかった、激しい感情にとらわれるのを感じた。それは戦いに勝ったという感慨だった。私は特別な読者を考えずにその本を書いた。それは私の中に存在していて、私を侵していたから、それを外に出さなければならなかった。それは屋根の上で語ること、叫ぶことだった。しかし屋根の上で叫ぶものは、すべてのものに言葉を向けるか、だれにも向けないのであって、砂漠で叫んでいるのと同じである。しかしこの契約の知らせを聞いて、すべてが変わり、私ははっきりと理解した。私は確かに本をイタリア語で書いたが、それはイタリア人や、息子たちや、知らなかったものたち、知りたがらなかったものたち、まだ生まれていなかったものたち、望むと望まないとにかかわらず、虐待に同意したものたちのためだった。しかしその真の宛先は、本が武器として向けられているその相手は、彼ら、ドイツ人であった。今、武器は準備が整っていた。

当時はアウシュヴィッツの解放から十五年間しかたっていなかった。私の本を読むドイツ人とは「彼ら」であって、その子孫ではなかった。彼らは抑圧者から、あるいは無関心な観客から、読者になるはずだった。私は彼らを鏡の前に縛りつけて、無理矢理にでもそうするつもりだった。片をつける時が来た。テーブルにカードを広げる時が来た。だがそれはとりわけ対話の時だった。私は復讐には関心がなかった。私は（象徴的で、不完全で、偏った）ニュルンベルクの聖史劇で内面的には満足していた。私にはそれでよかった。正義にかなった絞首刑のことは他の人たちが、専門家たちが考えてほしかった。私に課せられていたのは理解すること、彼らを理解することだった。それも大罪を犯した罪人たちの群れではなく、彼らを、人々を、私が身近で見たものたちを、SSの兵士として徴募されたものたちを。そしてさらに信じていたものたちを、信じてはいなかったが口をつぐんでいたものたちを、私たちの目を見つめ、一切れのパンを投げ与え、人間的な言葉をつぶやくわずかな勇気さえも持たなかったものたちを。

私はその時代、その雰囲気をよく覚えており、偏見や憤りを抱かずに、当時のドイツ人を判断できる確信がある。全員ではなかったが、ほとんどの人が目を閉じ、耳をふさぎ、口をつぐんでいた。凶暴なものたちから成る中核を、「身体に障害を持つ」大衆が取り囲んでいた。全員ではなかったが、ほとんどの人が卑劣だった。しかしここで、慰めとともに、私がいかに総括的な判断から遠い位置にいるか示すために、ある逸話を語りたいと思う。それは例外であるが、実際に起きたことなのである。

一九四四年十一月、私たちはアウシュヴィッツで働いていた。私は二人の仲間とともに、他の場所で述べた化学実験室にいた。その時、空襲警報が鳴って、その直後に爆撃機が見えた。数百機ほどの編隊で、恐ろしい空襲が行われそうだった。工事現場にはいくつか大きな防空壕があったが、それはドイツ人用で、私たちには禁じられていた。私たちは柵で囲まれた、すでに雪が積もっている未耕地で我慢すべきであった。囚人も民間人も全員が、階段を駆け下りて、それぞれの目的地に向かった。しかし実験室長が、ドイツ人技師が、私たち化学者＝囚人《ヘフトリンゲ》を引きとめた。「おまえたち三人は私と一緒に来い」。私たちは驚きながら、彼に従って防空壕に走ったが、腕に鉤十字の印をつけた、武装した見張りが、入り口に立っていた。見張りは言った。「あなたは入れ。他のものは出て行くんだ」。すると実験室長は言い返した。「彼らは私と一緒だ。全員入れろ、そうでなければ出て行く」。そして彼は強引に中に入ろうとした。殴り合いになった。見張りの方が頑丈な体格をしていたので、分が良かった。だが全員にとって幸運なことに、警報解除のサイレンが鳴った。空襲の目的地は私たちの収容所ではなく、飛行機は北に向かって飛んで行った。もしこうした控えめな勇気が示せる、例外的なドイツ人がもっとたくさんいたら、当時の歴史や今日の地図は違ったものになっていただろう（これもまた仮定の話だ。しかし枝分かれする道の魅力にどうしたら抵抗できるだろうか)。

私はドイツの出版社を信用していなかったので、ほとんど無礼とも言えるような手紙を書いた。私は本文の一語たりとも変更や削除は許さないと警告し、翻訳が進むにつれて、章ごとに、少しずつ翻訳草稿を私のもとに送るように義務づけた。語彙的のみならず、内容的にどれだけ忠実か確かめたかったのだ。かなり良く翻訳された第一章とともに、完璧なイタリア語で書かれた翻訳者の手紙が届いた。出版社が彼に私の手紙を見せたのだった。私は出版社にも、翻訳者にも、危惧を抱く必要などなかった。彼は自己紹介をしていた。私とちょうど同い年で、数年間イタリアで勉強していた。翻訳をする以外に、イタリア文学の研究者で、ゴルドーニを研究していた。彼もまた例外的なドイツ人だった。彼は召集令状を受け取ったが、ナチズムには嫌悪感を抱いていた。そこで一九四一年に偽の病気になり、病院に入院して、必要とされる回復期間を、パドヴァ大学でイタリア文学を勉強して過ごす許可を得た。その後召集延期の通知を受け、パドヴァに残り、コンチェット・マルケージ、メネゲッティ、ピギンらの反ファシズム・グループの接触を受けた。

一九四三年九月に、イタリアが休戦条約を結ぶと、ドイツ軍は二日間でイタリア北部を軍事的に占領した。私の翻訳者は「当然のごとく」、「正義と自由」の系列の、パドヴァのパルチザン部隊に加わった。その部隊はコッリ・エウガネイ地方で、サロ共和国のファシストや彼の同国人と戦っていた。彼は疑いを持たなかった。自分のことをドイツ人よりもイタリア人だと感じており、ナチであるよりもパルチザンであると思っていた。しかしどんな危険を冒しているか知っていた。労苦、危険、疑い、そして不自由。もしドイツ人に捕まったら、残忍な死が待っていた（実際にSSが彼の跡を追っているという情報を得ていた）。さらに自分の国では、脱走兵、そして裏切り者の汚名を着せられるかもしれなかった。

戦争が終わってベルリンに定住したが、当時はまだ壁で分断されていなくて、「四大国」（アメリカ、ソビエト、イギリス、フランス）が共同で統治する非常に複雑な専制体制下にあった。彼はイタリアでパルチザンの経験をへていたので、完全な二言語使用者になっていた。彼は外国なまりのないイタリア語を話した。彼は翻訳を引き受けた。まず第一にゴルドーニだった。なぜならその作品が好きだったし、ヴェネト方言をよく知っていたからだった。同じ理由から、それまでドイツでは知られていなかったアニョロ・ベオルコ、通称ルザンテの作品も翻訳した。だがコッローディ、ガッダ、ダッリーゴ、ピランデッロといった現代作家も翻訳した。割のいい仕事ではなかった。もっと正確に言うなら、彼はあまりにも細部にこだわっていて、一日の仕事に正当な額の報酬を得るには、その仕事ぶりは遅すぎた。しかしながら出版社に勤めることで事態を解決しようとは思わなかった。それには二つの理由がある。自由を愛していたことと、彼の政治的なしくじりが、裏側からだが、微妙に彼にのしかかっていた。だれも面と向かってはっきりと言ったものはいないのだが、脱走兵は、ボンを首都にした超民主主義的なドイツでも、四分割されたベルリンでも、「歓迎すべき人間」ではなかった。『これが人間か』の翻訳は彼を熱狂させた。本は彼にはぴったりで、彼の自由や正義への愛を逆の立場から確認し、具体化していた。それを翻訳することは、ある意味では、道を踏み外した祖国に対する彼の孤独で無謀な戦いを続けることであった。当時私たち二人は旅をするにはあまりにも忙しく、そのため非常にひんぱんに手紙を交換することになった。私たちはお互いに完璧主義者だった。彼はその職業的性向からそうであった。私は、いかなる同盟者を見出しても、それが有能な同盟者であっても、私の本が生気を失い、含蓄を減ずるのではないかと恐れていた。私がそれなりの理由のある、いつもじりじりするような体験をしたのはこれが初めてだった。それは翻訳されるという体験、つまり自分の考えに手が加えられ、改変され、自分の言葉がふるいにかけられ、変更され、あるいは誤解され、あるいは翻訳される言語の予期しなかった語彙によって豊かになるのを見ることだった。

最初の数回分の草稿で、私の「政治的」とも言える疑いは実際には根拠のないものであることが確認できた。私のパートナーは私と同じくらいナチの敵であり、彼の怒りは私のものに勝るとも劣らなかった。しかし言語的な疑問が残った。第4章「意思の疎通」で述べたように、私の本が必要としたドイツ語は、特に会話や引用の部分では、訳者のドイツ語よりもずっと粗野なものであった。訳者は文学者で、洗練された教育を受けていたが、それでも兵舎のドイツ語を知っていた（彼も数カ月間兵役に就いたことがあった）。だが強制収容所の、しばしば悪魔的に冷笑的な、堕落した隠語は、当然のことだが知らなかった。私たちの手紙には提案のリストがつけられ、それに対して新たな提案のリストもつけられたのだが、例えば本書の一二九ページで書いたように、時には一つの言葉で激しい論議が巻き起こることもあった。その図式は一般的なものであった。私は彼に、別のところで述べた、音声的な記憶が支持するある可能性を示した。彼は「それはいいドイツ語ではない、今日の読者には分からないだろう」と言って別の可能性を示した。私は「あそこではまさにそう言っていたのだ」と言って反論した。こうして最終的に統合に、つまり妥協に達した。この経験は、翻訳と妥協が同義語であることを私に教えた。しかしそのころは、私は事実に忠実であろうとする綿密さに押しつぶされていた。その本では、特にそのドイツ語版では、言語になされた暴力が、そのとげとげしさが、少しも失われてはならなかった。とりわけ私はイタリア語の原本で、それをできる限り再現しようと努力したのだった。ある意味では、それは翻訳ではなく、修復だった。それは、私がそう望んだのだが、「原語への移し替え《レスティトゥティオ・イン・プリスティヌム》」であった。事物が生起し、それに属している原語への訳し替えだった。それは本であるよりも、テープレコーダーのテープであるべきだった。

訳者はそれをすぐに、十分に理解し、いかなる観点から見ても素晴らしい翻訳が出来上がった。その原文への忠実さは私自身が判定できたし、ドイツ語の表現はその後にすべての書評家から称賛された。だが序文が問題になった。フィッシャー社は私自身が序文を書くように求めてきた。だが私はためらい、断った。私はわけの分からない慎みと、嫌悪感と、思考の流れや書く手先を妨げる感情的な障害を感じた。私は結局、本の続きとして、つまり証言に続いて、ドイツ人に直接訴えることを、要するに熱弁を、説教を要求されたのだ。私は声の調子を高め、演壇に登らなければならなかった。証人から、判定者に、説教師になり、歴史の理論や解釈を述べなければならなかった。信心の篤いものと不信心なものを分け、第三者からもう一方の当事者にならなければならなかった。こうした任務はすべて私の手に余るものだった。こうした任務は進んで他のものに委譲したかった。ドイツ人かそうでないかは問わず、読者自身に。

私は出版社に、本を歪曲しないような序文を書けるとは思わない、と告げた。そして間接的な解決策を提案した。骨の折れる共同作業が終わった一九六〇年五月に、私は、訳者の仕事に感謝する手紙を書いていた。その一部分を、本文に先駆けて、序文として置くことを提案したのだった。それをこの場で引用してみる。

……こうして今仕事が終わった。私はそれがうれしいし、結果にも満足している。あなたに感謝しているが、同時に少し寂しい。お分かりでしょうが、これは私が書いた唯一の本で、今それをドイツ語に移し替える作業が終わったのだから、私は息子が成人した父親のような気分になっている。息子はもう出て行って、かまうことができなくなる。

だがそれだけではない。あなたはもうお気づきでしょうが、私にとってラーゲルは、ラーゲルについて書いたことは、非常に重要な体験であって、私自身を根本的に変え、私を成熟させ、生きる動機をもたらした。これはうぬぼれかもしれない。しかし今日私は、囚人番号174517は、あなたのおかげでドイツ人に語りかけ、彼らが行ったことを思い出させ、「私は生きている、そしてあなた方に判断を下すために理解したい」と言うことができるのだ。

私は人間の人生が必然的にある限定された目的を持つようになるとは思わない。しかしもし自分の人生について考えてみるなら、そして今までにあらかじめ定められた目的について考えてみるなら、そのただ一つだけを、明確に、意識的に認める。それはこのことだ。つまり証言を持ち帰ること、私の声をドイツ人民に聞かせること、私の肩で手を拭いたカポーに、パンヴィッツ博士（『これが人間か』の「化学の試験」

の章に出てくる人物）に、最後の一人を絞首刑にしたものたちに、そしてその後継者たちに「答える」ことである。

私はあなたが誤解していないことを確信している。私はドイツ人民に憎悪を抱いたことはないし、もしそうしたとしても、あなたを知った後、それから解放された。ある人物を、その人自体ではなく、たまたま属している集団を理由に裁くという考えは、私には理解できないし、耐えられない。（……）

しかし私はドイツ人を理解できると言うことはできない。だがまさに理解できない何物かが、満たすことを求める苦痛な空白を、ある激痛を、永遠に続く刺激を形作るのである。私はこの本がドイツで何らかの反響を呼ぶことを願っている。それは野心のためではなく、その反響の性質がドイツ人をよりよく理解することを可能にし、この刺激を和らげてくれるからである。


出版社は私の提案を受け入れ、翻訳者は熱心に賛意を示した。従ってこの文章が、すべてのドイツ語版の『これが人間か』の序文になった。そして本文を補う構成部分として読まれたのである。このことはまさに、最後の部分で言及した、反響の「性質」から分かったのである。

それは四十通ほどの手紙として姿を現した。それらはドイツ人の読者が、一九六一年から六四年にかけて私に書いたものである。この時期はちょうど危機の時代にまたがっていて、その危機が現在でもベルリンを二つに分割している壁を作った。それは現代の世界で最もあつれきの強い地点で、アメリカとソ連が直接対峙しているベーリング海峡と並び称される、類例のない場所なのである。これらの手紙はすべて、本を注意深く読んだ事実を反映している。そしてそのすべてが、序文の最後の方の文章で暗示した疑問に、つまりドイツ人を理解することができるのかという疑問に答えるか、答えようと努めているか、それへの答えが存在しないことを述べている。それ以外の手紙もその後ぽつぽつと来ているが、本の再版と一致しており、新しくなればなるほど内容が色あせている。手紙の書き手はもはや息子や孫たちで、心の傷は自分のものでも、自分自身で体験されたものでもなかった。それは漠然とした連帯感と、無知と、無関心を表明していた。彼らにとってその過去とは本当の過去で、人から聞いたものであった。それに特にドイツ的というわけでもなかった。例外を除けば、その手紙は同年代のイタリア人から絶え間なく送られてくる手紙と混同してしまうほどであった。従ってこの検証ではそれらを考慮に入れないことにする。

考慮に値する初期の手紙は、そのほとんどが若者からのものであった（そう明言しているものもあったし、読んでそれと分かるものもあった）。その唯一の例外は、一九六二年にハンブルクのT・H博士から送られて来たもので、それを初めに取り上げることにする。なぜなら早くそれを厄介払いしたいからである。ここでは原文のぎこちなさを尊重しながら、重要な箇所を翻訳する。

レーヴィ博士殿、

あなたの本はアウシュヴィッツの生き残りの話の中で、私たちが知った初めてのものです。私と妻は非常に深く感動しました。さてあなたが、恐ろしい現実をすべて生き延びた後、ドイツ人民にもう一度、「理解し」、「反響を呼び起こす」ために呼び掛けているので、私はあえて答えを書こうと思います。でもこれは反響でしかないでしょう。あの種のことはだれも理解することができないのですから！（……）

（……）ある人間が神とともにいないのなら、そのもののすべてを恐れなければなりません。彼は抑制がきかないし、自制ができません。彼には「創世記」八章二一の言葉が当てはまります。「人間の心の知恵は若い時から邪悪なものであるから」。これは無意識の分野では、フロイトの精神分析の恐ろしい発見によって、現代的に説明され、提示されております。これはもちろんあなたもご存じでしょう。いかなる時代にも、抑制もなく、意味もなしに、「悪魔が解き放たれる」事態が起きています。ユダヤ人やキリスト教徒の迫害、南アメリカの住民全体の虐殺、北アメリカのインディアン虐殺、ナルセス将軍のイタリアでのゴート人虐殺、フランス革命やロシア革命の時の恐ろしい迫害や虐殺。だれがこうしたものすべてを「理解」できるでしょうか。

しかしあなたは、なぜヒトラーが権力の地位についたのか、なぜその後私たちは彼のくびきから逃れなかったのか、という疑問に対する特定の答えを期待していることでしょう。さて、一九三三年には（……）あらゆる中道政党は姿を消してしまい、ヒトラーかスターリンか、ナチか共産主義か、という拮抗する二大勢力の間の選択しか残っていなかったのです。第一次世界大戦後の様々な大反乱によって、私たちは共産主義者がどういうものか知っていました。ヒトラーは確かに疑わしく見えましたが、明らかにより小さな悪と思えました。彼の美しい言葉がすべて虚偽と裏切りであるとは、初めのうちは気がつきませんでした。彼は外交では次から次に勝利を収めました。私たちすべての国が彼と外交関係を結び、教皇は真っ先に彼と政教協定を締結しました。私たちが犯罪者で裏切り者の背中に乗っているなどとだれが疑えたでしょうか。いずれにせよ、いかなる罪も裏切られたものには帰せられません。ただ裏切り者だけに罪があるのです。

さてここでより難しい問題、彼のユダヤ人に対する常軌を逸した憎悪について触れなければなりません。しかしながら、この憎悪が民衆に広まったことはありませんでした。ドイツは世界中で、ユダヤ人に対して最も友好的な国である、と正当に見なすことができました。私が読んだり、知っている限りでは、ヒトラー統治下のドイツでは、彼の死に至るまで、ユダヤ人を害するような自発的な侵害や攻撃は一件たりとも知られていませんでした。常にユダヤ人を助ける試みしかありませんでした（とても危険でしたが）。

ここで第二の疑問に移ります。全体主義国家に反抗するのは不可能です。当時世界全体はハンガリー人に援助を与えることができませんでした。（……）もちろん私たちが個々人で抵抗することなどできなかったのです。あらゆる抵抗運動以外に、一九四四年七月二十日に、その日だけで、何千人という将校が処刑されたことは忘れられてはなりません。それは後日ヒトラーが言ったように、「小さな徒党」では決してなかったのです。

親愛なるレーヴィ博士（こう呼ぶのをお許しください、あなたの本を読んだものは親しみを感じざるを得ないのです）、私は弁解も、説明もできません。罪は、裏切られ、迷わされた、私の哀れな人民の上に重くのしかかっています。あなたに再び与えられた命を、平和を、そして私も知っているあなたの美しい祖国を喜んでください。私の書架にもダンテやボッカッチョが並んでいます。

あなたの忠実なるT・H

おそらく夫は知らなかったのだろうが、H夫人もこの手紙に以下のような簡潔な文章を付け加えていた。それも忠実に翻訳することにする。

ある人民が悪魔の囚人になったことを悟るのにあまりにも遅れた時、いくつかの心理的な変化が起きてしまう。

1　人間の中に悪があれば、それはけしかけられてしまう。その結果がパンヴィッツ博士であり、無防備なものの肩で手を拭いたカポーである。

2　また逆に、不正に対する活発な抵抗運動も生まれる。それは自分自身や家族を犠牲にするのだが、目に見えるような成功は得られなかった。

3　そして大部分のものは自分自身の命を救うために、口を閉ざし、危機に瀕した兄弟を見捨てる。

私たちはこうしたことを、神や人間の目の前で、自分の罪として認める。

私はしばしばこの奇妙な夫婦について考えた。夫はドイツの中産階級の大多数がそうであるような、ある典型だと思える。狂信的ではないが、ご都合主義的なナチ党員で、悔いるのに都合がいい時は悔い改め、現代史の彼なりの単純化された説を私に信じさせられると思い込み、ナルセスとゴート人の復讐にあえてさかのぼるほど愚かであるのだ。

妻は夫よりもやや偽善的でないが、考えはこり固まっている。

私は長い返事を書いたが、おそらく怒りながら書いた唯一の手紙だと思う。いかなる教会も悪魔に従うものに寛大ではないし、自分自身の罪を悪魔に帰するような自己正当化は認めない。罪や誤りには自分自身で答えるべきである。さもなければ、実際に第三帝国で起きたように、地表から文明の跡は消えてしまうだろう。彼の選挙の分析は子供だましである。最後の自由選挙であった一九三二年十一月の選挙で、ナチは帝国議会で百九十六議席を得たが、それと並んで共産党は百議席を得ており、明らかに過激主義とは縁遠く、スターリンからは嫌われていた社会民主党は百二十一議席を占めていた。またとりわけ私の書架には、ダンテやボッカッチョとともに、アドルフ・ヒトラーが権力を握るはるか以前に書いた『わが闘争』が並んでいる。この不吉な人物は裏切り者ではなかった。彼は非常に明確な考えを持った、首尾一貫した狂信主義者であった。彼は考えを変えなかったし、隠そうともしなかった。彼に投票したものは、明らかに彼の思考に投票したのである。その本には何も欠けていない。血と領土、生命空間、永遠の敵としてのユダヤ人、「地上の最高の人類」の体現であるドイツ人、ドイツの支配のあからさまな道具と見なされている他の国々。これは美しい言葉ではない。おそらくヒトラーは別のことも言っただろうが、決してこれらを撤回してはいなかった。

ドイツの抵抗運動に関しては、これは彼らの名誉であろうが、実際には一九四四年七月二十日の謀反人たちは、その行動があまりにも遅すぎた。そして最後に私はこう書いた。

あなたの主張の最も大胆なものは、ドイツで反ユダヤ主義が不人気だったということです。これは初めから、ナチの教えの根本にありました。これは神秘的な性質のもので、ユダヤ人は「神から選ばれた民」にはなり得ない、なぜならドイツ人がそうであるからだ、という主張でした。ヒトラーの本や演説で、ユダヤ人への憎悪が強迫観念に至るまでに主張されていないものは存在しません。これはナチズムの二次的な部分ではなく、そのイデオロギー的中心にあったのです。そしてさらには、ユダヤ人に最も友好的であった人々が、いかにして、ユダヤ人をドイツの第一の敵と決めつけ、第一の政治目的を「ユダヤのヒュドラを扼殺する」ことだとしていた政党に投票し、その党首に喝采を送れたのでしょうか。

自発的な侵害と攻撃について言えば、あなた自身の言葉が侵害的です。何百万人もの死を前にして、それが自発的な迫害であったかどうか議論するのは無意味だし、おぞましく思えます。それにドイツ人は自発的に行動する傾向がほとんどありません。思い出していただきたいのですが、飢えた奴隷をドイツの産業に雇うように強制したものは、利益以外にはありませんでした。そして何ものも、トプ社に、ラーゲルの巨大な複合焼却炉を作るように強制しませんでした(同社は今日でもヴィスバーデンで活動を続けています)。SSはおそらくユダヤ人を殺すように命令されたのでしょうが、SSへの入隊は志願制でした。そして私自身がアウシュヴィッツから解放された後、カトヴィツェで見つけたのですが、ドイツ人戸主がアウシュヴィッツの倉庫から成人用や子供用の服や靴をただで持ちさる許可を与える用紙が山と積まれていました。大量の子供用の靴がどこから来たか、だれも疑問に思わなかったのでしょうか。そして「水晶の夜」事件について聞いたことはなかったのでしょうか。その夜に犯された個々の犯罪が法律の力によって強制されたことを考えたことはないのでしょうか。

援助の試みがあったことは知っていますし、それが危険だったことも承知しています。そしてイタリアで生きていて、「全体主義国家に反逆することは不可能である」ことも知っています。しかし被抑圧者に連帯感を示すたくさんのやり方が、さほど危険ではないやり方があることも知っています。それはイタリアではドイツ軍の占領後もひんぱんに見られたのですが、ヒトラー統治下のドイツではほとんどまれにしか見られなかったのです。

それ以外の手紙は非常に異なっていて、よりましな世界を示している。だが心に留めておかなければならないのだが、私が最大限罪を許す意志を発揮したとしても、それらが当時のドイツ人民の「代表的な例」であるとは考えられないのである。まず第一に、私の本は数万部発行されただけで、おそらくドイツ連邦共和国の市民の千人に一人が読んだくらいであった。そしてそれをたまたま買ったものの数は少なくて、読者の多くは何らかの形で事実と衝突する心構えができており、そうした問題に敏感で、意見が浸透しやすい人たちであった。そうした読者の中で、前にも述べたように、わずか四十人だけが私に手紙を書く気になったのである。

四十年間作家活動を続けてきて、私はもはやこの特異な人物に、著者に手紙を書く読者という人物像に慣れてしまった。その範疇ははっきりと二つに分かれている。愉快なものと、不快なものとに。中間的な範疇は非常に少ない。前者は喜びと教訓を与えてくれる。彼らは本を注意深く読んでいる。それはしばしば数度に及んでいる。彼らは本を愛し、理解している。時には著者自身よりも深く。彼らは本から多くを得たと言明し、自らの判断を明確に示し、時には批判をする。作家の仕事に感謝し、しばしば返事はいらないと明確に述べる。後者は煩わしく、時間を失わせる。自らを誇示し、長所を見せびらかす。しばしば引き出しに草稿をためていて、蔦が木にからまるようにして、本や著者にしがみつく意図を見せる。さもなければ強がりや、賭けや、サインをもらうために書いてくる子供や大人だったりする。感謝の念とともにこの章で取り上げている、四十通の手紙を書いたドイツ人はすべて第一の範疇に属している（すでに引用したT・H

氏は例外である。彼は特殊なケースである）。

L・Iはヴェストファリアの図書館員である。彼女は本の半ばで、本を閉じたいという激しい誘惑にかられたと告白している。それは「そこで呼び起こされているイメージから逃げ出すため」であった。しかし彼女はすぐにその利己主義的で、卑劣な衝動を恥じている。彼女はこう書いている。

あなたは序文で、私たちドイツ人を理解したいという希望を述べています。私たち自身も自分のことや、自分がしたことを理解できないと言う時、あなたはこの言葉を信じなければなりません。私たちには罪があります。私は一九二二年に生まれ、アウシュヴィッツからさほど離れていない高シュレージエン地方で育ちました。しかし実際その時には、自分からわずかな距離のところで行われていた、恐ろしい物事について、何も知りませんでした（お願いですからこの私の言葉を、都合のいい言い訳ととらないで、実際の事実として受け取っていただきたいのです）。それでも、少なくとも戦争が勃発するまで、あちこちでユダヤの星をつけた人たちに出会うことがありました。でも私は彼らを家に迎え入れたり、他の人にはそうしたように、もてなしはしませんでした。私は彼らに有利なように手を尽くしませんでした。私の罪とはこのことです。私はただキリスト教的な赦免を頼りにして、この恐るべきうかつさ、卑劣さ、利己主義と折り合いがつけられるのです。

彼女はさらに「贖罪のしるし活動《アクツィオーン・ズューネツァイヒェン》」に属していると書いている。それはプロテスタント教会の若者の組織で、ドイツ軍が戦争で大きく破壊した町の再建を手伝うために、バカンスを外国で過ごすのである（彼女はコヴェントリーに行った）。彼女は両親について何も語っていないが、これは一つの兆候である。両親は事態を知っていて、彼女と話さないのかもしれない。あるいは事態を知らず、「彼の地で」明らかに知っていたものたちと話さなかったのかもしれない。それは軍事輸送に携わった鉄道員、倉庫係、奴隷労働者たちが酷使されていた工場や鉱山の何千人というドイツ人労働者、あるいはいずれにせよ手で目を覆わなかったものたちである。ここで繰り返しておくが、当時のほとんどすべてのドイツ人の、真の、集団的な、全般的な罪は、話す勇気がなかったという罪に尽きるのである。

フランクフルトのM・Sは自分自身に関しては何も言わずに、慎重に区別と弁明を探し求めている。これもまた一つの兆候である。

（……）あなたはドイツ人が理解できないと書いています（……）私は恐ろしい残虐

さや恥辱に敏感なドイツ人として、同国人の手で恐ろしい残虐さが行われたことを最後の日まで自覚し続けるドイツ人として、あなたの言葉に応答すべきだと感じますから、ここで答えたいと思います。

私自身も、あなたの肩で手を拭いたカポーのような人間は理解できません。またパンヴィッツ、アイヒマン、そして他人の責任の陰に身を隠しても自分の責任は回避できないことが分からずに、非人間的な命令を実行したすべてのものたちも理解できません。ドイツには犯罪的な体制の実際の実行者が数多くいたこと、そしてそれはすべて協力する気でいた数多くの人たちのおかげで起きたこと、こうしたことすべてに、ドイツ人として、苦悩を感じないものはいるでしょうか。

しかし彼らは「ドイツ人」なのでしょうか。ある統一的な実態として、「ドイツ人」、「イギリス人」、「イタリア人」、「ユダヤ人」について語ることは正当なことなのでしょうか。あなたは理解できないドイツ人の中の例外もあげています（……）そのあなたの言葉に感謝しますが、無数のドイツ人が（……）苦しみ、邪悪さに対する戦いで死んだことを思い出していただきたいのです（……）

私は本心から、私の同国人たちがあなたの本を読むことを願っています。それはわれわれドイツ人が怠惰で無関心にならないためであり、さらには、われわれ自身、自分の同類を虐待するものがどれだけ低いところまで落ちるのか、自覚を持ち続けるためでもあります。もしこれが実現されるなら、あなたの本は二度と同じことが繰り返されないことに貢献できると思います。

私はM・Sに戸惑いながら返事を書いた。それは結局のところ、私の仲間を（そしてそれ以外のものたちを）抹殺した国民の構成員である、これらの教養ある、礼儀正しい話し相手のすべてに、返事を書く時に覚えたのと同じ戸惑いだった。それは実質的には、神経学者の研究の対象となった犬の戸惑いと同じだった。犬は円にはある方法で、四角には別の方法で反応するように条件付けられているのだが、四角が丸くなり始め、円に似てくるのを見るのだ。その時犬は思考が停止するか、神経症の兆候を見せてしまう。私は特にこう返事を書いた。

私はあなたに賛成です。いかなる区別もない、統一的な実態として、ドイツ人について、あるいは他の国民について語るのは危険だし、不当です。またすべての個人を一つにまとめ、ある判断を下してしまうのも危険だし、不当です。しかしあらゆる国民に、その国民精神が存在することは否定できない気がします（さもなければ、それは国民ではないでしょう）。ドイツ人気質《ドイチュトゥーム》、イタリア人気質、スペイン人気質。それは伝統、習慣、歴史、言語、文化の総和です。自分自身の中にこの精神を感じない人ばかりではなく、人間の文明にも仲間入りしていないのです。従って、「イタリア人は、言葉の最良の意味での国民精神を感じない人は、その国民に十全に属していないはすべて情熱的である。おまえはイタリア人である。従っておまえは情熱的である」という三段論法はばかげていると思いますが、ある限度内であれば、イタリア人の総体から、あるいはドイツ人の総体から、それ以外のものに優先するある集団的な行動を期待することは正当だと思います。もちろん個々の例外はありますが、蓋然論的な、慎重な予見は可能だと私には思えます（……）

（……）私は率直に申し上げたいと思います。四十五歳を越えた年代のドイツ人で、どれだけの人が、ドイツの名のもとにヨーロッパで起きたことを本当に自覚しているのでしょうか。いくつかの裁判の当惑させるような結果から判断する限りでは、ほんのわずかではないかと恐れています。悲嘆にくれた、哀れみを催す声とともに、今日のドイツの富と力を過度に誇る、不調和な、耳障りな声が聞こえるのです。

シュツットガルトのI・Jはソーシャルワーカーである。彼女はこう書いている。

あなたが自分の本から、私たちドイツ人に対する不寛容な憎悪が洩れ出ないようにできたことは、本当に奇跡だと思いますし、私たちに恥ずかしい思いをさせます。そのことであなたにお礼を申し上げます。残念ながら私たちの間には、ドイツ人がユダヤ人に対して、本当にそのような非人間的な残虐行為を犯したことを認めたがらないものが数多くいます。もちろんこうした態度には、多くの様々な理由があるのですが、普通の市民の知力は、私たち「ヨーロッパのキリスト教徒」の中で、このように非道な悪業が起こり得ることを受け入れられない、という単純な事実によるのかもしれません。

あなたの本がこの国で刊行され、多くの若者に光を投げかけることはとても良いことです。何人かの老人の手にも入ればいいでしょう。しかし私たちの「眠れるドイツ」では、それをするには、ある種の文化的な勇気が必要なのです。

私はこう返事を書いた。

（……）私がドイツ人に憎悪を感じていないことに多くの人は驚きますが、そうあってはいけないのです。実際のところ、私は憎悪というものを理解していますが、それをおぼえるのは「個々の人間」にだけです。もし私が判事だったら、自分自身の中の憎悪を抑えつけながらも、ドイツや、他の疑わしいもてなしの国々で、今日も煩わされずに生きている多くの犯罪者に、最も重い刑を科すのにためらわないでしょう。しかしたとえ一人でも無実のものが、犯していない罪で罰せられるのだとしたら、それは恐ろしいことだと思います。

医師のW・Aはヴュルテンベルクからこう書いてきた。

　自分たちの過去と、自分たちの未来（神がいかなるものかご存じです！）の重荷を背負っている私たちドイツ人にとって、あなたの本は感動的な物語以上のものでした。それは助けであり、指針です。そのことに感謝いたします。私は釈明については何も言えません。またその罪が（あの罪です！）簡単に消滅させられるとも思いません（……）私がいかに過去の邪悪な精神から身を引きはなそうと努めても、私が愛するこの国民の一員であり続けることには変わりがありません。この国民は何世紀もの間に、高貴なる平和の作品と同じくらいに、悪魔的な危険に満ちた作品も作り出したのです。私たちの歴史の全時代が収斂する状況の中で、私の国民の偉大さと罪に、私も巻き込まれていることを自覚しています。従って私は、あなたの運命とあなたの国民の運命に暴力を振るったものたちの共犯者として、あなたの目の前にいるのです。

W・Gは一九三五年にブレーメンで生まれた。彼は歴史家であり、社会学者で、社会民主党の活動家である。

（……）戦争の末期、私はまだ子供でした。ドイツ人が犯した恐ろしい犯罪のいかなる部分の罪も、私は負うことができません。しかし恥ずかしいと思います。私はあなたや仲間たちを苦しめた犯罪者たちを憎みます。またいまだにその多くが生き残っている、その共犯者たちも憎みます。あなたはドイツ人が理解できないと書いています。もし死刑執行人やその助手たちのことを言っているのでしたら、私自身も彼らが理解できません。もし彼らがまた歴史の表舞台に出てくるのだとしたら、私は彼らと戦う力を持ちたいと思います。私は「恥ずかしい」と言いました。その言葉で私はこういう感情を表したいのです。当時ドイツ人の手で犯された犯罪は、もう決して起きてはならない、もう決して他のドイツ人によって承認されてはならない、ということです。

バイエルン地方の女子学生、H・Lに関しては、物事は少し込み入っている。彼女は一九六二年に初めて手紙を書いてきた。彼女の手紙はとりわけ生き生きとしていて、最も善意のものも含めた、ほとんどすべての手紙を特徴づけていた鉛のような暗さから解放されていた。あなたは一人の少女ではなく、特に重要な、公的な人物たちから「反響」を待っていると思うが、それでも「子孫であり、共犯者として、他人事ではないと思う」ので手紙を書く、としていた。彼女は学校で受ける教育や、自分の国の最近の歴史について教えられたことに満足しているが、「いつかドイツ人に特有の節度の欠如が、新たな衣装をまとって、別の目的に向かってあふれ出すのではないか」という恐れを抱いていた。彼女は自分の同年代のものたちが、政治を「何か汚いもの」として拒絶するのを嘆いていた。彼女はユダヤ人をけなした聖職者や、十月革命の罪をユダヤ人に帰し、ヒトラーの虐殺を正当な刑罰と考えていたロシア語の女教師に（ロシア人だった）、「取り乱した激しい態度で」抗議をした。その時彼女は、「最も野蛮な国民に属していると いう、いわく言いがたい恥辱感」を覚えた。「いかなる神秘主義や迷信とも関係なしに、私たちドイツ人は自分たちの犯したことへの正当なる刑罰を逃れられない」と確信していた。彼女はある意味では、「私たち、罪を負った世代の子供たちは、その罪を十分に自覚しており、それが未来に繰り返されないようにするために、かつての恐怖や苦痛をいやすことに努めよう」と主張することを許され、そう期待されていると感じていた。

私には彼女が知性のある、偏見のない、「新しい」対話の相手に思えたので、当時のドイツの情勢についてより正確な情報をくれるように求めた（それはアデナウアーの時代だった）。彼女は集団的な「正当なる刑罰」を恐れていたが、私は、ある刑罰が、もし集団的なら、それは正しくはあり得ないし、その逆も言えると主張して、彼女を説得しようとした。彼女は葉書で折り返しの返事をくれて、私の問いにはいくらか調査が必要だと述べていた。少し待ってほしい、可能な限り早く、納得のいくような返事を書く、と言っていた。

二十日後に私は二十三枚の用紙から成る彼女の手紙を受け取った。要するにそれは卒業論文のようなもので、猛烈な勢いで、電話や、手紙や、個人的にインタビューをして、まとめたものだった。この優秀な娘も、善意からだが、彼女自身が告発していた節度の欠如、つまり極端に走る《マースロズィヒカイト》傾向を持っていた。だがこっけいな誠実さでそれを詫びていた。「私は時間がなかったので、もっと簡潔に言えることをそのままにしてしまいました」。私は極端な人間ではないので、最も重要と思える文章を要約し、引用するにとどめる。

（……）私は自分が育った国を愛していますし、母親を敬愛していますが、特定のタイプとしてのドイツ人にはどうしても親近感を持てません。おそらく近い過去に非常に活発に表されたそれらの性質が、あまりにもはっきりと出ていると思えるからかもしれません。あるいはその人の中に本質的に似ている自分を認めて、その自分を嫌っているのかもしれません。

学校についての私の質問に対しては、（資料を添えて）答えていた。その答えによると、連合軍の要請により、教師全体がその当時、「非ナチ化」のふるいにかけられたのだが、素人っぽい、いいかげんなやり方で行われた。そうしたやり方以外に方法がなかった。ある世代全体を追放しなければならなかったからだ。学校では現代史は教えるが、政治についてはほとんど語られない。ナチの過去はあちこちで姿を現すが、その調子は様々である。わずかだがそれを誇りにしたり、それを隠す教師がいる。ほんのわずかだが、それとは無関係だと宣言する教師もいる。ある若い教師は彼女にこう言った。

　生徒たちはその時期にとても強い興味を示すが、もしドイツの集団的な罪について語ると、すぐに反対側に移ってしまう。さらに、多くの生徒は、マスメディアや教師たちの「罪の告白」にはもううんざりだと言明している。

それについてH・Lはこう述べている。

（……）まさに生徒たちの「罪の告白」に対する抵抗から、彼らにとって第三帝国の問題は今でもまだ未解決で、いらだたしく、典型的にドイツ的な問題であることが確認できます。それは彼らよりも前に、それを体験したものたちすべてにとっても同じです。この感情的な反応がなくなった時にだけ、それを客観的に判断することができるでしょう。

別の箇所で、H・Lは、自分自身の経験を語りながら、(かなりもっともらしく)こう書いている。

先生たちは問題を避けませんでした。それどころか当時の新聞を資料にして、ナチの宣伝のやり方を示して見せました。若い時からいかにして新しい運動に、批判もなしに、熱狂的に追随したか、語ってくれました。若者の集会、スポーツ組織などです。私たち生徒は先生たちを激しく攻撃しましたが、今考えてみると、それは間違っていました。状況を理解し、未来を予見するのに、大人よりもうまくできなかったからといって、どうしてそれを責められるでしょうか。そして私たちも、同じ状況に置かれたら、ヒトラーが戦争で若者を征服したその悪魔的な方法を、彼ら以上に上手に暴けたでしょうか。

ここで注目すべきなのは、弁明の方法がハンブルクのT・H博士が使ったのと同じであることだ。当時の証人はだれも、ヒトラーが雄弁家として悪魔的な能力を持っていたことを否定していない。それは政治的触れ合いでも彼に有利に作用した。だからこうした弁明が若者からなされるのは理解できる。それは父の世代全体を弁護しようと努めているからだ。しかし深くかかわりながらも、偽の悔悟しか示さない年長者からのこの種の弁明は受け入れられない。彼らはその罪をただ一人の男に押しつけようとしているのだから。

H・Lはそれ以外にもたくさんの手紙を書いてきたが、それは私の中で相異なる方向への反応を呼び覚ました。彼女は父親について書いてきた。父親は音楽家だったが、不安定で、小心で、感受性が鋭かった。彼は彼女が子供の時に死んでいた。私に父親像を求めているのだろうか。彼女は資料に裏付けられた真剣さと幼児的な空間の間を揺れ動いていた。彼女は万華鏡を送ってきて、それとともにこう書いてきた。

（……）あなたについてもあるはっきりとしたイメージを作り上げました。あなたは恐ろしい運命を逃れて（私の厚かましさをお許しください）、外国人として、まるで悪夢の中のように、私たちの国を徘徊しています。そこで伝説の中の英雄が着ているような服をあなたに縫わなければならないと考えました。それは世界のすべての危険からあなたを守ってくれるものです。

私はそのイメージの中に自分を認められなかったが、そのことは書かなかった。そうした服は人には贈らないものだ、と私は書いた。おのおのが自分で織って、自分自身のために縫わなければならないものなのだ。H・Lはハインリヒ・マンの書いた「アンリ四世」の連作に属する小説を二冊送ってきた。残念ながら私はそれを読む暇がなかった。私はその当時ドイツ語版が刊行された『休戦』を彼女に送った。一九六四年の十二月に、彼女は引っ越し先のベルリンから、金のカフスボタンを送ってきた。それは彼女の友人の金細工師に作らせたものだった。私はあえてそれを送り返すことができなかった。私は彼女に感謝したが、もう他のものは送らないようにと頼んだ。私は本心から、この心やさしい人物を怒らせなかったことを願っている。そして私が自分を守る理由を理解したことを願っている。その後彼女からは手紙が来なくなった。

私はヴィスバーデンの、私と同年代の夫人、ヘティ・Sとの手紙のやりとりを最後に残しておいた。それはその量からも、内容からも、それだけで一つの逸話を構成しているからである。私のH・Sのファイルはそれだけで、他の「ドイツ人からの手紙」をすべて保存しているファイルよりも分厚くなっている。私たちの手紙のやりとりは一九六六年十月から一九八二年十一月まで、十六年間に及んだ。彼女自身の五十通ほどの手紙と（しばしば用紙四、五枚に及んでいた）、私の返信以外に、彼女が自分の子供たち、友人、他の作家たち、出版社、地方自治体、新聞や雑誌に書いた同数ほどの手紙の写しがあった。それは彼女が私に写しを送るほどの重要性があると判断したものだった。また新聞の切り抜きや本の書評もあった。手紙の何通かは「回覧式」のものであった。つまりページの半分はコピーで、宛先が違っても中身は同じだったが、残りの半分は白紙で、個人的な情報や質問が手書きで書き加えられていた。ヘティ夫人はイタリア語を知らなかったので、ドイツ語で書いてきた。私は初めはフランス語で返事を書いたが、フランス語をよく理解できないことが分かったので、長い間英語で書いていた。ずっと後になってから、彼女も喜んで同意したので、私は自分の不確かなドイツ語で返事を書き、写しを添えて送った。彼女はそれに「注釈付きの」訂正をつけて送り返してきた。私たちは二回だけ、実際に会った。一回目はドイツで、私のあわただしい商用の旅行の際に、彼女の家で、二回目はトリーノで、同じくらいあわただしい彼女のバカンスの最中だった。その出会いはさして重要ではなかった。手紙のやりとりの方がずっと大事だった。

彼女の最初の手紙も「理解すること」をきっかけに書き始めていたが、他の手紙とは一線を画した、活力あふれる、激しい調子があった。彼女は私の本を、共通の友人である歴史家ヘルマン・ラングバインから贈られたのだが、それはかなり後のことで、初版がすでに売り切れていた。彼女は州政府の文化評議員として、即座に再版をするように働きかけ、私に手紙を書いてきた。

「ドイツ人」を理解することは、あなたには絶対できないでしょう。私たち自身もできないのですから。なぜならあの時期に、いかなる代償を払っても起きてはならないことが起きたからです。その結果として、私たちの多くにとって、「ドイツ」や「祖国」という言葉はかつて持っていた意味を永遠に失ってしまいました。「祖国」という概念は、私たちにとっては死に絶えました（……）絶対に正当化できないのは、忘れることです。そのために、若い世代にとって、あなたが書いたような本は重要なのです。それは非人間的な出来事を非常に人間的に描いています（……）ある作家が暗黙裡に自分自身についてどれだけ表現できるか、そしてそれゆえ人間全般についてどれだけ表現できるか、あなたは十分には理解していないでしょう。まさにこれがあなたの本のすべての章に重みと価値を与えるのです。何にもまして、あなたがブナの実験室について書いた部分が私を動揺させました。あなたがた囚人が私たち自由市民を見ていた見方は、まさにあの通りだったのですね！

その少し後で、彼女は秋になって地下室に石炭を運んで来た、あるロシア人の囚人について語っている。彼に話しかけることは禁じられていた。彼女はその男のポケットに食物とたばこを入れた。するとそのロシア人はお礼の言葉としてこう叫んだ。「ハイル・ヒトラー！」。だがフランス人女性の若い「志願」労働者と話すことは禁じられていなかった（当時のドイツは、位階制と差別的な禁令の入り組んだ迷宮だった！「ドイツ人からの手紙」や、特に彼女のものが、想像以上のことを語っている)。ヘティは彼女を収容所から連れ出し、家に招き、コンサートにまで連れて行った。その女性労働者は収容所では体を十分に洗えなくて、シラミがわいていた。しかしヘティはそのことをあえて指摘できなかった。彼女は当惑したが、その当惑を恥ずかしく思った。

この彼女の最初の手紙に対して、私はこう答えた。私の本はドイツで反響を呼んだが、それは最も読む必要がない人たちの間であった。私に悔悟の手紙を書いてきたのは無実のものたちで、罪のあるものたちではなかった。当然のことだが、彼らは口をつぐんでいた。

その後の手紙で、ヘティは(簡潔化のために彼女をこう呼ぶことにする。私たちは二人称の親しい言い方で呼び合うには至らなかったのだが)、彼女なりの間接的なやり方で、少しずつ、自分自身の輪郭を示してきた。彼女の父親は教育者で、一九一九年まで社会民主党で活動していた。一九三三年にヒトラーが権力の座についた時、父親はすぐに職を失い、家宅捜索が行われ、経済的に困窮し、家族はより狭い住居に移らざるを得なかった。一九三五年にはヘティが高校から追放された。それはヒトラーの青年組織に入るのを拒絶したためだった。彼女は一九三八年にIGファルベンの技師と結婚し、すぐに二人の子供を得た(このために彼女はブナの実験室に興味を持ったのだった!)。一九四四年七月二十日の、ヒトラーへのクーデター計画の後で、父親がダッハウ収容所に監禁され、彼女の結婚生活は危機に陥った。なぜなら彼女の夫はナチには入党していなかったが、「当然なされるべきだったことをするために」、ヘティが彼女自身と彼と子供たちを危機に陥らせることに耐えられなかったからである。それは父親がとらわれている収容所の窓口に、毎週いくばくかの食物を持って行くことだった。

（……）彼には私たちの努力が完全にばかげたものに思えていたのです。私たちは一度家族会議を開き、父親に助けの手を差し伸べられるか、もし可能性があるならそれは何か、検討してみることにしました。だが夫は「あきらめるしかない、もうその姿を見ることはないだろう」としか言いませんでした。

だが戦争が終わると、父親は戻って来た。しかし亡霊のようになっていた（そして数年後に死んだ）。ヘティは父親に強い結び付きを感じていたので、改新された社会民主党で活動するのを義務と感じた。夫はそれに賛成せず、喧嘩になり、彼は離婚を要求し、結局離婚することになった。彼の再婚相手は東プロイセンからの難民で、ヘティは二人の子供を通じて、彼女と節度のある関係を保っている。その再婚相手がかつて、父親や、ダッハウや、ラーゲルについて、次のように言った。

私があなたの言っているようなことを聞いたり、読んだりするのに耐えられないからといって、悪く思わないでください。私たちが逃げ出さなければならなかった時は、本当にひどかったのです。悲惨だったのは、私たちが、その前にアウシュヴィッツからの囚人が退避した、その道を通ったことでした。道の両側には死体の壁ができていました。その光景を忘れたいのですが、そうできません。まだ夢に見るのです。

父親が帰還した直後に、トーマス・マンがラジオで、アウシュヴィッツとガス室と焼却炉のことを語った。

私たちはみな心をかき乱されながらそれを聞き、長い間黙っていました。父は口を閉ざし、ふくれ面をしながら歩きまわっていました。私は彼に尋ねました。「人々をガスで殺し、それを焼却し、髪の毛や皮膚や歯を使うなんて、そんなことはあり得るの」。すると彼はダッハウから解放されたにもかかわらず、こう答えました。「いや、考えられない。トーマス・マンともあろうものが、そんなおぞましいことを信じてはならない」。しかしながらすべてが真実だったのです。数週間後に証拠が示され、私たちはそれを確信したのでした。

また別の長い手紙では、彼らの「国内移民」としての生活を書いてきた。

私の母にはユダヤ人の親友がいました。彼女は未亡人で、一人で生きていました。子供たちは移民で出て行きましたが、彼女はドイツを去る決心がつきませんでした。私たちも迫害されていましたが、「政治犯」でした。私たちの事情は違っていて、多くの危険があったにもかかわらず、幸運にも恵まれました。私はそのユダヤ人女性がある晩、暗くなってから、私たちのもとに来て、こう言ったのが忘れられません。「お願いですからもう私を訪ねて来ないでください。そして私がもうあなた方のもとに来ないのを許してください。お分かりでしょう、あなた方が危険になるのです……」。もちろん私たちは彼女を訪ね続けました。彼女がテレージエンシュタットに送られてしまうまで。その後彼女の姿は見なかったし、彼女のために「何もしませんでした」。私たちに何ができたでしょうか。それでも何もすることができなかったという考えが、今でも私たちを苦しめるのです。お願いです、分かってください。

彼女は一九六七年に、安楽死の裁判を傍聴した話を書いてきた。被告の一人のある医師は、精神病患者に毒物を注射するよう個人的に命令されたが、職業的良心からそれを拒否したと法廷で述べた。しかしそれにひきかえ毒ガスの栓をひねることは、彼には快くはないことだった、つまり我慢すればできることだった。ヘティが家に帰ると、掃除を依頼しているある戦争未亡人の女性が熱心に掃除をしていて、息子が食事を作っていた。三人はテーブルにつき、彼女は息子に裁判で見聞きしたことを話した。すると不意に、

（……）彼女はフォークを置いて、攻撃的な調子で話に割って入ってきました。「今やっているそういう裁判が何の役に立つの。私たちの哀れな兵士はほかに何ができたの、もしそういう命令が来たのだったら。私の夫がポーランドから休暇で帰ってきた時、こう言った、『ユダヤ人を銃殺することしかしていない。いつもユダヤ人の銃殺だ。あまりにも撃ちすぎて、腕が痛くなってしまった』。でもこう命令されたのだとしたら、ほかに何ができるの」（……）私は彼女の哀れな夫が戦死したことを祝う誘惑を抑えつけながら、彼女を解雇しました……どうです、分かるでしょう、ドイツで私たちはまだこういう人たちの中で暮らしているのです。

ヘティは長い間、ヘッセン州の文化省で働いていた。彼女は勤勉で過激な官吏であり、論争を呼ぶ書評の書き手であり、若者向けの集会や会議の「熱心な」主催者だった。また同様に自分の党の勝敗にも情熱を傾けていた。彼女は一九七八年に年金生活に入った

のだが、彼女の文化生活はさらに豊かなものになった。彼女は旅行、講演、言語学的な討論について書いてきた。

彼女はとりわけ、その生涯を通じて、人間との出会いに熱心で、貪欲なほどだった。長期間続いて、実り多かった私との出会いは、そうした数多くの出会いの一つでしかなかった。「私の運命は、ある運命を持つ人間の方に私を押しやる」。彼女はこう書いてきたことがある。しかし彼女を押していたのは運命ではなく、召命であった。彼女は人間を探し、発見し、彼らを接触させ、その出会いや衝突に興味を示した。ジャン・アメリーの住所を私に知らせ、彼に私の住所を知らせたのは彼女だったが、それには条件が付いていた。私もアメリーも彼女に手紙のコピーを送ることだった（実際にそうしたのだった）。彼女は私がミュラー博士の足跡をたどるのにも大きな役割を果たした。ミュラー博士とはアウシュヴィッツの化学者で、その後彼の会社から化学製品を買うことになったのだが、かつての行為を悔い改めていた。私は彼のことを『周期律』の「ヴァナディウム」の章で書いた。彼は彼女の元夫の同僚であった。彼女は「ミュラー・ファイル」についても、当然の権利として、コピーを求めた。その後彼女はミュラーに、私についても知性あふれる手紙を書き、私にも彼について手紙を書いてきて、「お知らせのコピー」をしかるべく双方に送った。

一度だけ私たちは（少なくとも私は）意見の不一致を感じたことがあった。一九六六年にシュパンダウの連合軍刑務所からアルベルト・シュペーアが釈放された。周知のように、彼はヒトラーの「宮廷建築家」であり、一九四三年には戦時産業大臣に任命された。彼は戦時産業大臣として、「私たち」が労苦と飢えで死んでいた工場の組織のかなりの部分に責任があった。彼はニュルンベルク裁判では、被告の中で唯一、自分が知らなかったことについても有罪だと認めた。さらには、まさに知ろうとしなかった点で有罪であるとした。彼は二十年間の禁固刑を科されたが、その期間を獄中回想記を書くのにあて、それは一九七五年にドイツで出版された。ヘティは初めはためらっていたが、その本を読んでみて、深く心をかき乱された。彼女はシュペーアに面会を申し込み、二時間話し合った。彼女はぜひ読むべきであると言って、ラングバインのアウシュヴィッツに関する本と、『これが人間か』を彼のもとに残した。シュペーアは私のもとに送るようにと、『シュパンダウ日記』を一冊彼女に託した。

私はこの本を受け取り、読んでみた。それは教養ある、明晰な頭脳と、本心からと思える改心の跡を見せていた（しかし頭のいい人間はそれを偽ることができる）。シュペーアは、その本からは、シェークスピア的な人間と思えた。途方もないほどの野心を持ち、そのために目をくらまされ、堕落してしまったが、野蛮人でも、卑劣漢でも、奴隷でもなかった。私はできるならばこの本を読みたくなかった。なぜなら私には判断を下すことが苦痛だからだ。特にシュペーアのような人間は。一筋縄ではいかない、もはや代償を払った罪人は。私はいらだちを見せながらヘティに書いた。「一体何があなたをシュペーアのもとに押しやったのですか。好奇心ですか、義務感ですか、『使命感』ですか」

彼女はこう返事を書いてきた。

あなたが正しい意味でこの本のもたらすものを受け取ったことを願っています。あなたの疑問ももっともです。私は彼と直接対面したかったのです。ヒトラーに支配されるままになり、彼の創作物となった人間がどういうものか見たかったのです。彼はアウシュヴィッツの虐殺が心の傷になったと言っていますが、私はその言葉を信じます。彼はなぜ「見ることも知ることも望まない」ようなことが可能だったのか、という疑問に取りつかれています。つまりなぜすべてを抑圧してしまったのか、ということです。私には自己弁護を求めているようには見えませんでした。彼は、彼にとっても理解不可能なことを、理解したがっています。彼は捏造などせず、公正に戦い、自分の過去に苦しんでいる人物のように見えます。私にとって彼は「鍵」となりました。彼は象徴的人物、ドイツの逸脱の象徴です。彼は非常な苦痛を覚えながらラングバインの本を読みました。あなたの本も読むと約束しています。その反応についてはお知らせします。

私はほっとしたのだが、この反応は私のもとまで届いて来なかった。もしアルベルト・シュペーアの手紙に返事を書かなければならなくなったら（教養ある人間同士の習慣に従って）、私は問題を抱えただろう。一九七八年に、ヘティは、私の手紙に不賛成の意を読み取って、私に詫びながら、再度シュペーアを訪れたが、幻滅して帰って来た。彼はもうろくし、自己中心的になり、尊大で、過度に豪奢な建築家としての過去を愚かなほど誇りにしていた。その後私たちの文通の内実は、より現実的であるがゆえに、より気がかりな主題へと移っていった。モーロ事件、カプラーの脱走、シュタムハイム特別刑務所での、バーダー＝マインホフ・グループのテロリストたちの、同時に起きた死。彼女は自殺という公的発表を信じようとした。私はそれを疑った。シュペーアは一九八一年に死に、ヘティは一九八三年に急死した。

私たちの友情はほとんど手紙によるものだったが、長く続き、実りが多く、しばしば愉快なものだった。もし私たちの人生の道筋が大きく違っていたことと、地理的言語的距離を考えるなら、これは奇妙なことであった。しかし私のドイツ人の読者の中で、彼女だけが「必要な資格を備えていた」ことを認めるなら、つまり罪の意識に絡めとられていなかったことを認めるなら、さほど奇妙ではなかった。そして彼女の好奇心は私のものでもあり、私がこの本で論じた同じ主題に彼女もいらだっていたことを考えるなら、少しも不思議ではなかったのである。

結論

私たちナチのラーゲルの生き残りが保持している経験は、ヨーロッパの新しい世代には関係のないもので、年月がたつにつれてますます関係のないものになってゆく。一九五〇年代や六〇年代の若者にとって、それは父親たちの出来事だった。それは家庭で語られたし、その記憶はまだ実際に見聞きしたことの新鮮さを保っていた。現在の一九八〇年代の若者にとっては、それは祖父の時代の出来事である。遠く、ぼやけている、「歴史的」出来事である。彼らは今日の、異なった、緊急な問題に悩まされている。核戦争の脅威、失業問題、資源の枯渇、人口爆発、猛烈な勢いで革新されるテクノロジーと、それに適応する必要性。世界の輪郭も大きな変貌を遂げた。ヨーロッパはもはや地球の中心ではない。植民地帝国は、独立を渇望するアジアやアフリカの人々の圧力に屈し、解体されたが、新たな悲劇や、新興国間の戦いを生み出すことになった。不定の未来の時期まで二つに分割されたドイツは、「尊敬すべき」国になり、事実ヨーロッパの運命を握っている。第二次世界大戦の結果として生まれた、アメリカ合衆国－ソビエト連邦の二頭政治は残っている。しかし先の大戦の、ただ二つの勝者の政府が依拠しているイデオロギーは、その信憑性と輝きの多くを失っている。成熟の時代に、ある懐疑的な世代が顔を出している。彼らは理想がなくはないが、確信に欠けており、啓示された偉大な真実には警戒を示している。しかし小さな真実を受け入れるのには熱心である。それは操作されているか、枠組みから外れた、文化的流行の大波にもまれて、日々変化するものである。

私たちには、若者と話すことがますます困難になっている。私たちはそれを義務であると同時に、危険としてもとらえている。時代錯誤と見られる危険、話を聞いてもらえない危険である。私たちは耳を傾けてもらわなければならない。個人的な経験の枠を越えて、私たちは総体として、ある根本的で、予期できなかった出来事の証人なのである。まさに予期できなかったから、だれも予見できなかったから、根本的なのである。それはいかなる予見にも反して起こった。それはヨーロッパで起こった。信じ難いことに、ワイマル共和国の活発な文化的繁栄を経験したばかりの、文化的な国民全体が、今日では笑いを誘うような道化師に盲従したのである。だがアドルフ・ヒトラーは破局に至るまで、服従と喝采を得ていた。これは一度起きた出来事であるから、また起こる可能性がある。これが私たちが言いたいことの核心である。

それは地上の至るところで起きる可能性がある。この、可能性がある、という言い方は、確実に起きるとは断言できない、という意味ではない。前にも述べたように、ナチの狂気を解き放ったすべての要因が、再度、同時に生ずることはほとんどあり得ない。だがいくつかの前触れ的な兆候が姿を現している。暴力は、「有益」か「無益」かを問わず、私たちの目の前にある。それは気まぐれな、個人的な逸話としてか、あるいは国家の非合法行為として、私たちが普通第一世界、第二世界と呼んでいる両方の地域で、ひそかに広がっている。つまり議会制民主主義の国々と、共産主義圏の国々である。第三世界では、暴力は風土病的で、伝染性を持っている。そこでは暴力を組織し、合法化し、それが必要不可欠だと宣言して、世界を汚染する、新たな道化師だけが待ち望まれている(その候補者には事欠かない)。不寛容、権力への野望、経済的理由、宗教的、政治的狂信主義、人種摩擦などで生み出される、未来の暴力の大波から逃れられると保証できる国はほとんどない。だから感覚を研ぎすまし、予言者、魅力的な魔法使い、良き道理に支えられていない「美しい言葉」を述べたり書いたりするものに、警戒をする必要があるのだ。

戦いは必要である、という醜悪な言い方がなされてきた。人類はそれなしではいられないと言われてきた。また地域紛争、路上、工場、スタジアムでの暴力は、全般的な戦争の等価物で、それを防止する効果を持つ、それはてんかんの小発作が、大きな病気を予防するのと同じである、という言い方もされてきた。さらにヨーロッパでは四十年間戦争が起きなかった、とも言われてきた。ヨーロッパでこれほど長く続いた平和は、歴史的な例外だと言うのである。

これは欺瞞的な、疑わしい論議である。悪魔は必要ない。いかなる場合でも戦争や暴力は必要ない。テーブルについて解決できない問題など存在しない。相互に善意と信頼感がある限りは。あるいは相互に恐怖心がある場合も。それは現在の果てしない膠着状態で示されているように思える。そこでは巨大勢力が礼儀正しい顔や冷酷な顔をして相対しているが、和平の仲裁役の代わりに、精巧な武器やスパイや傭兵や軍事顧問を送り込んで、自分たちの「保護国」の間で残忍な戦いを起こさせるのに(あるいは起こるままにさせるのに)少しも遠慮がない。

また予防的暴力の理論も受け入れ難い。暴力からは暴力しか生まれず、その振り子運動は時がたつにつれて、静まるどころか、大きくなる。事実、今日の暴力は、ヒトラーのドイツで優位を占めたものから枝分かれしたということが、多くの兆しから考えられるのである。もちろん遠い過去にも、最近にも、そうしたものがなかったわけではない。しかしながら、第一次世界大戦当時の、理性を欠いた大虐殺の中でも、敵との間の相互理解という特徴は生き延びていて、囚人や無防備な市民への慈悲の痕跡、協定の潜在的尊重といったものは生き残っていた。信仰心のあるものはそれを「神へのある種の恐れ」とでも言うことだろう。敵は悪魔でもうじ虫でもなかった。ナチの「神はわれらのもとに《ゴット・ミット・ウンス》」以降すべてが変わった。ゲーリングのテロリズム的空爆に対抗して、連合軍は「じゅうたん爆撃」を行った。一国民や一つの文化の破壊は可能であることが示され、それ自体、統治の道具として望ましいことが提示された。奴隷的労働力の大量搾取はヒトラーがスターリンの学校で学んだものだが、それが戦後ソビエト連邦に里帰りし、何倍にも増殖した。ドイツやイタリアからの頭脳流出と、ナチの科学者に追い越されるのではないかという恐怖が合体して、核兵器が生み出された。大難破後のヨーロッパから逃げ出した、絶望したユダヤ人の生き残りたちは、アラブ世界の真ん中にヨーロッパ文明の孤島を作り出した。それは驚嘆すべきユダヤ主義の蘇生であったが、新たな憎悪の口実にもなった。大敗北以降、ナチの静かな四散は、地中海や大西洋や太平洋に面した十以上の国々の軍隊や政治家に、迫害と拷問の技術を教えることになった。多くの新たな独裁者たちは、引き出しにアドルフ・ヒトラーの『わが闘争』を入れている。それはおそらくいくらかの修正か、どこか名前を変えることで、また新たにタイミング良く出てくる可能性がある。

ヒトラーの例は、工業化の時代に行われる戦争が、たとえ核兵器を使わなくても、どれだけ破壊的なものになるか示した。ベトナムでの痛ましい企て、フォークランド紛争、イラン＝イラク戦争、カンボジアやアフガニスタンの内戦はその実例である。しかしながら少なくとも何度かは、少なくとも部分的には、歴史的罪が罰せられることも示した（残念ながら、数学者流の厳密な意味ではないが）。第三帝国の権力者たちは、絞首台に送られるか、自殺した。ドイツは、ある世代を大幅に減らすことになった、聖書的な「第一子の虐殺」を経験し、長年のドイツ的な誇りを終焉させた二分割を被った。もしナチズムが初めからあれほど冷酷さを示さなかったなら、その敵たちの同盟は形成されなかったか、戦争が終わるまでに分断されたかもしれない、と想定するのはばかげたことではない。ナチや日本が望んだ世界戦争は自殺的な戦争であった。すべての戦争はそうしたものとして、恐れられるべきだと私は思う。

第7章で検討したステレオタイプに、私は最後に一つ付け加えたい。時が隔たるにつれて、若者たちが私たちに、非常にしばしば、執拗に問いかけてくる問いがあった。それは私たちを「迫害したものたち」がだれだったのか、いかなる種類の人間だったのか、という問いだった。それは私たちの元獄吏やSSを指しているが、その問いかけは、私の考えでは適切ではない。それはゆがんだ、生まれの悪い、サディストの、生来の悪徳に染まった人物を連想させる。だが彼らは、素質的には私たちと同じような人間だった。彼らは普通の人間で、頭脳的にも、その意地悪さも普通だった。例外を除けば、彼らは怪物ではなく、私たちと同じ顔を持っていた。ただ彼らは悪い教育を受けていた。彼らの大部分は粗野で勤勉な兵卒や職員であった。その何人かはナチの教えを狂信的に信じていたが、多くは無関心か、罰を恐れているか、出世をしたいか、あまりにも従順であった。すべてのものが学校で、恐ろしい錯誤の教育を提供され、押し付けられていた。それはヒトラーとその協力者たちによって望まれ、ＳＳの軍事教練《ドリル》で完成されたものだった。この軍隊に、何人かは、それがもたらす威信のために、その絶大な権限のために、あるいは単に家庭の困難さを逃れるために入隊した。そして実際にはその中のほんのわずかなものが、改心したり、前線に転属を求めたり、囚人を慎重に助けたり、あるいは自殺を選んだりした。彼らはその程度の差こそあれ、全員に責任があったのは言うまでもないが、彼らの責任の背後には、大多数のドイツ人たちの責任があることも明確にしなければならない。彼らは初めは、知的怠惰さ、近視眼的な計算、愚かさ、国民的誇りなどから、ヒトラー伍長の「美しい言葉」を受け入れ、幸運と、良心を欠いた破廉恥さが有利に働く限り、彼について行った。そして彼の破滅で足をすくわれ、死と窮乏と後悔に苦しめられることになった。彼らが現実主義的な政治のゲームによって力を回復できたのは、その数年後のことだったのである。

訳注

1 邦訳『殺人者はそこにいる』(一九六八年、朝日新聞社刊)。ただし日本語版とイタリア語版は内容に相違があるようである。

2 フランツ・シュタングル(一九〇八~七一)。ナチ・ドイツの官僚。トレブリンカ抹殺収容所所長。第二次世界大戦末期、証拠湮滅を図って収容所を破壊、南米に逃亡したが逮捕された。

3 ウーゴ・フォスコロ(一七七八~一八二七)。イタリアの詩人。自由主義的進歩思想に影響を受け、詩作を始めたが、理想と現実の落差に苦しむことになった。愛国主義的立場から様々な運動に参加したが、やがて幻滅し、ロンドンに亡命して、イギリスで客死した。墓を主題にした詩集『墓所に寄せる』(一八〇七)がある。

4 アルベルト・シュペーア(一九〇五~八一)。建築家、ナチの政治家。ヒトラー付きの建築家として活躍し、一九三七年以降ベルリン建設総監としてベルリン大改造計画を構想。一九四二年に兵器武装大臣に、四三年に戦時産業大臣に任命され、戦時産業の振興に努めた。ニュルンベルク裁判で二十年の禁固刑を受けた。

5 カール・アドルフ・アイヒマン（一九〇六〜六二）。親衛隊将校としてユダヤ人強制移送の問題に携わり、「ユダヤ人問題」解決の実行責任者になった。第二次世界大戦後、アルゼンチンに潜伏したが、イスラエル当局に逮捕され、エルサレムでの裁判後、絞首刑になった。

6 ルドルフ・ヘス（一九〇〇〜四七）。若くして軍隊に入り、一九二一年ナチ党に入党。一九四〇年にアウシュヴィッツ強制収容所所長になり、毒ガスを使った大量虐殺の方法を考えだした。一九四七年ポーランド最高人民裁判所で裁かれ、絞首刑になった。

7 ルイ・ダルキエ・ドゥ・ペルポワ（一八九七〜一九八〇）。一九三〇年代からフランスで反ユダヤ主義的活動をし、一九四二年からヴィシー政権下で、ユダヤ人の強制移送に携わった。一九四七年にスペインに逃れ、死ぬまで当地に留まった。

8 ウゴリーノ・デッラ・ゲラルデスカ伯爵（一二八九年没）。名家の出身で、ピーサの執政長官を務めたが、ルッジェーロ・デリ・ウバルディーニ司教と対立し、息子や孫とともに捕らえられ、牢獄で餓死した。ダンテの『神曲』「地獄篇」第三十二歌に登場する。

9 アルベルト・ダッラ・ヴォルタ（一九二二〜四五）。マントヴァで生まれ、一九三六年にブレシャに移住した。父のグイードは医薬品の卸売りに携わっていた。アルベルトはモーデナ大学で化学を学んでいたが、一九四三年十二月に逮捕され、父とともにアウシュヴィッツ強制収容所に送られた。一九四五年一月、アウシュヴィッツ強制収容所からドイツに移動する「死の行軍」の際に、死亡したと推定されている。

10 アレッサンドロ・マンゾーニ（一七八五〜一八七三）。イタリアのロマン主義を代表する国民的作家。『婚約者』（決定版、一八四二）は不朽の名作として読み継がれている。

11　邦題『ゼロ地帯』（一九六〇）。

12　ヘルマン・ラングバイン（一九一二〜九五）。ウィーンで生まれ、スペイン市民戦争に参加し、フランスで抑留された後、一九四一年にドイツの強制収容所に送られた。ダッハウ、アウシュヴィッツなどの強制収容所を転々としながら、秘密裏に抵抗運動組織を作った。*Menschen in Auschwitz* (1972) など、多数の著作がある。

13　オイゲン・コーゴン（一九〇三〜八七）。ミュンヘンで生まれ、一九三〇年代から反ナチ活動を行い、何度か逮捕された後、一九三九年にブーヘンヴァルト強制収容所に送られ、六年間抑留された。*Der SS-Staat* (1946)（邦訳『SS国家』二〇〇一）が代表作。

14　ハンス・マルサレク（一九一四〜二〇一一）。チェコ系のオーストリア人植字工。反ナチ活動により逮捕され、一九四二年にマウトハウゼン強制収容所に抑留された。一九四五年に解放され、警察で働くかたわら、マウトハウゼン強制収容所の保存に力を尽くした。*Mauthausen mahnt!* (1950) などの著作がある。

15　ミクロシュ・ニスリ（一九〇一〜五六）。ユダヤ系のハンガリー人。一九四四年に妻、娘とともに、アウシュヴィッツ強制収容所に移送され、解剖医として、メンゲレの下で働いた。解放後、回想録 *Dr. Mengele boncolóorvosa voltam az Auschwitzi Krematóriumban* (1946) を書いた。

16　ハイム・ルムコフスキ（一八七七〜一九四四）。ユダヤ系のポーランド人。一九四〇年からウーチ・ゲットーの運営に携わった。

17　ガブリエーレ・ダンヌンツィオ（一八六三〜一九三八）。作家、詩人。ニーチェに影響を受け、超人思想を作品に投影するだけでなく、実行しようとした。特に第一次世界大戦後に、その結果への不満から行ったフィウーメ占領（一九一九）は有名。

18　ハンス・ビーボウ（一九〇二～四七）。ブレーメンに生まれ、コーヒー豆輸入などの仕事に携わったが、一九四〇年からウーチ・ゲットーの管理、運営を主導した。戦後ドイツに逃れたが、逮捕され、ウーチで裁判を受け、処刑された。

19　ジャコモ・レオパルディ（一七九八～一八三七）。イタリアのロマン主義を代表する詩人で、ペシミスティックな作風で知られている。代表作である詩集『カンティ』の第二十四歌は「嵐の後の静けさ」と題されている。

20　イタロ・ズヴェーヴォ（一八六一～一九二八）。トリエステ出身のユダヤ人作家。自然主義的傾向の作品から出発して、人間の意識の内面を探る作風を前面に出し、新境地を開いた。『ゼーノの意識』（一九二三）が代表作。

21　Ella Lingens-Reiner, *Prisoners of Fear*, Victor Gollancz, London, 1948.

22　Hans Marsalek, *Mauthausen*, La Pietra, Milano, 1977.

23　ファシズム統治下では、イタリア語の「純化」が唱えられ、非イタリア語的響きをもつ地名はイタリア語化され、女性的な印象を与える「レイ（あなた）」は「ヴォイ（あなた）」に変えられるなどの政策が取られた。

24　リディア・ロルフィ（一九二五～九六）。モンドヴィに生まれ、教員をしていたが、レジスタンス活動に参加し、一九四四年四月に逮捕され、同年六月にラーフェンスブリュック強制収容所に移送された。一九四五年五月に解放され、イタリアで再度教員として働くかたわら、強制収容所について多くの本を書いた。*Le donne di Ravensbrück* (con Anna Maria Bruzzone, 1978) が代表作。

25　一九四三年七月二十五日、ムッソリーニが失脚し、バドリオ政権が誕生した。同政権は連合国と休戦協定を結んだが（一九四三年九月八日）、ナチス・ドイツはイタリアの戦線離脱を許さず、イタリアを占領し、国内は内戦状態になった。

26　ギッタ・セレニー（一九二一～二〇一二）。*Into That Darkness* (1974)（邦訳『人間の暗闇』二〇〇五）

27　ユリウス・シュトライヒャー（一八八五～一九四六）。一九二二年ナチ党に入党し、反ユダヤ主義的新聞「シュテュルマー（突進者）」を創刊して、反ユダヤ主義のプロパガンダをした。一九四五年に逮捕され、ニュルンベルクで裁判にかけられ、一九四六年に処刑された。

28　カルロ・レーヴィ（一九〇二～七五）。画家、作家。表現主義の影響を受けた絵画を描いていたが、反ファシズム運動に参加し、捕らえられ、流刑囚としてバシリカータ州アリアーノに抑留された。その地の人々の生き方に共感を寄せた『キリストはエボリで止まった』（一九四五）（邦訳二〇一六）が代表作。

29　ジャン・サミュエル（一九二二～二〇一〇）。アルザス地方ヴァスロンヌ生まれのユダヤ系フランス人。一九四四年三月に逮捕され、アウシュヴィッツ強制収容所に送られた。彼は『これが人間か』でピコロのジャンとして登場する。フランスに帰国後はアルザスで薬局を経営した。アウシュヴィッツに関しては長い間沈黙を守っていたが、一九八〇年代から積極的に証言をするようになり、回想録 *Il m'appelait Pikolo* (2007) を書いた。

30　フランチェスカ・ダ・リミニ（一二八五ごろ没）。ラヴェンナの名家出身で、ジャンチョット・マラテスタのもとに嫁いだが、その弟パオロと恋仲になり、夫に殺された。ダンテの『神曲』「地獄篇」第五歌に登場する。

31 ノルベルト・ボッビオ（一九〇九〜二〇〇四）。イタリアの哲学者、法学者。法と社会の関係に注目しながら、イタリアの法哲学の改新に努めた。終身上院議員であり、積極的に社会的発言を行った。

32 マルカ（マラ）・ツィメトバウム（一九一二〜四四）。一九四二年九月に逮捕され、アウシュヴィッツ強制収容所に送られた。一九四四年六月、恋人のエデク・ガリンスキと逃亡を図ったが失敗した。

33 ローマのジャニコロの丘のふもとにある刑務所。

34 ジョヴァンニ・パスコリ（一八五五〜一九一二）。詩人。十九世紀末から二十世紀初頭のイタリア文学を代表する詩人。象徴主義の影響を受け、後期ロマン主義的な、ペシミスティックな傾向の詩を書いた。

35 マンゾーニの長編小説。注10を参照のこと。

訳者あとがき

『溺れるものと救われるもの』(一九八六)はプリーモ・レーヴィが死ぬ一年前に刊行されているが、その構想自体はかなり前から温められていた。レーヴィはすでに一九七九年に、ジョルジナ・アリアン・レーヴィのインタビューで、どのような本になるのかアウトラインを述べている。「それはもう他の人が行ったような社会学的考察になると思うが、私自身も個人的に付け加えられることがあると思う。つまりあいまい性についてある立場を取ることだ」。この言葉でレーヴィは、本の主題の一つが「灰色の領域」であることを明らかにしている。

一九八六年にミルヴィア・スパーディに答えたインタビューではさらに以下のように述べている。「……私がこの本を書こうとした動機の一つに、ある種の極端な単純化が挙げられる。それは特に若い世代の読者たちに見られることで、彼らは『これが人間か』を読んで、人類は二種類に分けられると考える。つまりいわゆる迫害者と犠牲者で、前者は怪物であり、後者は無垢なのである。まさにこうしたことのために、この本の『灰色の領域』という章が核心的な重要性を持つと思う。そこではこういうことが示される……私たちはみな同じではない。なぜなら信仰を持つものが神を目の前にする時も、信仰を持たないものが法を目の前にする時も、同じではないからだ。私たちは様々な罪を異なったレベルで抱えている。しかし私たちを形作る素材は同じだ。そして抑圧されるものが抑圧する側になることもあり得る。そしてしばしば起こる……」

レーヴィはその作家活動の初めから終わりまで、一貫してアウシュヴィッツを論じてきたが、晩年はある危機感を持ってアウシュヴィッツに関わっていた。それはアウシュヴィッツ体験が風化することへの恐れである。それは本書の第7章「ステレオタイプ」で、具体的例を挙げながら、ややいらだちをまじえて論じられている。特に若い世代の無理解と誤解は彼の焦燥感を募らせた。また一九七〇年代の後半、修正主義者と呼ばれる論者たちが出てきて、アウシュヴィッツの大虐殺は存在しなかったという挑発的論議を展開した。例えばフランスのリヨン第二大学の教授であったロベール・フォリソンがその代表格で、彼は一九七八年十二月にフランスの有力紙「ル・モンド」に、ガス室を使ったユダヤ人虐殺を否定する記事を寄稿した。レーヴィは一九七九年一月にイタリアの新聞にいくつかの記事を書いて、こうした論議に積極的に反論を加えた。フォリソンに対しては、事実を否定しようとするなら、「私たち生き残りの一人一人と論争をしに来るがいい。それはあなたの未熟な学生にたわごとを言うよりずっと難しいだろう」とかなり激しい調子で書いているが、それでも彼の危機感は収まらなかった。そこで構想されたのが本書『溺れるものと救われるもの』である。

だがこの本にアウシュヴィッツを告発する鋭い論調を期待した読者は、やや物足りなさを味わったかもしれない。レーヴィの考察の中心は、アウシュヴィッツとは何だったのか、ほぼ四十年の歳月を経た時点であらためて問うことだったからだ。しかしその行為にはある危険が伴っていた。アウシュヴィッツの体験を再度思い出し、それを深く考えることで、またかつての悪夢を生きることになったからだ。それは以前に患った鬱病を再発させる可能性があった。しかし彼はアウシュヴィッツの悪夢を再体験することを自分の義務と考えていた。実際に地獄を体験したものでなければ語れないことがある。彼はその体験がすべてを風化させる年月の流れにさらされた時どうなるのか、真摯な態度で考察、分析した。その一部はすでに評論やエッセイの形で発表されていたが、彼はそれを再構成し、新たに書き加えて、序文、第1章から第8章、そして結論という形でまとめたのである。

年月の流れは記憶を風化させる。それは、アウシュヴィッツで残虐行為を行ったものたちの間では、犯した罪の記憶を歪曲する形で現れる。不都合な記憶を抑圧することで自分の罪の意識を軽くする。この現象は年月を経れば経るほど多く見られる。だがアウシュヴィッツで虐待されたものにも記憶の風化は起こり得る。それは同じことを何度も語るうちに型にはまったものになったり、後で知ったことを勝手に取り入れたりすることがあるからだ。レーヴィは自分自身への自省を込めてこのことを書いている。

例えば本書の第6章で、『これが人間か』の中の「オデュッセウスの歌」について考察しているところがある。彼はその章を読み返して「その内容の真正さを改めて確認できたと書き、「これには安心した……時がたつと、自分の記憶に自信がなくなるのである」（一七八ページ）と書いて、さらにこのエピソードの対話相手だったジャン・サミュエルに事実の確認までしている。こうした行為には驚かされる。「オデュッセウスの歌」は『これが人間か』の中の最も感動的なエピソードで、その事実自体を疑うことは彼の読者としては理解しがたいところがある。年月の流れはそこまで著者の記憶を揺るがしてしまうのかと思う。レーヴィは握りしめた拳からすり抜けていくような記憶の断片化を恐れていたのである。

だが記憶の風化は、記憶のメカニズムに起因するよりも、人々の無理解によるほうが大きいと彼は考えていたと思える。それが「灰色の領域」に対する固執に表れている。彼はインタビューでも、人間を善人と悪人に分ける単純な二分法に警告を発しているが、それは本文でも同様である。アウシュヴィッツには何の特権も持たない最底辺の囚人がたくさんいたのは事実だが、それ以外にナチに協力することで少しでも生き残りの可能性を求めた囚人がかなりいて、複雑な社会を作っていた。そして生き残ったものには、何らかの特権を持っていたもののほうが圧倒的に多かった。単純な二分法ではこの「灰色の領域」の人間のことは見落とされてしまう。

しかしレーヴィはこの灰色のものたちにある程度の理解を示している。彼らが協力したという点について、「虐待されていたという条件は罪を免除するものではない……しかしその罪の計量を委託すべき、人間の法廷を私は知らない。／もし私にそれが委ねられるなら、もし私がそれを判断するよう強いられるなら、私は良心の呵責など感ぜずに、最大限に強制され、最小限、罪に加担したものたちすべてを許すだろう」（五二―五三ページ）と書いている。

レーヴィは彼らの罪よりも、そうした状況を強いたものたちを告発している。だがそれは抑圧的構造全体への告発だ。「国家社会主義のような地獄の体制は、恐ろしいほどの腐敗の力を及ぼすのであり、それから身を守るのは難しい。それは犠牲者を堕落させ、体制に同化させる」（八四ページ）

この極端な例としてレーヴィは「特別部隊」を挙げている。彼らはガス室で殺されたユダヤ人の死体の始末をさせられていた。だが彼らも数カ月しか生きられず、秘密保持のため殺されていたのである。この「焼却炉の烏たち」とSSがサッカーの試合をしたというグロテスクなエピソードが語られる。SSは特別部隊を仲間扱いした。それは抑圧すべきものたちの精神を徹底的に破壊し、堕落させたと考えたからだ。だからこそ、この特別部隊がアウシュヴィッツで唯一の武装反乱を起こしたという事実は語り継がれるべきなのである。ナチが人間の魂を完全に堕落させ得たと考えたとしても、実際にはそうならなかった事実の証《あかし》だからだ。

だがレーヴィが「灰色の領域」で言いたかったのは、抑圧されて罪を犯したものを許すべきだ、ということではない。彼が強調しているのは、恐るべき虐待をしたものたちが常軌を逸した異常な人間ではなく、我々と同じ普通の人間だったということだ。例えば第5章「無益な暴力」の中で、彼はこう言っている。「彼らが私たちとは違う、邪悪な人間素材でできていたと言うつもりはない……単に彼らは何年間か、普通の道徳律が逆転された学校に入れられただけなのである」（一五六―一五七ページ）。また結論の章では「彼らは、素質的には私たちと同じような人間だった。彼らは普通の人間で、頭脳的にも、その意地悪さも普通だった。例外を除けば、彼らは怪物ではなく、私たちと同じ顔を持っていた。ただ彼らは悪い教育を受けていた」（二六八―二六九ページ）と書いている。

つまりアウシュヴィッツという殺人工場を管理運営していたのは普通の人々だったの

だ。ここに考えるべき大きな問題がある。要するにひとたびナチの時代と同じ条件がそろえば、我々も同じ罪に加担する可能性があるということだ。人間を善人と悪人という二分法で見た時、こうした考えは生まれず、自分だけがアウシュヴィッツ的犯罪に加担しないという思い込みだけを持ってしまう。レーヴィはこの種の思い込みがアウシュヴィッツ的現象を理解するのに決定的な妨げになると考えていたのである。

本書を読むと、アウシュヴィッツの持つ悪の凄まじさに慨嘆せざるを得ない。「無益な暴力」の章では、犠牲者を辱め、最大限の苦痛を与えるために、悪魔のような狡知が発揮されたことが語られる。それは瀕死の病人をさらに苦しめ、人間の死体を原材料にするというおぞましさになって現れるのだが、犠牲者を卑しめ、殺人者の罪を軽くするためだった、という考察がなされる。これは人間が持つ最も恐ろしい悪魔的側面であり、アウシュヴィッツはそれらをあらわにしてしまったのだ。

またアウシュヴィッツの悪は、僥倖でたまたま生き残ったもののその後の人生にもつきまとった。レーヴィは生き残ったものが味わう居心地の悪さ、苦しみについて、第2章の「灰色の領域」の内容に関連させながら、第3章で考察している。生き残ったものたちは、危地を逃れたことを素直に喜んで、その後の人生を楽しんで生きたわけではなかった。そのことをレーヴィは「恥辱感」という言葉を手掛かりに論じていく。

まず「恥辱感」という言葉は、赤軍がアウシュヴィッツ強制収容所にやってきた時、つまり自分が強制収容所から解放された時に使われる。「それは私たちがよく知っていたのと同じ恥辱感だった……正しいものが、他人の犯した罪を前にして感じる恥辱感で、その存在自体が良心を責めさいなんだ。世界の事物の秩序の中にそれが取り返しのつかない形で持ち込まれ、自分の善意はほとんど無に等しく、世界の秩序を守るのに何の役にも立たなかった、という考えが良心を苦しめたのだ」（九〇ページ）

この場合の「恥辱感」は自分ではなく、他人が犯した罪に対して感じるもので、一言では表せない複雑なものだった。だから彼はすぐに、「『恥辱感』を、つまり罪の意識を」と言葉を補っている。これは単なる恥ずかしいという気持ちではなく、そこに罪の意識、あるいは後ろめたさが入っているのだ。この複雑な感情の正体をレーヴィはさらに追求する。なぜなら後に述べるように、彼は日々この恥辱感に、罪の意識に責めさいなまれていたからだ。

レーヴィは九六ページでこう書いている。「ことがすべて終わってから、私たちが吸収されてしまった体制に対して、何もしなかった、あるいは十分にしなかった、という反省が生まれ出て来た」。つまり普通の市民としての生活を取り戻してから、強制収容所のことを考え直す時、反乱を起こしたり、抵抗運動をすることができなかった、という反省が出てきたというのである。だがレーヴィはすぐに理性的な考察をして、ナチの強制収容所の管理体制は非常に厳格なもので、軍事的、政治的訓練を受けていたソビエト軍の軍事捕虜も反乱が起こせなかった点を指摘し、反乱が事実上不可能であったことを述べている。

そしてこう書いている。「従って理性的に考えれば、恥ずべきことは多くなかったはずだ。だがそれでも恥辱感は存在した。特に抵抗する力と可能性を持った、光り輝く例であった少数者を前にした時には」（九七ページ）。そして『これが人間か』の「最後の一人」の章で、抵抗運動のメンバーとしてとらえられ、処刑された、仲間の囚人のことが語られ、自分がそうできなかったことに罪の意識を感じていることが述べられる。だが客観的に見るなら、そうした戦いに参加できたのは例外的な少数者だったので、この罪の意識は日々の生活にのしかかるほど重くはなかったと想像できる。

「それよりもはるかに現実的なのは、人間的な連帯感という面を欠いたという告発、あるいは自己告発である」（九七ページ）と彼はさらに書いている。仲間を故意に傷つけはしなかったが、「ほとんど全員が、助けなかったことに罪の意識を感じている」（九八ページ）のである。そして一九四四年八月の炎暑の中で、仲間のダニエーレと水を分け合わなかったことで感じた罪の意識について語られる。この人間的な連帯感を欠いたという事実は後々までつきまとってきて、レーヴィを苦しめたのだが、レーヴィは「恥辱感」を感じる場面を、他人が犯したより広い罪の場面から、自分が犯した身近な罪の場面へと、考察の対象を降ろしてきている。

そして「おまえはだれか別の者に取って代わって生きているという恥辱感を抱いていないだろうか」（一〇三ページ）という文章で始まる自己告発が出てくる。レーヴィの理性的な部分は、自分がそうしたことをしていないと否定するが、彼の感情的な部分はそうではない。「私たちのおのおのは（……）隣人の地位を奪い、彼に取って代わって生きている。これは仮定だが、心をむしばむ。これは木食い虫のように非常に深い部分に巣くっている。それは外からは見えないが、心をむしばみ、耳障りな音をたてる」（一〇三ページ）。彼の恥辱感、罪の意識は自己を告発して、自分はだれかを踏み台にして生きている、と彼自身を断罪するのだ。

この部分は一九八四年に書かれた詩「生き残り」と内容的に一致している。だが「生き残り」では、告発をするのは自分自身ではなく、夢に出てくるアウシュヴィッツの死者の群れである。かつての仲間であるこの死者の群れに対して、彼は自分の無罪を主張できない。それはすでに自分の中で、自己正当化をあきらめているからだ。一〇四ページではこう書かれている。「私は他人の代わりに生きているのかもしれない、他人を犠牲にして。私は他人の地位を奪ったのかもしれない、つまり実際には殺したのかもしれない……最良のものたちはみな死んでしまった」

ここで彼は、生き残ったものが最悪のもので、灰色の領域に属するものであり、客観的に見るなら自分もそうだと言っている。そして誰かを犠牲にして生きている、他人を「殺したのかもしれない」とまで言っている。この自己告発はどう見ても理性的なものではないが、晩年のレーヴィは日々このいわれのない罪の意識と向かい合うことを余儀なくされ、心をむしばまれ、生きる喜びを奪われて、鬱病が悪化していったのである。

レーヴィは第6章で、アウシュヴィッツを体験し、後に自殺した哲学者、ジャン・アメリーについて考察している。そして彼と自分の違いを挙げ、アメリーを「世界全体と『殴り合う』もの」とし、そうしたものは非常に高い代償を払う、としている。そして自分自身について「生きる上での様々な目標は、死に対する最良の防御手段である。それはラーゲルだけに当てはまることではない」と書いている。彼がアウシュヴィッツ以降の生を生きた時、この考えはかなり中核的な位置を占めていたと思える。

レーヴィは一九八六年七月、ジョルジョ・カルカーニョからインタビューを受けているが、その中で、アウシュヴィッツ強制収容所から解放されて四十年たつが、その後の人生はいかなるものだったか問われて、「[化学技師としての]仕事に励み、とりわけ[ナチの蛮行の理由を]理解することに努力した時期だった」と答えている。そして本書の冒頭に掲げられているコウルリッジの詩を引用し、「予期せぬ時に、その苦しみが戻ってくる」という詩句に共感を示し、これはその通りだとして、「私は[その苦しみに]どっぷりとつかって生きているわけではない。さもなくば『星形のスパナ』のような作品は書かなかっただろうし、家庭を持つこともなく、たくさんの好きなこともしなかっただろう。ただ、これは事実だ、予期せぬ時に、ああした思い出がよみがえってくるのだ。それは病の再発に似ている」と答えている。

コウルリッジの詩句は、レーヴィ自身の詩「生き残り」にも引用されているが、「予期せぬ時に」レーヴィにある衝撃が襲いかかったことを表している。つまり前に述べたように、アウシュヴィッツ強制収容所の死者たちが「予期せぬ時に」夜の悪夢に現れ、彼を断罪したのだ。アウシュヴィッツ強制収容所から解放されて四十年たち、家庭を持って、好きなことをして楽しむ時間を得ても、アウシュヴィッツの悪夢がよみがえり、彼を苦痛で責めさいなんだ。それをレーヴィは「病の再発」と呼んでいるが、これは自分の存在を弾劾し、否定するような厳しいものだった。晩年のレーヴィは自分と妻の両方の母親を介護し、自分自身は体調の悪化に苦しんだが、それ以外にこの「病の再発」も彼を苦しめ、鬱病を悪化させた。

解放されてから四十年たって、再びアウシュヴィッツ強制収容所の問題に向かい合うのは勇気ある行為だ。レーヴィは生き残った自分の義務を誠実に果たそうとした。しかし前にも述べたように、それには危険が伴っていた。アウシュヴィッツの悪夢がよみがえることである。彼はその危険を十分に理解していたと思えるが、執筆をやめることはしなかった。そして「それは外からは見えないが、心をむしばみ、耳障りな音をたて」

（一〇三ページ）、彼を内面的に追い込んだのである。解放後四十年たっても、アウシュヴィッツの毒は恐ろしい力を持っていた。その恐ろしさをよく知り、それを自ら体験してはいたが、それでもそれに屈しようとはしなかったレーヴィの生き方には敬意を表さざるを得ないのである。

レーヴィの作品は次の通りである。

『これが人間か（旧題　アウシュヴィッツは終わらない）』（一九四七、一九五八。邦訳、一九八〇、朝日新聞社）
『休戦』（一九六三。邦訳、一九九八、朝日新聞社、二〇一〇、岩波書店）
『天使の蝶』（一九六六。邦訳、二〇〇八、光文社）
Vizio di forma, 1971（短編集『形の欠陥』）
『周期律』（一九七五。邦訳、一九九二、工作舎）
L'Osteria di Brema, 1975（詩集『ブレーメンの居酒屋』）
La chiave a stella, 1978（短編集『星形のスパナ』）
La ricerca delle radici, 1981（アンソロジー『根源の探究』）
『リリス』（一九八一。邦訳、二〇一六、晃洋書房）
『今でなければ　いつ』（一九八二。邦訳、一九九二、朝日新聞社）

『予期せぬ時に』（一九八四。邦訳、二〇一九、岩波書店）
L'Altrui mestiere, 1985（評論集『他人の仕事』）
『溺れるものと救われるもの』（一九八六。邦訳、二〇〇〇、朝日新聞社、本書）
Racconti e saggi, 1986（短編集『短編と評論』）
他にエイナウディ社より、プリーモ・レーヴィ全著作集が刊行されている。

本書は二〇〇〇年に朝日新聞社から単行本として、二〇一四年に朝日選書の一冊として刊行されたものを文庫化したものである。文庫化にあたって翻訳を見直し、訳文をより読みやすくするように努めた。またレーヴィという作家の理解を深めるため、詳細な年譜をつけた。本書に引用されている他の著作家の文章で、邦訳のあるものはそれを使わせていただいた場合がある。ただし引用文を他の異なった文脈に移す都合上、一部分変えてあるものもあることをお断りしたい。
最後に本書の刊行にあたって、大いなる助力をいただいた、朝日新聞出版書籍編集部の大原智子さんに、この場で感謝の言葉を捧げたい。

二〇一九年十月　竹山博英

プリーモ・レーヴィ年譜（一九一九―八七）

西暦	月日	できごと
一九一九年	七月三十一日	北イタリアの工業都市トリーノで生まれる。両親ともユダヤ人の家系で、父のチェーザレ・レーヴィは電気技師、母のエステル・ルッツアーティは裕福な服地商の娘だった。
一九二一年		妹のアンナ・マリーアが生まれる。
一九三〇年	十月	トリーノの名門校、マッシモ・ダゼリオ古典高校中等部に入学。同校は中高一貫制で、トリーノの裕福な家庭の子弟が通っていた。レーヴィは同校で文学作品に親しんだが、科学の持つ明晰性にひかれ、化学を専攻しようと決意した。また高校時代にアルピニズムの魅力にとりつかれ、トリーノ周辺の山々に通うようになった。

一九三七年	六月	マッシモ・ダゼリオ古典高校卒業。
		トリーノ大学理工学部に入学し、化学を専攻する。
一九三八年	十月	人種法が制定され、ユダヤ人は公教育から締め出される。ただすでに大学に入学していたものは、例外として、学業が続けられた。レーヴィは卒論執筆のため、実験室に受け入れてくれる教授を探したが、みなに断られた。だがニコロ・ダッラポルタ助手が彼を受け入れてくれ、卒業論文を書くことができた。
一九四一年	七月	トリーノ大学を卒業。卒論の評価は満点で、賛辞付きだったが、卒論の評価書の余白に「ユダヤ人種」と但し書きが付けられた。
	十二月	ユダヤ系であるため、卒業しても就職は難しかったが、父が病気で、家計が逼迫していたので、どうしても働く必要があった。レーヴィはユダヤ人であるという事実が知られないような形で、トリーノから二十キロほど北方にあるバランジェーロの石綿鉱山で働くこととなった。レーヴィはそこで鉱滓からニッケルを分離する実験に携わった。

一九四二年	七月	ミラーノにあったヴァンダー社（スイスの製薬会社）に新たな職を見つけ、そこで糖尿病の新薬を開発する実験に携わった。レーヴィはミラーノで反ファシズム思想を持つ若者たちと交際し、反ファシズム的志向を強めていった。
	十二月	反ファシズム活動を行う自由主義思想の政党、行動党の地下組織に入党。反ファシズム活動に参加。
一九四三年	十月	同年九月、イタリアの休戦発表とともに、ドイツ軍がイタリアを占領したため、レーヴィはレジスタンス活動に加わり、パルチザン部隊の仲間とヴァル・ダオスタの山岳地帯の小村、ブルッソンにこもる。
	十二月	隣の谷にこもっていた強力なパルチザン部隊を掃討しに来たファシスト軍に、明け方、隠れ家を急襲され、捕らえられる。アオスタの憲兵詰め所で尋問された後、ユダヤ人であることを明かしたため、フォッソリの抑留収容所に送られる。
一九四四年	二月	アウシュヴィッツ強制収容所に送られる。

一九四四年	十一月	ブナ合成ゴム工場の研究所で働く。
一九四五年	一月二十七日	アウシュヴィッツ強制収容所、ソ連軍により解放される。レーヴィはカトヴィーツェの収容所に滞在中に、第二次世界大戦の終結を迎えたが、すぐに帰国できず、ベラルーシのスターリエ・ダローギの収容所に滞在後、帰国の列車に乗ることができた。
	十月	イタリアに帰国。アウシュヴィッツに送られた六百五十人の中で、帰国できたのはわずか二十三人だった（二十四人という説もある）。
一九四六年	一月	ドゥーコ社（塗料会社）に入社。塗料の硬化の問題を解決。
一九四七年	六月	ドゥーコ社を退社。友人のサルモーニと、物質の化学的分析を行う研究所を作る。
	九月	ルチーア・モルプルゴと結婚。
	十月	『これが人間か』の原稿をエイナウディ社に持ち込んだが、出版を断られる。その後、デ・シルヴァ社を紹介され、同社から出版され

		る。初版は二千五百部印刷されたが、千四百部しか売れず、レーヴィは作家として立つことをあきらめた。
	十二月	シーヴァ社（塗料会社）に入社。レーヴィは電線を被覆する絶縁体の開発に携わり、満足すべき製品を作り出した。後に技術主任、さらに総監督になる。
一九四八年	十月	長女リーザ・ロレンツァ誕生。
一九五七年	七月	長男レンツォ誕生。
一九五八年	六月	『これが人間か』第二版をエイナウディ社から出版。好意的な批評が出て、販売も好調で、その後は絶えることなく出版され続けた。
一九六三年	四月	『休戦』出版。高名な文学賞カンピエッロ賞を受賞し、レーヴィの作家としての名声は高まった。
一九六六年	九月	それまでに様々な媒体に発表されていた短編を集め、『天使の蝶』（短編集）という題で出版。ただ『天使の蝶』出版当時はダミアーノ・マラバイラという筆名を使っていた。

一九七一年	五月	SF的で幻想的な作品を集めた短編集、『形の欠陥』を出版。
一九七四年	十一月	シーヴァ社を退職し、作家活動に専念する。ただ相談役になって、同社との関係を保つ。
一九七五年	四月	元素の周期律表にある様々な元素を題材にした、ユニークな短編集『周期律』を出版。この短編集は他のものと違って自伝的要素が濃い。 二十七編の詩を集めた詩集『ブレーメンの居酒屋』を出版。この詩集の詩は後に『予期せぬ時に』に収録された。
一九七七年	九月	シーヴァ社相談役の職を辞す。
一九七八年	十二月	あるクレーン技師を主人公に、技術と労働の関係を独特の視点で捉えた短編集『星形のスパナ』を出版。権威ある文学賞であるストレーガ賞を受賞。
一九八一年	二月	今までに影響を受けた作品を抜粋したアンソロジー『根源の探求』を出版。

	十一月	過去、現在、未来と三つの部分に分けて短編を配した短編集『リリス』を出版。
一九八二年	四月	ロシアのユダヤ人パルチザン部隊が第二次世界大戦を戦い抜き、パレスチナに移住するまでを描いた長編小説『今でなければ　いつ』を出版。レーヴィの唯一の長編小説で、権威ある文学賞であるヴィアレッジョ賞、カンピエッロ賞をダブル受賞した。
一九八四年	十月	一九四〇年代から書きためた詩六十三編を集めた詩集『予期せぬ時に』を出版。
一九八五年	二月	比較的短い評論を集めた評論集『他人の仕事』を出版。文学だけにとどまらない様々な事象を扱っていて、レーヴィの関心の広さをうかがわせる。
一九八六年	四月	レーヴィのアウシュヴィッツ強制収容所に関する考察の集大成ともいうべき評論集『溺れるものと救われるもの』を出版。
	十月	鬱病が悪化したため、薬を飲み始める。

一九八六年	十一月	主に「ラ・スタンパ」紙で発表された短編と評論を集めた『短編と評論』を出版。
一九八七年	三月	前立腺肥大症のため、手術を受ける。
	四月十一日	自宅のあった、集合住宅の三階（日本式には四階）の階段の手すりを乗り越え、階下に飛び降り、死亡。

解説
沈黙から届く光

小川洋子

本書を読み終え、もう一度冒頭に立ち返る時、そこに掲げられたコウルリッジの物語詩『古老の船乗り』の一節が、いかに深いところでレーヴィの苦しみと響き合っているか、思い知らされることになる。〝予期できなかった出来事の証人〟であるレーヴィの言葉に、じっと耳を澄ませる詩人の姿が胸に浮かんでくるようで、畏怖の念さえ覚える。

繰り返し戻ってくる苦しみに、心は焼かれる。炎は外の世界ではなく、自らの内側から立ち上る。炎を消す方法を他に見つけられないまま、終わりのない語りが続けられてゆく……。まさにこのようにして語られた一語一語が、ここに刻みつけられている。

強制収容所から救出され、イタリアに帰国してほどなく執筆された最初の本、『これが人間か』は、タイトルが問いかけの形で示された。聞け、これが人間か、考えてほしい、という、命令と懇願の入り交じった声が伝わってきた。

『これが人間か』では、ラーゲルでの生々しい体験を正確に言葉で記すことに力点が置かれていたのに比べ、『溺れるものと救われるもの』では、その体験が更に深く掘り下げられ、粘り強く慎重な考察がなされている。考察の軌跡をたどるうち読者は、アウシュヴィッツという特殊であるべき場所が、今、自分の立っている地点とつながり合っているのに気づかされる。

四十年あまりの歳月ののち、『これは人間か』で示された問いは一つ一つ純度を高め、地層の奥に潜む結晶のような、根源的な光を放つようになった。

しかし決して、問いが単純化されたのではない。全く逆なのだ。そのことはレーヴィ自身、はっきりと記している。むしろ問いの意味は複雑になり、境界はあいまいになり、答えに近づく道のりは険しくなった。犠牲者と迫害者、善人と悪人、こうした安易な区別をレーヴィは恐れている。

〝ありとあらゆる論理に反して、慈悲と獣性は同じ人間の中で、同時に共存し得る〟

〝人間は緊張状態に置かれれば置かれるほど、より混乱した生き物になるのである〟

明確な区分に安心を求めるのではなく、人間のありのままの混乱を受け入れ、〝灰色の領域〟でもがかなくては、真実は遠のいてしまう。整頓不可能な混沌に耐えることが、いかに人間の思考を豊かにするか、本書は教えてくれる。

当然ながらタイトルにある、溺れるものと、救われるものも、対立する関係にあるわけではない。生還者は救われ、死者は溺れたのか？　つまりレーヴィは救われたのか？　誰にも断言はできない。

強制収容所を生き延びたレーヴィが、もし狂気の世界から安全な世界へと救出された存在だったとしたら、こんなふうに語り続ける必要はなかっただろう。心を焼く内なる炎に苦しめられ、死に至る病を得ることもなかったかもしれない。けれど〝混乱した生き物〟としての人間を直視したレーヴィは、安住の地に逃げ込めなかった。死者たちを自分と切り離し、水の底へ沈めたままにしておけなかった。彼は救われながら、同時に溺れてもいた。救われたものなど一人もいなかったのではないか、という問いの底に沈んでいた。境界線上に広がる〝灰色の領域〟に留まり続けた。

その明らかな証拠となるのが、3章の［恥辱］であろう。ここには最も印象深く、決定的な文章が出てくる。

〝おまえはだれか別の者に取って代わって生きているという恥辱感を抱いていないだろうか〟

〝私は他人の地位を奪ったのかもしれない、つまり実際には殺したのかもしれない〟

〝最良のものたちはみな死んでしまった〟

V・E・フランクルの『夜と霧』（霜山徳爾訳）の中に、全く同じ言葉、〝すなわち最もよき人々は帰ってこなかった〟が出てくるのは、やはり単なる偶然ではないのだろう。ここに、何か大切な暗示が含まれているとしか思えない。

奪った、殺した、と表現されるその中身は、言葉の重みとは不釣り合いな、例えば、水道管から滴る水滴を、仲間から隠れ、友人と二人だけでこっそり口にする、といったようなささやかな行為である。

もちろん、ささやかな、と言ってしまえるのは、自分がラーゲルの内側を知らないからだと分かっている。それでもやはり、罪もないのに捕らえられ、命以外のすべてを奪われた犠牲者がなぜ、わずかな水滴のせいで恥辱や罪悪感を味わう必要があるのか。正体の見えない何ものかに向かって抗議したい気持になる。

しかしいくら抗議しても、答えは返ってこない。私はその沈黙の中に立ち、生き残った人々にも〝最良のものたち〟にも、これまで信じてきた善の意味が届かないという理不尽さ、無力感に耐えながら、ひたすら耳をそばだてている。それ以外に、レーヴィの言葉を受け取る方法が見つからない。

けれど沈黙は単なる無ではない。遠くから微かな光が届いてくる。たとえすべてを奪われたように見える囚人であっても、意思疎通のための言葉は、最後まで彼ら自身のものだった。それは彼らを動物ではなく人間に留めておくための、最後の砦となった。そしてレーヴィは生命線となるドイツ語を学ぶため、同じ囚人のアルザス出身者から個人授業を受けるのだ。授業料はパンだった。

ラーゲルに学びの場があった。その事実は間違いなく、沈黙の向こうからこちら側へ届く光だ。寝る時間を犠牲にし、バラックの片隅で行われた小声の授業。生き残るためレーヴィは、化学やハイネの詩とは別物のドイツ語を学んだ。彼はこう記している。

〝パンがこれほど有効に使われたことはなかった〟

ここで『これが人間か』のとあるエピソードが思い出される。若い囚人ジャンと大鍋のスープを運ぶ道中、レーヴィは彼にイタリア語を教えるため、『神曲』から「オデュッセウスの歌」を暗唱する。うろ覚えの詩句をよみがえらせる。その瞬間、文学の言葉が、二人の囚人の心をラーゲルから救い出す。

本書でも同じ逸話が取り上げられている。過去との絆の再構築、忘却からの救出、アイデンティティーの強化、覚醒、解放、特異な休暇……。ダンテを共有したひとときが、さまざまな言葉で表現されている。

目先のパンではなく、学ぶことを選び、ナチにも奪えない文学の記憶に、心の支えを求める。こうした人間的な豊かさゆえに、レーヴィは生き残ったのではないか。最良のものたちはみな死んでしまった、のではない。最良のものは、ちゃんとこうして救われたのだ、と、私は思う。

ナチの時代が忘れ去られてゆくことに、レーヴィは強い懸念を抱いている。単に個人の体験を留めておきたいと願っているのではなく、未来のために時代の記憶を鮮明にしておかなければならない、という使命が感じられる。

〝……だれも予見できなかったから、根本的なのである〟

〝これは一度起きた出来事であるから、また起こる可能性がある〞
『これが人間か』の訳者解説に、竹山博英さんが書いておられるのだが、レーヴィのお墓にはアウシュヴィッツ強制収容所の囚人番号が刻まれているらしい。腕の外側に入れ墨された番号を、彼は戦後も消さなかった。かつてラーゲルで刑罰のように刻まれたそれを、人類が伝えてゆくべき記憶の証拠として守り通した。
本書を開くことは、墓石の数字が抱える沈黙に、耳を澄ませることに等しい。思慮深く頭を垂れていれば必ず、沈黙の中に、真実の光が灯るのを発見できる。

（おがわ ようこ／作家）

溺《おぼ》れるものと救《すく》われるもの　朝日文庫

2019年11月30日　第1刷発行
2025年5月30日　第2刷発行

著　者　プリーモ・レーヴィ
訳　者　竹《たけ》山《やま》博《ひろ》英《ひで》

発行者　宇都宮健太朗
発行所　朝日新聞出版
〒104-8011　東京都中央区築地5-3-2
電話　03-5541-8832（編集）
03-5540-7793（販売）
印刷製本　株式会社DNP出版プロダクツ

Published in Japan by Asahi Shimbun Publications Inc.
定価はカバーに表示してあります

ISBN978-4-02-261995-2

落丁・乱丁の場合は弊社業務部（電話 03-5540-7800）へご連絡ください。

送料弊社負担にてお取り替えいたします。

アントニー・ビーヴァー著／堀　たほ子訳
スターリングラード
運命の攻囲戦　1942−1943
第二次世界大戦の転換点となった「スターリングラードの大攻防戦」を描く壮大な戦史ノンフィクション。《解説・村上和久》

エヴァ・シュロス著／吉田　寿美訳
エヴァの震える朝
15歳の少女が生き抜いたアウシュヴィッツ
アンネ・フランクの義姉が告白する、『アンネの日記』の続きの物語。一五歳の少女が辿った絶滅収容所の苛烈と解放の足音と。《解説・猪瀬美樹》

河原　理子
フランクル『夜と霧』への旅
強制収容所体験の記録『夜と霧』の著者、精神科医フランクルの「それでも人生にイエスと言う」思想を追うノンフィクション。《解説・後藤正治》

緒方　貞子
私の仕事
国連難民高等弁務官の10年と平和の構築
史上空前の二二〇〇万人の難民を救うため、筆者は難局にどう立ち向かったか。「自国第一主義」が世界に広がる今、必読の手記。《解説・石合　力》

上野　正彦
裏切られた死体
「神様、助けて……」。なぜ、その人は最後に苦しまなければいけなかったのか。二万体の死体を検死してきた名監察医が綴った〝幸せの形〟とは。

山田　清機
東京タクシードライバー
一三人の運転手を見つめた、現代日本ノンフィクション。事実は小説よりせつなくて、少しだけあたたかい。第一三回新潮ドキュメント賞候補作。

山崎　雅弘
［新版］中東戦争全史
中東地域での紛争の理由を、パレスチナ・イスラエルの成り立ちや、中東戦史から解説。イスラム国などの新たな脅威にも迫る。《解説・内田　樹》

山崎　雅弘
［新版］独ソ戦史
ヒトラーvs.スターリン、死闘1416日の全貌
第二次世界大戦中に泥沼の戦いが繰り広げられた独ソ戦。ヒトラーとスターリンの思惑が絡み合う死闘の全貌を、新たな視点から詳細に解説。

山崎　雅弘
［新版］西部戦線全史
死闘！ヒトラーvs.英米仏1919～1945
第一次世界大戦の講和会議から第二次世界大戦のドイツ降伏に至るまでの二六年間を、ヨーロッパが戦場になった「西部戦線」を中心に徹底解説。

太田　匡彦
犬を殺すのは誰か
ペット流通の闇
犬の大量殺処分の実態と、背後に潜むペット流通の闇を徹底取材。動物愛護法改正を巡る業界と政府の攻防を詳らかにする。《解説・蟹瀬誠一》

磯村　健太郎／山口　栄二
原発に挑んだ裁判官
原発訴訟の困難な判断を迫られた裁判官たちが苦悩を明かす。住民勝訴を言い渡した元福井地裁裁判官・樋口英明氏の証言も。《解説・新藤宗幸》

早川　タダノリ
「日本スゴイ」のディストピア
戦時下自画自賛の系譜
現代も氾濫する「日本スゴイ」言説。そのご先祖様とも言える、戦前戦中の書物から見えてくる世界とは。日本って何がそんなに「スゴイ」の？

朝日文庫

森崎　和江
からゆきさん
異国に売られた少女たち

明治、大正、昭和の日本で、貧しさゆえに外国に売られていった女たちの軌跡を辿った傑作ノンフィクションが、新装版で復刊。《解説・斎藤美奈子》

上野　千鶴子／小笠原　文雄
上野千鶴子が聞く　小笠原先生、ひとりで家で死ねますか？

がんの在宅看取り率九五％を実践する小笠原医師に、おひとりさまの上野千鶴子が六七の質問。類書のない「在宅ひとり死」のための教科書。

大貫　健一郎／渡辺　考
特攻隊振武寮
帰還兵は地獄を見た

太平洋戦争末期、特攻帰還者を幽閉した施設、「振武寮」。元特攻隊員がその知られざる内幕を語る驚愕のノンフィクション。《解説・鴻上尚史》

朝日新聞取材班
【増補版】子どもと貧困

風呂に入れずシラミがわいた姉妹、菓子パンを万引きする保育園児……。子どもの貧困実態を浮き彫りにする渾身のノンフィクション。

朝日新聞国際報道部／駒木　明義／吉田　美智子／梅原　季哉
プーチンの実像
孤高の「皇帝《ツァーリ》」の知られざる真実

独裁者か英雄か？　彼を直接知るKGB時代の元同僚やイスラエル情報機関の元長官など二〇人の証言をもとに、その実像に迫る。《解説・佐藤　優》

青木　理
安倍三代

安倍首相の、父方の系譜をたどるルポルタージュ。没後なお、地元で深く敬愛される祖父と父。丹念な周辺取材から浮かび上がる三代目の人間像とは。

網野　善彦／鶴見　俊輔
歴史の話
日本史を問いなおす

教科書からこぼれ落ちたものにこそ、この国の未来を考えるヒントがある。型破りな二人の「日本」と「日本人」を巡る、たった一度の対談。

伊東　潤
江戸を造った男

海運航路整備、治水、灌漑、鉱山採掘……江戸の都市計画・日本大改造の総指揮者、河村瑞賢の波瀾万丈の生涯を描く長編時代小説。《解説・飯田泰之》

本郷　和人
日本中世史の核心
頼朝、尊氏、そして信長へ

中世を読み解く上で押さえておきたい八人のキーパーソン列伝。個々の人物を描き出すことで、濃厚でリアルな政治史の流れが浮き彫りになる。

永井　義男
本当はブラックな江戸時代

江戸は本当に人情味にあふれ、清潔で安全だったのか？　当時の資料を元に、江戸時代がいかに〝ブラック〟な時代だったかを徹底検証。

開高　健
ベトナム戦記
新装版

ベトナム戦争とは何か。戦火の国をカメラマン秋元啓一と取材した一〇〇日間の記録。濃密な言葉で綴る不朽のルポルタージュ。《解説・日野啓三》

山極　寿一／関野　吉晴
人類は何を失いつつあるのか

「弱いからこそ、人類は旅に出た！」ゴリラ研究家で前京大総長とグレートジャーニー探検家が、人類の来た道を振り返り、現在と未来を語る。

信田　さよ子
母が重くてたまらない
墓守娘《はかもりむすめ》の嘆き

「母の愛」という幻想に傷つけられてきた娘たち。母娘問題は「解決」することができるのか。ロングセラーが待望の文庫化。《解説・三宅香帆》

信田　さよ子
母は不幸しか語らない
母・娘・祖母の共存

母親の高齢化、団塊女性の娘。老いることで娘を引き寄せる母に、娘はどう備えるべきか。母娘問題の第一人者による力作。《解説・水上　文》

保阪　正康
田中角栄の昭和

金を配り、数の力で民主主義を操った異能の宰相が目指した日本とは？　新たなる角栄像を現代史に刻印するノンフィクション。《解説・春名幹男》

角田　房子
甘粕大尉
増補改訂版

大杉事件、満洲国での暗躍、そして自決。膨大な資料と親族・関係者の取材で、近代史の最暗部を生きた男に迫る。《解説・藤原作弥／保阪正康》

共同通信社社会部編
沈黙のファイル
「瀬島龍三」とは何だったのか

太平洋戦争に深くかかわり、戦後政治にも暗躍した〝昭和の参謀〟の真実に迫る傑作ノンフィクション。待望の復刻！　《解説・保阪正康》

田野　大輔
ファシズムの教室
なぜ集団は暴走するのか

ナチス・ドイツの大衆動員を追体験する授業を通じて、ファシズムの本質と仕組みに迫る。現代社会や民主主義を再考するためにも必読の一冊。